ビギナーズ・クラシックス 中国の古典

呻吟語

湯浅邦弘

角川文庫
20609

目次

〔外篇〕

『呻吟語』をめぐって

地図作成 小林美和子

【凡例】

一、本書は、呂坤『呻吟語』全十七篇の抄訳で、原著の構成にそって、代表的な条を選び再編したものです。

二、各条は、現代語訳、書き下し文、原文（返り点付き）、解説からなります。

三、各篇のサブタイトルや各条の標題は原文にはないもので、理解の一助として筆者（湯浅）が付けたものです。

四、底本（基準としたテキスト）は、『呂坤全集』（全三冊、中華書局・理学叢書、二〇〇八年）中巻所収『呻吟語』です。

五、巻末に「『呻吟語』をめぐって」として、同じ明代の処世訓『菜根譚』との比較や著者呂坤と科挙の関係などについて解説しました。また、関係略年表を付しました。

はじめに

文禄《ぶんろく》元年（一五九二）四月十二日、小西行長《こにしゆきなが》らを先鋒とする大軍が、朝鮮半島の釜山《プサン》に上陸しました。世に言う「文禄慶長の役《ぶんろくけいちょうのえき》」の始まりです。天下統一をはたした豊臣秀吉が次に明《みん》を征服するという野望によって始めたこの戦いは、結局、秀吉の死去（一五九八年）により、日本軍が撤退して終結しました。しかし、直接の戦場となった李氏朝鮮はもとより、その宗主国《そうしゅこく》として大規模な援軍を送った明にも致命的なダメージを与えます。当時の明の皇帝は第十四代の万暦帝《ばんれきてい》（在位一五七二年〜一六二〇年）。明は急速に国力を失い、一六四四年、第十七代の崇禎帝《すうていてい》のとき滅亡を迎えます。

中国の処世訓と明の時代

その明代末期、中国史上に残る名著が世に現れました。処世訓《しょせいくん》の傑作『呻吟語《しんぎんご》』です。著者は呂坤《りょこん》（一五三六〜一六一八）。字《あざな》は叔簡《しゅくかん》、号は新吾《しんご》（以下、本書では呂新吾と呼びます）。三十年の歳月をかけて書きあげた『呻吟語』が刊行されたのは、万暦二十一年（一五九三）三月、呂新吾五十八歳のときです。

では、明代末期という時代に、この本が登場したのはなぜでしょうか。大きく言えば、二つの理由があったと思われます。

第一は、乱世が処世訓を生み出したという一面です。時の皇帝は万暦帝（朱翊鈞《しゆよくきん》）。十歳で明の第十四代皇帝に即位しました。幼少期には聡明利発《そうめいりはつ》で、将来が期待されていました。また、即位して十年ほどは、すぐれた政治家であった宰相張居正《ちようきよせい》（一五二五〜一五八二）の補佐を受け、一時は財政の立て直しにも成功しました。しかし、万暦十年（一五八二）、張居正が死去すると、政治は混乱していきます。秀吉の朝鮮出兵があったのはちょうどその頃です。また、朝廷の内部では、国民そっちのけの政治党争が激化し、国内外の政局は一気に混迷の度を深めていきます。万暦帝に事態を収拾する能力はありませんでした。

万暦帝（定陵博物館）

こうした時代の中で、官僚の腐敗も進み、みずから高官の地位にいた呂新吾は、その時代を「末世」だと痛感し、苦しみの声を上げたのです。『呻吟語』の「呻吟」とは、もともと病人が発するうめき声の意。呂新吾が当時の社会に向けて発した嘆きの声が、『呻吟語』だったのです。

もう一つの理由は、中国の印刷出版事情です。漢代に製紙技術が改良され、それまで竹簡《ちっかん》や木簡《もっかん》に記されていた文書は紙に書かれるようになりました。それを巻いて保存したのが、巻子本《かんすぼん》です。本は、筆と墨で紙に筆写するという時代が長く続きました。その後、唐代の終わり頃に木版《もくはん》印刷の技術が発明されます。版木《はんぎ》に文字を彫り、そこに墨を塗って紙を押し当てるという印刷が始まったのです。刷った紙を半分に折り、綴《と》じたものが冊子体《さっしたい》の本になりました。この方法は宋代に確立し、それが大衆にも広がっていったのが、明代でした。大量印刷された本が、書店を経由して流通していきます。読者層は一気に広がりました。こうした印刷の時代に、『呻吟語』も登場したのです。

明代は正と負の両面において、『呻吟語』を生み出す母体だったと言えましょう。

著者呂新吾の生涯と『呻吟語』の編纂

嘉靖《かせい》十五年（一五三六）十月十日、『呻吟語』の著者呂新吾が河南開封寧陵《かいふうねいりょう》県（現在

の河南省商丘《しょうきゅう》市寧陵県）に生まれました。その頃のできごととして記憶にとどめておきたいのは、嘉靖七年（一五二八）に王陽明《おうようめい》が亡くなっているということです。当時の学問的風土として、朱子学《しゅしがく》とともに陽明学《ようめいがく》があったことは、『呻吟語』の思想的特徴をさぐる上で重要な情報です。

呂新吾は、幼少の頃、それほど聡明な児童ではなかったようですが、それでも、六歳のときに村の塾に入り、十五歳の頃には四書五経や主な歴史書を学び終えました。そして、嘉靖四十年（一五六一）、二十六歳のとき、科挙の第一段階の試験である河南の郷試《きょうし》に合格しています。呂新吾と科挙の関係については、本書末尾の「呂新吾と科挙―合格者名簿に名が見えないのはなぜ―」をご覧下さい。

呂新吾が『呻吟語』の執筆に着手したのは、その二年後の二十八歳頃だったと思われます。

そして、万暦二年（一五七四）、三十九歳のときに、科挙の最終試験である殿試《でんし》に合格しました。ここから官僚としての活動が始まります。まず、山西の襄垣《じょうえん》の県令《けんれい》（県知事）となり、統治の成果を上げます。その後も地方と中央官庁の官吏を歴任して実績を上げるかたわら、万暦二十一年（一五九三）三月、『呻吟語』六巻を刊行しました。五十八歳のときです。そして翌万暦二十二年には、呂新吾にとっての最高ポストである刑《けい》部《ぶ》左《さ》侍《じ》郎《ろう》（法務次官）に昇進しました。順調な官僚人生だったと言えましょう。

しかし、万暦二十五年（一五九七）、六十二歳のときに事件が起こります。呂新吾は政界の混乱を憂えて「憂危疏《ゆうきそ》」という上奏文《じょうそうぶん》を執筆しますが、反対派の誹謗中傷にあったのです。上奏文は却下され、皇帝に届くことはありませんでした。もはや官界にとどまることができなくなった呂新吾は、病と称して官を辞し、帰郷しました。ここに、政治家としての生活が終わります。

帰郷した呂新吾は、その後も筆を執り、万暦四十四年（一六一六）、八十一歳のとき、みずからの全集『去偽斎文集《きょぎさい》』十巻と『呻吟語』二巻を刊行しました。亡くなったのは、その二年後の万暦四十六年（一六一八）六月八日。享年八十三歳でした。

この経歴が示すとおり、呂新吾は、科挙に合格し、官僚の道を歩んだ優秀な政治家でした。しかし、明代末期という時代に生を受け、その社会の腐敗に呻吟の声をあげたのです。約三十年にわたって書き続けた処世訓を『呻吟語』として刊行し、晩年もその編集を繰り返しました。

『呻吟語』の構成と内容

その『呻吟語』は、内篇八篇（性命、存心、倫理、談道、修身、問学、応務、養生）、外篇九篇（天地、世運、聖賢、品藻、治道、人情、物理、広喩、詞章）の計十七篇からなります。内篇・外篇というのは便宜的な区分けにすぎませんが、十七の篇は、明確なテーマ別編成が意識されていたと言えましょう。冒頭に置かれた「性命《せいめい》」篇は、朱子学・陽明学での最重要のテーマであった人間の本性や運命について説いています。続く、「存心《そんしん》」篇は心のあり方について、「倫理」篇は人間にとって最も大切な倫理道徳について。それぞれ該当する言葉を集めています。読者はこの篇名をたよりに、読みたい条を探していけばよいでしょう。必ずしも冒頭から順に読まなくてもいいのです。

右の経歴のところでも確認した通り、呂新吾は三十年にわたって書きためたものを編集し、いくどか刊行しています。そのため、もともとの正確な数ははっきりしないのですが、今に伝わっているテキストでは、全一九七六条もあります。二百や三百ならともかく、約二千条もある『呻吟語』では、こうした仕分けが必要だったと思われます。

内容は、まさに処世訓。書名の「呻吟」が示すとおり、当時の政界や学界、世俗の腐敗・堕落を嘆くものです。だからと言って、決して重苦しく暗い内容ではありません。

これは、呂新吾の深い人間洞察と軽快な文章が、生き生きとした処世訓を構成しているからでしょう。

また、哲学思想の面で言えば、当時の学問の主流であった朱子学・陽明学を踏まえながらも、それらを批判的な目でみつめるという点に特色があります。たとえば、宇宙の構成について、朱子学では、「理気二元論《りきにげんろん》」を説きますが、呂新吾はこれを批判し、「気《き》一元論《いちげんろん》」の立場をとります（151頁参照）。一方、陽明学の「心即理《しんそくり》」の哲学については、一定の理解を示しながらも、心を偏重して軽率な言動を繰り返す人々を厳しく批判しています（82頁参照）。『呻吟語』を読むと、しばしば冷静沈着の大切さが説かれていることに気づくでしょう（特に性命篇・存心篇参照）。それらは、当時の政治・学問・社会の風潮を背景にしたものだったのです。

伝来と現代的意義

『呻吟語』は、呂新吾の生前から刊行され、その後も、二巻本、六巻本、さらにはその節録本《せつろくぼん》（ダイジェスト版）などいくつかの版で刊行されました。

ここに掲げたのは、清の光緒《こうしょ》年間に刊行された四巻本の『呻吟語』。光緒五年（一八七九）、上海文瑞楼《ぶんずいろう》という版元から刊行されたテキストです。

日本にも、江戸時代に伝わっているのですが、残念ながら、平易な和刻本として刊行されたことがなく、知る人ぞ知る名著でした。

高名な愛読者としては、たとえば、大塩平八郎《おおしおへいはちろう》（号は中斎《ちゅうさい》、一七九三〜一八三七）がいます。大坂町奉行の与力だった大塩が、天保《てんぽう》の大飢饉を発端とする民衆の苦しみに耐えかねて、天保八年（一八三七）に挙兵したのが、大塩平八郎の乱です。その思想的背景として、陽明学があることはよく知られています。

その大塩は、天保四年（一八三三）に主著『洗心洞箚記《せんしんどうさっき》』を儒学者の佐《さ》藤一斎《とういっさい》に送りました。それに添えた手紙の中で、大塩は『呻吟語』に触れ、「熟読玩味《じゅくどくがんみ》し、道はここ

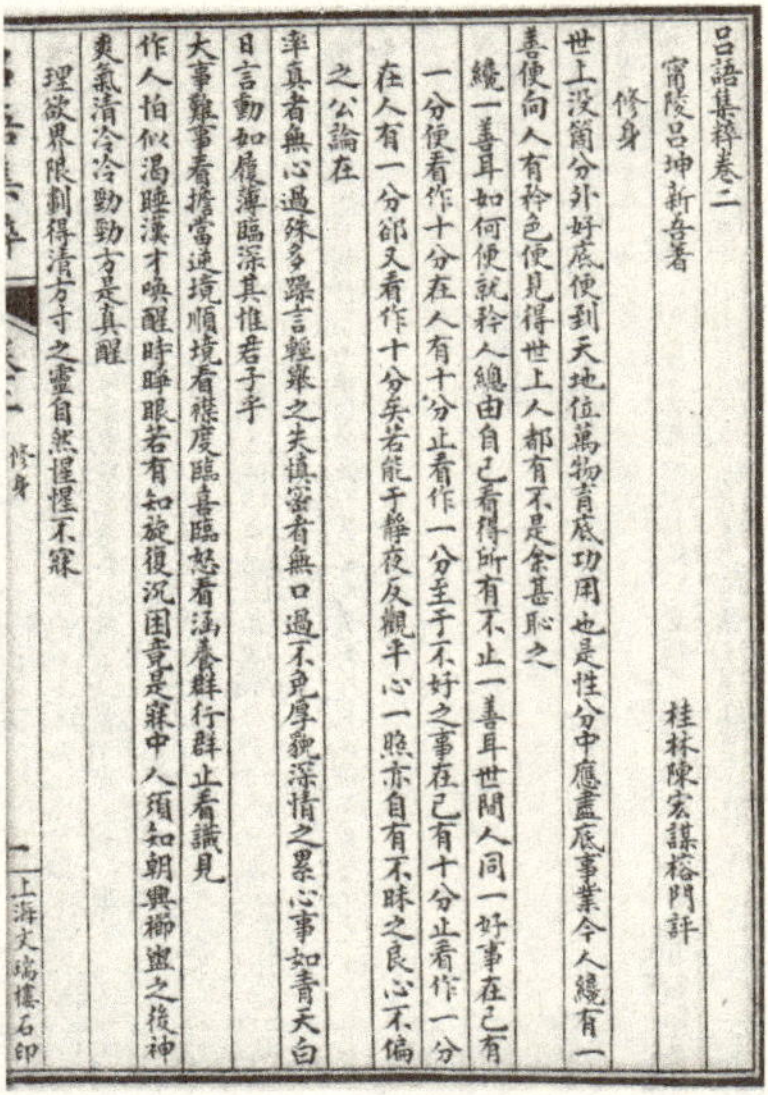
呂語集粹卷二
甯陵呂坤新吾著　桂林陳宏謀榕門評
修身
世上沒箇分外好底便到天地位萬物育底功用也是性分中應盡底事業今人纔有一善便向人有矜色便見得世上人都有不是余甚恥之
纔一善耳如何便就矜人總由自己看得所有不止一善耳世間人同一好事在己有一分便看作十分在人有十分止看作一分至于不好之事在己有十分止看作一分在人有一分卻又看作十分矣若能于靜夜反觀平心一照亦自有不昧之良心不偏之公論在
率真者無心過殊多躁言輕舉之失慎密者無口過不免厚貌深情之累心事如青天白日言動如履薄臨深其惟君子乎
大事難事看擔當逆境順境看襟度臨喜臨怒看涵養群行群止看識見
作人怕似渴睡漢才喚醒時睜眼若有知旋復沉困竟是寐中人須知朝興猶寤之後神爽氣清冷冷勁勁方是真醒
理欲界限劃得清方寸之靈自然惺惺不寐
修身
上海文瑞樓石印

光緒五年刊『呻吟語』

にあるのだと、はっと悟ったように思いました」と告白しています。また、その思想的淵源について、「呂新吾の源《みなもと》を究めて、それは陽明学に由来することを知りました」と述べています。世の不正を恥じ、高い志を抱く人に、『呻吟語』は共感を持って迎え入れられたのでしょう。

明代末期と江戸時代末期、そして現代とには、大きな違いもあります。ただ、社会に向かって呻吟の声を上げたくなるという点では、まったく同じではないでしょうか。閉塞感のある今、『呻吟語』の言葉は強く響いてきます。

たとえば、次のような条は、時代を超えて私たちに語りかけてくるのではないでしょうか。

・本分をわきまえない人が多い。社会の混乱は、この本分を知らないことによって起こる。（修身篇、100頁）
・人の最大の過ちは、自分だけが正しいとし、自分だけを守ろうとすることだ。（修身篇、103頁）
・過ちを犯しているのに、それを過ちと認めない。（修身篇、108頁）

・うわついた議論が横行する風潮には心が痛む。（世運篇、160頁）
・高い官職に就いている人が法を犯してはならない。それを取り締まってくれる人はいないのだから。（品藻篇、203頁）
・多くの人が言っているから正しいとは限らない。（治道篇、224頁）
・今の政治は人民を満足させられない。（治道篇、225頁）

これらは明代だけに限ったことでしょうか。まるで今の時代を言い当てているかのようにも思われます。

また、高齢化を迎えた現代社会において、「退」「老」「死」などは重要な問題となっています。引退後二十年の歳月を郷里で過ごした呂新吾も、この点について、たとえば次のように言っています。

・あの世へ持っていくものは、「物」ではなく「心」である。（存心篇、48頁）
・親の遺品をどうするか。棄てるのか残しておくのか。（倫理篇、66頁）
・晩年になってから人と争わない秘訣がある。（応務篇、126頁）

・なぜ老人は尊ばれるのか。（世運篇、157頁）
・引退して郷里に帰ったときの心がけが大切だ。（人情篇、245頁）

さらに、『呻吟語』がすぐれているのは、こうした現代的とも言えるテーマを絶妙の比喩で表現している点です。『呻吟語』の第十六番目の篇は「広喩《こうゆ》」。ここに集中的に比喩表現が見られます。またこの篇以外でも、思わず膝を打ちたくなるような比喩がしばしば登場します。

・鏡で顔を映すけれども手を映すことはしない。（修身篇、97頁）
・杯《さかずき》と甕《かめ》。小さな杯に水を注ぐ際、大きな甕に注ぎ込むようにすればどうなるか。（修身篇、112頁）
・才能と学問は剣のごとし。（問学篇、121頁）
・煉瓦《れんが》を運ぶ方法は一つだけではない。（人情篇、251頁）

これらは何を表そうとしているのでしょうか。詳しくはそれぞれの該当頁をご覧いた

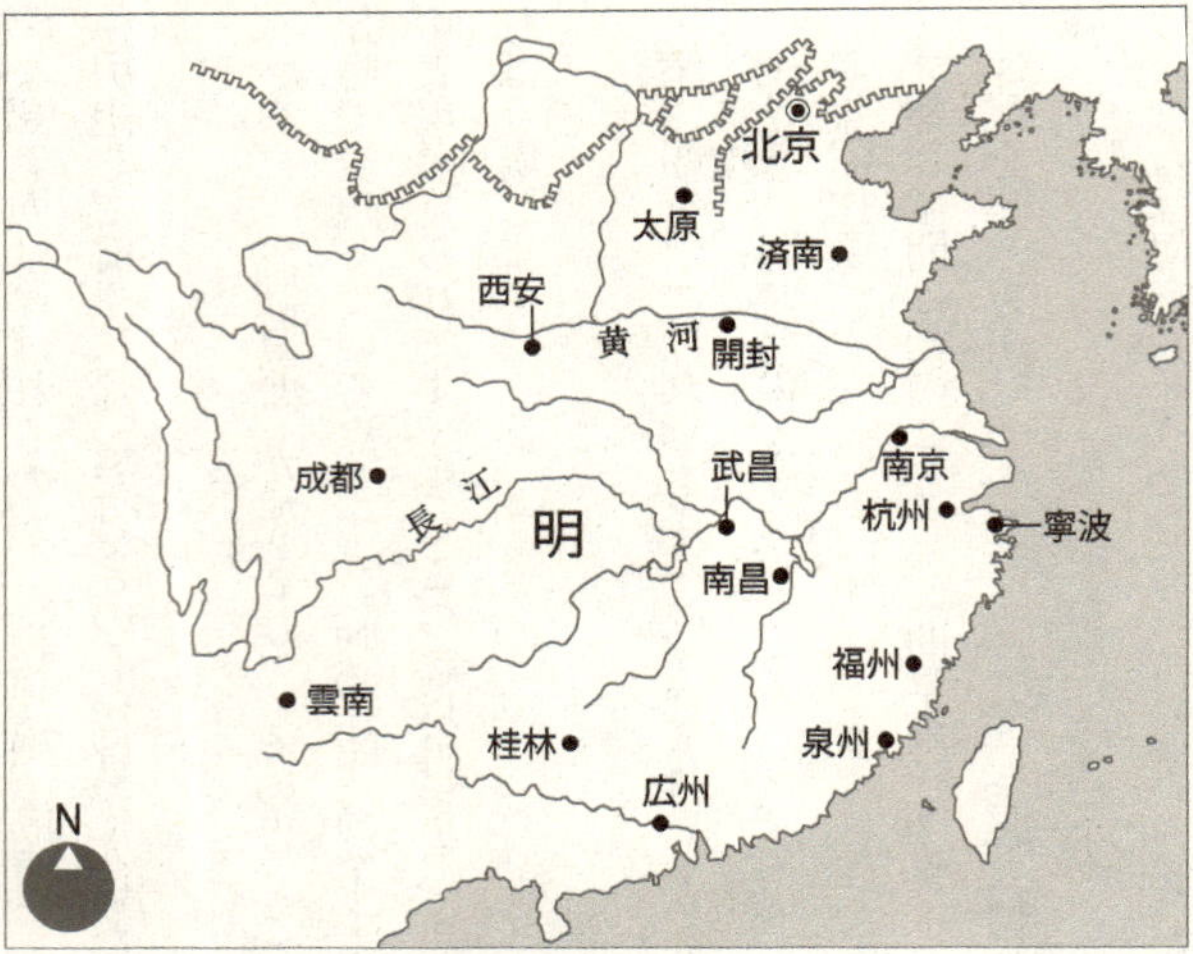

明代の地図

だきたいと思います。

『呻吟語』は、決して過去の遺物ではありません。むしろ今こそ読まれるべき古典です。呂新吾が三十年にわたって蓄積した珠玉の処世訓を読んでみましょう。

［内篇］

性命《せいめい》—人間の本性と運命について—

人の生まれながらの性・命とは何か、また、それを踏まえて人はどう生きるのかという基本的かつ哲学的な問題を論じています。冷静沈着を旨とし、言葉を慎むことが説かれています。性善説《せいぜんせつ》や性悪説《せいあくせつ》で知られる本性の問題についても言及しています。

命を損なわぬ正しき心

正命《せいめい》とは「こういうことである」、正しい理をまっとうし、初めの気をまっとうし、我欲《がよく》で自分を損《そこ》なわなければ、桎梏《しっこく》（足かせ手かせ）をつけられて死んだとしても、正命を損なったことにはならない。もし初めの気が「私欲によって」失われて、正しい理がまっとうされないということであれば、たとえ正寝《せいしん》（表御殿）で死ぬとしても、おそらくそれは正命とはならないであろう。

正命《せいめい》とは、正理《せいり》を完却《かんきやく》し、初気《しよき》を全却《ぜんきやく》し、未《いま》だ嘗《かつ》て我《われ》を以《もつ》て之《これ》を害《がい》せざれば、桎梏《しつこく》して死《し》すと雖《いえど》も、其《そ》の正命為《せいめいた》るを害《がい》せず。若《も》し初気《しよき》鑿喪《さくそう》し、正理完《せいりまつた》からずんば、即《も》し正寝《せいしん》に終《お》わりを告《つ》ぐるも、恐《おそ》らくは正命《せいめい》に非《あら》ざらん。

正命者、完二却正理一、全二却初気一、未二嘗以レ我害レ之、雖二桎梏而死一、不レ害三其為二正命一。若初気鑿喪、正理不レ完、即正寝告レ終、恐非二正命一也。

孟子（『聖廟祀典図考』）

▽『呻吟語』の冒頭「性命」篇は、この言葉から始まります。哲学的な内容ですが、ここで説かれている「正命」、実は、『孟子』に由来します。『孟子』尽心上篇《じんしん》に、「其《そ》の道《みち》を尽《つ》くして死《し》する者《もの》は正命《せいめい》なり」とあります。『孟子』は、天から

自然に与えられるものを「正命」と定義した上で、よく天命を知る者は、危険な「巌《がん》牆《しょう》」（崖や壁）の下に立たないと説きます。わざわざ寿命を縮めるような危険なことはせず、与えられた道を尽くして死ぬのは、自然の道理にかなっていて、それこそが「正命」だというのです。

『呻吟語』が冒頭から『孟子』の言葉を踏まえているのは、宋代・明代の学者に孟子の思想が強い影響を与えていたことを物語っています。

ただし、呂新吾は、単に『孟子』の受け売りをしているのではなさそうです。なぜなら、『孟子』では、これに続いて、「桎梏《しっこく》して死《し》する者《もの》は、正命《せいめい》に非《あら》ざるなり」と結んでいるからです。人間は、天から与えられた正しい天命、すなわち正命をすべて素直に受け入れる必要があり、足かせ手かせの刑で死ぬような事態は、「正命」ではないと断言しています。ところが、『呻吟語』は、正しい道理を完全にし、初気《しょき》（生まれたときに天から与えられた気）をまっとうして、我欲《がよく》でそれをそこなうことがなければ、たとえ刑罰を受けて死ぬことになったとしても、その「正命」を害することにはならないと説いています。『孟子』を踏まえながらも、より強く心の正しさを求めていると言えましょう。人は、正しい心を大切にして、危険と知りつつ巌牆の下に立たなければならない時もあるのです。

徳性を養う

天から受けた道徳的本性は、心が引き締まり落ち着いていることを第一とする。その中でも、特に明瞭で平易であることを第一とする。おおよそ心が引き締まり落ち着いている人は、曖昧不明瞭であることを恐れ、心が深刻《しんこく》で険しいことを恐れる。心が浅薄《せんぱく》で浮ついている人は、たとえ才気《さいき》煥発《かんぱつ》であったとしても、徳を養う器量の人ではない。

徳性《とくせい》は収斂沈著《しゅうれんちんちゃく》なるを以《もっ》て第一《だいいち》と為《な》す。収斂《しゅうれん》沈著《ちんちゃく》の中《なか》、又《ま》た精明平易《せいめいへいい》を以《もっ》て第一《だいいち》と為《な》す。大段収斂沈著《おおよそしゅうれんちんちゃく》の人《ひと》、含糊《がんこ》を怕《おそ》れ、深険《しんけん》を怕《おそ》

徳性以㆓収斂沈著㆒為㆓第一㆒。収斂沈著中、又以㆓精明平易㆒為㆓第一㆒。大段収斂沈著人、

る。浅浮子《せんふし》は光明洞達《こうみょうどうたつ》と雖《いえど》も、徳《とく》を蓄《たくわ》うるの器《うつわ》に非《あら》ざるなり。

怕㆓含糊㆒、怕㆓深険㆒。浅浮子雖㆓光明洞達、非㆓蓄㆑徳之器㆒也。

▽心の冷静沈着を説いています。ただ、妙に難《むずか》しくなってはいけません。落ち着きの中にも明瞭で平易なことが重要です。一番いけないのは、軽佻浮薄《けいちょうふはく》。言動が軽く、失言を繰り返し、その撤回・謝罪に追われるようでは、とても道徳の器を持った人とは言えません。

心にしまっておく言葉

真の妙機《みょうき》や真の妙味《みょうみ》は、涵蓄《かんちく》（心の中に含みたくわえること）が大切だ。露骨に言葉に出してはならない。真実の神妙さは極まりなく、言葉では解き明かすことなどできぬ。聖人が言うのをやめた理由はここにある。いったん口を開いて説明しようとすれば、窮年《きゅうねん》（一生涯）かかっても説き尽くすことはできない。また、意味がバラバラになって味わいが薄くなり、いささかも意味をかみくだき深く味わうようなところがなくなってしまう。

真機真味《しんきしんみ》は涵蓄《かんちく》せんことを要《よう》す。点破《てんは》するを休《や》めよ。其《そ》の妙《みよう》は窮《きわ》まり無《な》く、言《い》いて喩《さと》すべからず。聖人《せいじん》の言《い》う無《な》き所以《ゆえん》なり。一《ひと》たび口《こう》頬《きよう》を犯《おか》せば、窮年説《きゆうねんと》きて尽《つ》くさず。又《ま》た離披《りは》澆漓《ぎようり》にして、一些《いつしや》の咀嚼《そしやく》の処無《ところな》し。

真機真味要二涵蓄一。休二点破一。其妙無レ窮、不レ可二言喩一。所三以聖人無二レ言。一犯二口頬一、窮年説不レ尽。又離披澆漓、無二一些咀嚼処一矣。

▽言葉の難しさを説く条です。言葉は真理を表現できるのか、自分の気持ちを言葉でうまく伝えることができるのか、という問いかけです。すでに『周易《しゆうえき》』にも、「言《げん》は意《い》を尽《つ》くさず」とありました。古代の聖人も、言葉の問題では苦慮したようです。かつて孔子は「無言」を宣言したことがあります。この条で、「聖人が言うのをやめた」というのは、『論語』陽貨《ようか》篇に見える孔子と弟子の子貢《しこう》との対話を基にしています。

孔子（『歴代古人像贊』）

子《し》曰《いわ》く、「予《われ》言《い》うこと無《な》からんと欲《ほっ》す」。子貢《しこう》曰《いわ》く、「子《し》如《も》し言《い》わずんば、則《すなわ》ち小子《しょうし》何《なに》をか述《の》べん」。子《し》曰《いわ》く、「天何《てんなに》をか言《い》わんや。四時《しいじ》行《おこな》われ、百物《ひゃくぶつ》生《しょう》ず。天何《てんなに》をか言《い》わんや」。

孔子は唐突《とうとつ》に、「もう何も言うまい」と宣言し、驚いた子貢が「もし先生が何もおっしゃらなくなったら、私どもはいったい何を述べていったらよいのでしょうか」と問います。すると孔子は、「天は何か言葉を発するだろうか。「いや何も言わない。それなのに」四季はめぐり、万物は成長している」と答えます。

確かに、中国の「天」は、天命・天運などと呼ばれるように、宇宙の絶対的な支配者であるにもかかわらず、決して言葉を発することはありません。孔子もこれにならおうというのです。

まったくの無言を貫くことはできないとしても、言葉を反省してみる必要はあるでしよう。軽薄な言葉が氾濫する世の中で、「涵蓄《かんちく》」の大切さを説くこの条は、胸に迫るものがあります。言葉は、発することよりも、しまっておくことの方が難しく、また大切なのです。

三つの資質

心が落ち着いて物事に動ぜず、どっしりとしていることは、「人として尊重される」第一の資質である。小さなことにこだわらず、才知と武勇にすぐれていることは、第二の資質である。聡明で弁舌にすぐれていることは、第三の資質である。

深沈厚重《しんちんこうじゅう》なるは、是《こ》れ第一等《だいいっとう》の資質《ししつ》。磊落豪《らいらくごう》雄《ゆう》なるは、是《こ》れ第二等《だいにとう》の資質《ししつ》。聡明才弁《そうめいさいべん》なるは、是《こ》れ第三等《だいさんとう》の資質《ししつ》。

深沈厚重、是第一等資質。磊落豪雄、是第二等資質。聡明才弁、是第三等資質。

▽人として尊重されるべき三つの資質をあげています。今風に言えば、冷静沈着、豪放《ごうほう》磊落《らいらく》、頭脳明晰といったところでしょうか。第一等としてあげられている「深沈厚重《しんちんこうじゅう》」は、『呻吟語』全体を貫くキーワードだといってもいいでしょう。先の条では「収斂沈著《しゅうれんちんちゃく》」とあり、また後の品藻《ひんそう》篇では、「安重深沈《あんじゅうしんちん》」と表現されています。

では、呂新吾がことさらに冷静沈着を説くのはなぜでしょうか。それは、要するに、当時の風潮が、これとは正反対だったということなのです。軽薄な言葉遣い、拙速の行動。そうした世相に対して呂新吾は警告を発しています。

それゆえ、頭脳明晰、弁舌さわやかというのは、ようやく第三の資質としてあげられるにとどまっています。往々にして、饒舌《じょうぜつ》・軽薄になっていくからです。ただこれは、呂新吾がはじめて言い出したのではなく、古く『論語』にもこうありました。

・「巧言令色《こうげんれいしょく》、鮮《すく》なし仁《じん》」（学而篇）……巧みな言葉遣いや外見をつくろうのは、仁の心にとぼしい。

・「事《こと》に敏《びん》にして言《げん》に慎《つつし》む」（学而篇）……君子はすばやく仕事をこなし、言葉を慎む。

・「君子《くんし》は言《げん》に訥《とつ》にして、行《おこな》いに敏《びん》ならんことを欲《ほっ》す」（里仁篇）……君子は口下手であっても、行動には敏捷《びんしょう》でありたいと願う。

人間の本性とは

性とは、理と気との総称である。善でない理はないが、すべてが善である気はない。性善《せいぜん》を論ずる者は、もっぱら理で論じている。性悪《せいあく》と善悪混交《ぜんあくこんこう》を論ずる者は、［理に］気を兼ねて言っているのである。だから、古典には様々に異なる性論が述べられているが、孔子だけは欠点がない。

性《せい》とは、理気《りき》の総名《そうみょう》なり。善《ぜん》ならざるの理《り》無《な》く、皆善《みなぜん》なるの気無《きな》し。性善《せいぜん》を論《ろん》ずる者《もの》は、純《もっぱ》ら理《り》を以《もっ》て言《い》うなり。性悪《せいあく》と善悪混《ぜんあくこん》ずとを論《ろん》ずる者《もの》は、気《き》を兼《か》ねて言《い》うなり。故《ゆえ》に経伝《けいでん》に性《せい》を言《い》うこと各各同《おのおのおな》じからず、惟《た》だ孔子《こうし》のみ病無《やまいな》し。

性者、理気之総名。無㆓不㆑善之理㆒、無㆓皆善之気㆒。論㆓性善㆒者、純以㆑理言也。論㆔性悪与㆓善悪混㆒者、兼㆑気而言也。故経伝言㆑性各各不㆑同、惟孔子無㆑病。

▽中国の性説と言えば、孟子の性善説《せいぜんせつ》と荀子《じゅんし》の性悪説《せいあくせつ》が有名です。また実は、これ以外にも様々な性説がありました。ここで『呻吟語』はその理由について説明しています。性の問題に関するきわめて重要な指摘です。

まず、性は、「理」と「気」とをあわせた概念だと言います。この「理」とは、朱子学の重要な概念で、天理とも呼ばれます。宇宙で一つの「理」は、「気」を媒介としてこの世に分散し、万物を構成するとともに、さまざまな現象をおこします。私たちの体や心も例外ではありません。理を受けた気によって体も心も成り立っているのです。

この理は唯一絶対のもので、完璧な「善」なる存在です。ただし、それを受けた「気」には濃淡・厚薄・軽重の違いが生じてきます。人の姿形がさまざまで、私たちの心にも「むら」があるのはそのためです。だからここで、善でない理はないが、気はすべてが善であるとは限らない、と言っているのです。

そして、「性善を論ずる者」すなわち孟子については、もっぱら「理」で説いたものとします。これに対して、荀子は性悪説を説きました。人間はそのままでは堕落してしまうので、学問や礼によって修養し、善に向かわなければならないという理論です。

また、漢代には、善悪混ずの説もありました。たとえば、揚雄《ようゆう》（前五三〜後一八）の

『法言《ほうげん》』には、こうあります。

人《ひと》の性《せい》や善悪混《ぜんあくこん》ず。其《そ》の善《ぜん》を修《おさ》むれば則《すなわ》ち善人《ぜんにん》と為《な》り、其《そ》の悪《あく》を修《おさ》むれば則《すなわ》ち悪人《あくにん》と為《な》る。（修身篇）

さらに、後漢の思想家王充《おうじゅう》や荀悦《じゅんえつ》は、性三品説《せいさんぴんせつ》を唱えました。人の性にはもともと上・中・下の三等があるとするものです。この考え方は、唐代の韓愈《かんゆ》も支持しています。

また、朱子学でも、この本性論は、「性即理《せいそくり》」と説明されます。つまり、「性」は「理」そのものであって本来的に善ではあるが、実際には「気」の偏《かたよ》りが生じてしまうと説いたのです。

このように、古来、様々な性説があり、それが「経伝《けいでん》」の中に見られます。「経伝」の「経」とは、もともと聖人の言葉を記した、あるいは聖人が著した経書。「伝」はその注釈です。ここでは広く儒家の古典の意として使われています。

呂新吾は、これらの性説を踏まえた上で、孔子の考え方が最もよいと言っています。孔子は性の問題に善悪という価値観を持ち込みませんでした。『論語』陽貨《ようか》篇に、「子《し》曰《いわ》く、性《せい》相近《あいちか》し。習《なら》い相遠《あいとお》し」とあります。本来的な性はみな似たり寄ったりだが、後天的な習慣によって違いが生じてくる、という意味です。性の問題を観念的に論ずることなく、単純に「性善」や「性悪」などとは言わなかったのです。

天の孝子

父母が子を生み、子がその身体を全《まつと》うしてお返しする。髪も皮膚も、父母からいただいたはじめに帰り、少しの傷もないというのは、親にとっての孝子《こうし》である。天が人を生み、人がその身体を全うしてお返しする。心性《しんせい》が天からいただいたはじめに帰り、少しの欠けたところがないというのは、天にとっての孝子である。

父母《ふぼ》全《まった》くして之《これ》を生《う》み、子《こ》全《まった》くして之《これ》を帰《かえ》し、
髪膚《はつぷ》、父母《ふぼ》の初《はじ》めに還《かえ》り、些《いささ》かの毀傷《きしよう》無《な》きは、

父母全而生レ之、子全而帰レ之、
髪膚還二父母之初一、無二些毀傷一、

親《おや》の孝子《こうし》なり。天全《てんまった》くして之《これ》を生《う》み、人全《ひとまった》くして之《これ》を帰《かえ》し、心性《しんせい》、天《てん》の初《はじ》めに還《かえ》り、些《いささ》かの欠欠無《けつけつな》きは、天《てん》の孝子《こうし》なり。

親之孝子也。天全而生レ之、人全而帰レ之、心性還二天之初一、無二些欠欠一、天之孝子也。

▽私たちの体と心について述べた条です。すぐに『孝経』を連想される方もいらっしゃるでしょう。『孝経』開宗明義《かいそうめいぎ》章に、こうありました。

身体髪膚《しんたいはっぷ》、之《これ》を父母《ふぼ》に受《う》け、敢《あえ》て毀傷《きしょう》せざるは、孝《こう》の始《はじ》めなり。身《み》を立《た》て道《みち》を行《おこな》い、名《な》を後世《こうせい》に揚《あ》げ、以《もっ》て父母《ふぼ》を顕《あら》わすは、孝《こう》の終《お》わりなり。

孝經一卷
開宗明義章第一
仲尼居 曾子侍 子曰先王有至德要道以順天下民用和睦上下無怨 女知之乎 曾子避席曰參不敏 何足以知之 子曰夫孝德之本也 教之所由生也 復坐吾語女 身體髮膚受之父母不敢毀傷孝之始也 立

『孝経』

両親からいただいた体を、髪や肌にいたるまで大切にし、決して損なわないというのが孝の第一歩。その精神を大切にして実践に努め、立身出世して名をあげ、両親を顕彰するというのが孝の完成だ、という意味です。

儒教では、肉体の保全と継承を尊重し、それこそが「孝」の第一歩だとします。『呻吟語』はこれに基づき、父母と子との関係からさらに、天と人との関係に及びます。人は実際には父母から生まれるわけですが、さらに突き詰めれば、天のおかげで生まれてくるという意識なのでしょう。だから、体と心をまっとうすることができれば、それは「天の孝子」と言えるのです。

存心《そんしん》―正しい心のあり方とは―

心のあり方について説きます。まず孟子の説く「放心《ほうしん》」を取り上げ、続いて、中庸を守ること、我執《がしゅう》を去ること、沈静を保つこと、を論じて行きます。幸不幸の分岐点を、わずか八字で説くのも注目されます。

真の放心とは

心が放たれているか放たれていないかということは、心が正しいかどうかを基準にして説くべきであって、単に心が外界に向かっているかどうかを基準にして説くべきではない。たとえば、俗世を離れた山林の中で暮らしていながら、廊廟《ろうびょう》（朝廷、政治）に思いをはせ、身は衰退した世にありながら、唐虞《とうぐ》（堯舜《ぎょうしゅん》の太平の世）

に思いこがれ、旅人が［ふるさとの］親を思い、貞節な妻が［遠くにいる］夫を思うのは、まさに［心の正しいあり方であって］、これを放心と言ってよいであろうか。もし正しいかどうかを議論せず、ただ心が外界に出ているかどうかを比べるのであれば、それはむしろ、座禅入定《ざぜんにゅうじょう》の学になってしまう。

心《こころ》の放《はな》るると放《はな》れざるとは、邪正《じゃせい》の上《うえ》に在《あ》りて説《と》き、出入《しゅつにゅう》の上《うえ》に在《あ》りて説《と》かざらんことを要《よう》す。且《か》つ如《も》し山林《さんりん》に高臥《こうが》して、心《こころ》を廊廟《ろうびょう》に遊《あそ》ばせ、身《み》は衰世《すいせい》に処《お》りて、唐虞《とうぐ》を夢想《むそう》し、遊子《ゆうし》の親《おや》を思《おも》い、貞婦《ていふ》の夫《おっと》を懐《おも》うは、這《これ》は是《こ》れ箇《こ》の放心《ほうしん》なりや否《いな》や。若《も》し邪正《じゃせい》を論《ろん》ぜずして、只《た》だ出入《しゅつにゅう》を較《くら》ぶるのみならば、却《かえ》って是《こ》れ禅定《ぜんじょう》の学《がく》なり。

心放不レ放、要下在二邪正上一説、不中在二出入上一説上。且如高二臥山林一、遊二心廊廟一、身処二衰世一、夢二想唐虞一、遊子思レ親、貞婦懐レ夫、這是箇放心否。若不レ論二邪正一、只較二出入一、却是禅定之学。

▽かつて孟子が説いた重要なキーワード「放心《ほうしん》」を問題にしています。放心とは、放たれてしまった心、失われた良心《りょうしん》のことです。『孟子』告子《こくし》上篇に「学問《がくもん》の道《みち》は他《た》無《な》し。其《そ》の放心《ほうしん》を求《もと》むるのみ」とあります。失われてしまった良心を取り戻すのが学問の道だという意味です。朱子学でも、この「放心を求める」ことが大切な修養とされていました。

ところが呂新吾は、放心の理解が上滑りになっているとして、問題は、心の「邪正《じゃせい》」だと言うのです。かりに深山幽谷《しんざんゆうこく》にいても、しっかりと天下国家のことを思い、乱世に身を置きながら、理想の統治を夢見るのであれば、それは放心ではないというのです。文字面《づら》にとらわれて、この道理が無視されるのなら、私たちは、いっさい心を外界に向けられなくなります。それでは座禅を組むしかなくなってしまうでしょう。呂新吾の考えた正しい心のあり方とは、決して無念無想の境地に入ることで得られるようなものではなかったのです。

心の虚をたっとぶ

目の中に花があれば（目がくらんでまぶたに幻《まぼろし》の花があるような感じであれば）、何を見てもゆがんで見える。耳の中に声（耳鳴り）があれば、何を聴いても聞き違える。心の中に物（特定の価値観や先入観）があれば、何を処理するにつけ思い違いをする。それゆえ心というものは虚《きょ》をたっとぶのである。

目中《もくちゅう》に花有《はなあ》れば、則《すなわ》ち万物《ばんぶつ》を視《み》るに皆妄見《みなもうけん》なり。耳中《じちゅう》に声有《こえあ》れば、則《すなわ》ち万物《ばんぶつ》を聴《き》くに皆妄《みなもう》聞《ぶん》なり。心中《しんちゅう》に物有《ものあ》れば、則《すなわ》ち万物《ばんぶつ》を処《しょ》するに皆妄意《みなもうい》なり。是《こ》の故《ゆえ》に此《こ》の心《こころ》は虚《きょ》を貴《たっと》ぶ。

目中有レ花、則視二万物一皆妄見也。耳中有レ声、則聴二万物一皆妄聞也。心中有レ物、則処二万物一皆妄意也。是故此心貴レ虚。

▽目や耳などの感覚器官に支障があれば、外界の事物は、正しく心に映り込みません。同様に、心に何物かがはさまっていれば、ものごとへの対応を誤ってしまうでしょう。それは特定の価値観であったり、思い込みであったり、妬《ねた》みや恨《うら》みといったネガティブな感情などです。だから私たちは、心を「虚」にしておく必要があるのです。そうすれば、心のスクリーンに正しい像が結ばれることでしょう。

心の静が動を支配する

「静《せい》」の一文字からは、一日中離れてはならない。一瞬でもわずかに離れると、心は乱れてしまう。門は終日開いたり閉じたりするが枢《とぼそ》（開き戸を開閉させる回転軸）は常に静かである。妍媸《けんし》（美しいものと醜いもの）が終日その前を行き来しても、鏡《かがみ》自体は常に静かである。［同様に］人は終日事物に対応しているが、心は常に静かにすることができる。静かにしているからこそ、動を支配できるのだ。もし動を追いかけていくばかりなら、事物への対応はきっと乱れるだろう。だから眠っている時にも、想念が静かでないと、その夢もまた乱れるのである。

静《せい》の一字《いちじ》は、十二時《じゅうにじ》離《はな》れ了《おわ》らず。一刻《いっこく》も纔《わず》かに離《はな》るれば便《すなわ》ち乱《みだ》れ了《おわ》る。門《もん》は尽日開闔《じんじつかいこう》すれども枢《とぼそ》は常《つね》に静《しず》かなり。妍媸《けんし》は尽日往来《じんじつおうらい》すれども鏡《かがみ》は常《つね》に静《しず》かなり。人《ひと》は尽日応酬《じんじつおうしゅう》すれども心《こころ》は常《つね》に静《しず》かなり。惟《た》だ静《しず》かなり、故《ゆえ》に能《よ》く動《どう》を張主《ちょうしゅ》し得《う》。若《も》し動《どう》を逐《お》いて去《さ》れば、事《こと》に応《おう》ずること定《さだ》めて分暁《ぶんぎょう》ならず。便《すなわ》ち是《こ》れ睡《ねむ》る時《とき》も此《こ》の念静《ねんしず》かならず、箇《こ》の夢児《ゆめ》を作《な》すも胡乱《うろん》なり。

静之一字、十二時離不レ了。一刻纔離便乱了。門尽日開闔枢常静。妍媸尽日往来鏡常静。人尽日応酬心常静。惟静也、故能張‐主二得動一。若逐レ動而去、応レ事定不二分暁一。便是睡時此念不レ静、作二箇夢児一也胡乱。

▽存心篇で最も大切だとされる一語は、この「静」ではないでしょうか。ここでは、十

二時（一日中）離れてはならないものだと言っています。そのたとえが絶妙です。一日中開閉を繰り返す扉《とびら》と、それにもかかわらず動くことのない「枢《とぼそ》」。美醜入り交じって次から次へと往来する人々と、それを静かに映し出す「鏡」。外界がどんなにさわがしく動き回っても、それを支配し、じっと静かにしていられるものがあるのです。

呂新吾は、人間の心もそうありたいと願います。動くものに気を取られ、心のカメラを右へ左へと動かし続ければ、そのフレームの外にあるものは決して見えません。心は真実から遠ざかるでしょう。

興味深いのは、睡眠時の夢に対する考え方です。フロイトは、昼間抑圧されていた潜在意識が夜の夢となって発露すると説きました。しかしこれは近代的な夢観で、かつては、起きているときの精神がそのまま夢になって現れると考えられていたのです。静かな心を持たぬ人は、胡乱《うろん》の（でたらめで混乱した）夢を見るというわけです。

偽りの心との戦い

三十年間、心力《しんりょく》を尽《つ》くしてきたが、「偽《ぎ》」（にせ）の一字を除くことができなかった。ある人が、「あなたはきわめて実《じつ》を尊んでいるよ」と言ってくれたので、私はこう答えた。「いわゆる偽というものは、必ずしも［目に見える］言動についてだけ言うのではない。誠実な心で民のために尽くしても、そこに自分の徳を誇るような心が少しでもまじれば、それは偽である。誠実な心で善行をなしても、それを人に知られたいと願うような心が少しでもまじれば、それは偽である。道理の上からしなければならないことを十分にしたとしても、ほんのわずかなことで他人と争い、満足しないのであれば、それは偽である。正義に向う気持ちが切実であっても、わずかに二三の利己心があれば、それは偽である。昼間にすることはみな善であっても、夜の夢の中で悪事が入ってくるのであれば、それは偽である。心の中では、まだ九割方なのに、外づらはいかにも十分であるかのようにするのであれば、それは偽である。これは自分だけに分かる偽である。私はこれらを除き去ることができなかった。少しずつ、偽を防ぎとめる心が崩《くず》れゆき、言動の中に悪がはびこるのを恐れているだけだ」。

三十年《さんじゅうねん》の心力《しんりょく》を用《もち》うるも、一箇《いっこ》の偽《ぎ》の字《じ》を除《のぞ》き得《え》ず。或《あ》るひと曰《いわ》く、「君《きみ》は儘《きわ》めて実《じつ》を尚《たっと》ぶ」。余《よ》曰《いわ》く、「所謂《いわゆる》偽《ぎ》なる者《もの》は、豈《あ》に必《かなら》ずしも言行《げんこう》の間《かん》に在《あ》るのみならんや。実心《じっしん》、民《たみ》の為《ため》にするも、一念《いちねん》の我《われ》を徳《とく》とするの心《こころ》を雑《まじ》うれば、便《すなわ》ち是《こ》れ偽《ぎ》なり。実心《じっしん》、善《ぜん》を為《な》すも、一念《いちねん》の知《し》られんことを求《もと》むるの心《こころ》を雑《まじ》うれば、便《すなわ》ち是《こ》れ偽《ぎ》なり。道理上該《どうりじょうまさ》に做《な》すべきこと十《じゅう》分《ぶん》なるも、只《た》だ一毫《いちごう》を争《あらそ》いて未《いま》だ満足《まんぞく》せざる

用二三十年心力一、除二一箇偽字一不レ得。或曰、君儘尚レ実矣。余曰、所謂偽者、豈必在二言行間一哉。実心為レ民、雑二一念徳レ我之心一、便是偽。実心為レ善、雑二一念求レ知之心一、便是偽。道理上該做十分、只争二一毫一未二満足一、便是偽。汲一汲於向レ義、纔有二二三心一、

は、便《すなわ》ち是《こ》れ偽《ぎ》なり。義《ぎ》に向《む》うに汲汲《きゅうきゅう》たるも、纔《わず》かに二三《にさん》の心有《こころあ》れば、便《すなわ》ち是《こ》れ偽《ぎ》なり。白《はく》昼《ちゅう》の為《な》す所《ところ》は皆善《みなぜん》なるも、而《しか》して夢寐《むび》に非僻《ひへき》の干《おか》す有《あ》るは、便《すなわ》ち是《こ》れ偽《ぎ》なり。心中《しんちゅう》には九《きゅう》分有《ふんあ》るに、外面《がいめん》は做《な》し得《え》て恰《あたか》も十分《じゅうぶん》に象《に》たるは、便《すなわ》ち是《こ》れ偽《ぎ》なり。此《こ》れ独《ひと》り覚《さと》るの偽《ぎ》なり。余《よ》皆去《みなさ》る能《あた》わず。漸《ようや》く防閑《ぼうかん》を潰《ついや》して悪《あく》を言行《げんこう》の間《あいだ》に延《の》ばさんことを恐《おそ》るるのみ」。

便是偽。白昼所レ為皆善、而夢寐有二非僻之干一、便是偽。心中有二九分一、外面做得恰象二十分一、便是偽。此独覚之偽也。余皆不レ能レ去。恐下漸潰二防閑一延中悪於言行間上耳。

▽三十年間にわたる心の戦いを告白した一条です。呂新吾の言動は、他人から見れば十分に実《まこと》だったのでしょう。実際、そのように評価してくれる人もいたのです。ところが呂新吾は、その言葉に満足することはありませんでした。偽《いつわり》とは、他人に見える言動だけではないというのです。夢の中の悪事でさえ、心の偽だと自戒します。きわめて高い道徳性を追求していることが分かります。万暦四十四年（一六一六）、八十一歳のとき

に刊行した文集の名は、『去偽斎文集《きよぎさい》』でした。

ところで、この「三十年」とは、どのように理解できるでしょうか。中国では、「三」のつく語は、多くの場合、イメージ語です。「韋編三絶《いへんさんぜつ》」「一日三秋《いちじつさんしゆう》」「三顧《さんこ》の礼《れい》」などの例を見れば分かるように、「三」は多い、長い、しばしば、というイメージを表し、必ずしも実数ではありません。ここも、そうしたイメージだとすれば、「長年」と訳すべきところでしょうか。

ただ、単なるイメージではなく、ある程度具体的な年数を表しているという可能性もあります。実は、呂新吾が、書きためていた文章をまとめて序文をつけ、『呻吟語』六巻として刊行したのは、万暦二十一年（一五九三）、五十八歳のときでした。その序文に「三十年来《さんじゆうねんらい》、志《しる》す所《ところ》の呻吟語《しんぎんご》、凡《およ》そ若干巻《じやつかんかん》」とあります。自ら序文で「三十年」と明言しているのです。ここもそれを受けているでしょう。とすれば、そこから逆算して、執筆に着手したのは、嘉靖《かせい》四十二年（一五六三）、二十八歳頃だったと推測されます。

我執を去る

世の中の人はすべて執着心のかたまりだ。この執着心を取り除けば、四方八方に通じて、世界中にいっさいの妨《さまた》げがなくなる。執着心を取り除こうとするならば、常に、自分の思いが天地万物と一体となっているか、それとも単に我欲《がよく》にすぎないのかを、考え反省しなければならない。

挙世都《きよせいすべ》て是《こ》れ我心《がしん》なり。這《こ》の我心《がしん》を去《さ》り了《おわ》れば、便《すなち》ち是《こ》れ四通八達《しつうはつたつ》して、六合《りくごう》の内《うち》、一些《いつしや》の界限無《かいげんな》し。我心《がしん》を去《さ》らんことを要《もと》むれば、須《すべか》らく時時《ときどき》に、這《こ》の念頭《ねんとう》は是《こ》れ天地万物為《てんちばんぶつた》るか、是《こ》れ我為《われた》るかを省察《せいさつ》するを要《よう》す。

挙世都是我心。去二了這我心一、便是四通八達、六合内無二一些界限一。要レ去二我心一、須要下時時省中察這念頭是為二天地万物一是為上レ我。

▽「挙世」とは世を挙げて、すなわち世の中の人すべての意。「四通八達」とは四方八方に道が通じていること。ここでは、執着心を取り除けば支障なくどこにでも行けること。「六合《りくごう》」とは東西南北上下、すなわち天下全体。心は世界に通じていくのです。ただ、その際にも、その想念が天地万物と一体になっているか、それとも我欲にすぎないのかを十分に反省しなければならないと説いています。

禍福の分岐点

「忍激《にんげき》」（じっと我慢するか、感情を発散させてしまうか）の二字こそ、幸と不幸の分かれ目である。

═「忍激《にんげき》」の二字《にじ》は、是《こ》れ禍福《かふく》の関《せき》なり。

忍激二字、是禍福関。

▽わずか八字。その中に幸福への道しるべが示されています。幸不幸とは、外からやってくるものではなく、すべて自身の心が招くのです。その分岐点は、じっと我慢できるか、それとも感情を発散させてしまうかにあります。忍耐こそが幸福を呼ぶのです。

あの世へ持って行くもの

臨終の際、［あの世へは］一つとして物を身につけて行くことはできない。ただ心だけを持っていくのに、［人々は］それをみずから壊《こわ》してしまっている。これでは、何も身につけずに［あの世に］帰って行くことになる。永遠に取り返しのつかない恨《うら》みと言うべきだ。

属纊《しょつこう》の時《とき》、般般《はんはん》都《すべ》て帯《お》び得《え》ず。惟《た》だ是《こ》れ此《こ》の心《こころ》を帯《たい》し得《う》るのみなるに、却《かえ》って壊《やぶ》らしめ了《おわ》

属纊之時、般般都帯不レ得。
惟是帯ニ得此心一、却教レ壊了。

る。是《こ》れ空身《くうしん》にして帰《かえ》り去《さ》るなり。万古《ばんこ》の一《いつ》恨《こん》と為《な》すべし。

是空身帰去矣。可レ為二万古一恨一。

▽「属纊《しょつこう》」とは、臨終の際、綿を鼻につけて息があるかどうかを確かめることです。『礼記《らいき》』喪大記《そうたいき》篇に、病が重篤《じゅうとく》なときには、「男女服《だんじょふく》を改《あらた》め、纊《こう》を属《つ》けて、以《もっ》て絶気《ぜっき》を俟《ま》つ」とあります。

　あの世があると信ずれば、心は少し安らぐかもしれません。しかし、あの世には何も持っては行けないのです。持って行けるのは、ただ一つ、その人の「心」。それなのに、私たちは、あれもこれもと「物」をため込んで、「心」のことをすっかり忘れているのではないでしょうか。

弓を射るように

私の欠点は、涵養《かんよう》（自分の心を養い育てること）が純粋でなく、しっかりしていないということである。だから言葉は口を矢のように発して、物事にうまく当たらず、順応せず、人にも良くない。また何かを行う場合にも、気持ちのおもむくままにし、行動が、時には行き過ぎたり、時には不足だったり、時には道理をはずれることもある。もし涵養が十分にできて気持ちが定まれば、的《まと》の中心をじっくり見てから弓を引き、射るごとに的に当たり、［また］詳しく病《やまい》の様子を観察してから鍼《はり》を打ち、一つ一つがつぼに当たるようなものである。これこそ真に正しい体験であって、実用性のある実践である。［それには］ただ冷静沈着でなければならない。冷静沈着にして行えば、なにごとも、すべて天の道理にかなう。

吾《わ》が輩《はい》の欠《か》く所《ところ》は、只《た》だ是《こ》れ涵養《かんよう》すること純《じゅん》ならず定《さだ》まらざるなり。故《ゆえ》に言《げん》は則《すなわ》ち口《くち》を矢《や》にして発《はっ》する所《ところ》、事《こと》に当《あ》たらず、物《もの》に循《したが》わず、人《ひと》に宜《よろ》しからず。事《こと》は則《すなわ》ち意《い》を恣《ほしいまま》にし、行《おこな》う所或《ところある》いは太《はなは》だ過《す》ぎ、或《ある》いは及《およ》ばず、或《ある》いは理《り》に悖《もと》る。若《も》し涵養《かんよう》し得《え》て定《さだ》まれば、正鵠《せいこく》を熟視《じゅくし》して而《しか》る後《のち》に弓《ゆみ》を開《ひら》き、矢矢《しし》的《まと》に中《あた》り、分寸《ふんすん》を細量《さいりょう》して而《しか》る後《のち》に針《はり》を投《とう》じ、処処穴《しょしょけつ》に中《あた》るが如《ごと》し。此《こ》れは是《こ》れ真正《しんせい》の体験《たいけん》、実用《じつよう》の工夫《くふう》なり。総来《すべて》只《た》だ是《こ》れ箇《こ》の沈静《ちんせい》なり。沈静《ちんせい》にし了《おわ》り発出《はっしゅつ》し来《きた》れば、件件《けんけん》都《すべ》て是《こ》れ天則《てんそく》なり。

吾輩所㆑欠、只是涵養不㆑純不㆑定。故言則矢㆑口所㆑発、不㆑当㆑事、不㆑循㆑物、不㆑宜㆑人。事則恣㆑意、所㆑行或太過、或不㆑及、或悖㆑理。若涵養得定、如㆘熟㆓視正鵠㆒而後開㆑弓、矢矢中㆑的、細㆓量分寸㆒而後投㆑針、処処中㆖穴。此是真正体験、実用工夫。総来只是箇沈静。沈静了発出来、件件都是天則。

▽自分を含む同時代人の欠点を率直に認める一条です。それは「涵養《かんよう》」の不足でした。心の修養が不十分なままに言葉を発するから失言となり、軽率に行動するから失態となるのです。正しい言動の例として、弓と鍼《はり》のたとえがあげられています。「正鵠《せいこく》」とは、弓の的《まと》の中心。布に描いた的が「正」、皮に描いた的が「鵠」。アーチェリー競技では十点満点のところです。ここから転じて、物事の急所・要点をとらえることを「正鵠を射る」、はずしてしまうことを「正鵠を失する」と言います。もとは、『礼記』中庸篇に、「諸《これ》を正鵠《せいこく》に失《しっ》すれば、反《かえ》って諸《これ》を其《そ》の身《み》に求《もと》む」とあり、弓を射て的を外したとき、その原因を自身に求めるという意味です。また、鍼がつぼにあたるというのも、弓と同じく、その「実用」性が指摘されています。学問は、実践・実用が大切。ただその際に忘れてはならないのは、「沈静」を保って的を外さないということです。

中庸を守る

物はいい加減にしまい込んでなくしてしまうこともあれば、厳重にしまい込みすぎてなくしてしまうこともある。［同様に］礼も粗忽《そこつ》なために誤ることもあれば、丁寧すぎてしくじることもある。だから心を用いる秘訣は、ちょうどほどよい中間にあるのだ。

物《もの》は慢蔵《まんぞう》を以《もつ》てして失《うしな》うこと有《あ》り、亦《ま》た謹蔵《きんぞう》を以《もつ》てして失《うしな》う者有《ものあ》り。礼《れい》は疎忽《そこつ》を以《もつ》てして誤《あやま》る有《あ》り、亦《ま》た敬畏《けいい》を以《もつ》てして誤《あやま》る者有《ものあ》り。故《ゆえ》に心《こころ》を用《もち》いるは有無《うむ》の間《かん》に在《あ》り。

物有下以二慢蔵一而失上、亦有下以二謹蔵一而失者上。礼有下以二疎忽一而誤上、亦有下以二敬畏一而誤者上。故用レ心在二有無之間一。

▽儒家の大切な道徳「中庸《ちゅうよう》」が説かれています。極端なことをやめ、ほどほどを心がけましょう。中庸を得た「礼」の実践は、物のしまい方と同じです。粗雑にしまってしまっていては、やがてなくなってしまいます。だからといって、あまりに厳重にしまい込みすぎては、いったいどこにしまったのか本人すらも分からなくなってしまうでしょう。

倫理《りんり》―人間道徳の基本―

人間道徳の基本について説きます。特に親子の関係は、人倫の基本として重視されています。また、病人に直接安否を問わない、人の過ちを責めすぎないなど、著者のこまやかな気遣いも伝わってきます。

親の心を心配する

人の子として親につかえるとき、その心におつかえするのを最上とする。身につかえるのはそれに次ぐ。最低なのは、身につかえて少しも親の心を心配しないことである。さらにその下は、文（かざり、うわべ）だけでおつかえして、その身すら心配しないことである。

人《ひと》の子《こ》の親《おや》に事《つか》うるや、心《こころ》に事《つか》うるを上《じょう》と為《な》す。身《み》に事《つか》うるは之《これ》に次《つ》ぐ。最《もっと》も下《げ》なるは身《み》に事《つか》えて而《しか》も其《そ》の心《こころ》を恤《うれ》えず。又《また》其《そ》の下《げ》は、之《これ》に事《つか》うるに文《ぶん》を以《もっ》てして而《しか》も其《そ》の身《み》を恤《うれ》えず。

人子之事レ親也、事レ心為レ上。事レ身次レ之。最下事レ身而不レ恤二其心一。又其下、事レ之以レ文而不レ恤二其身一。

▽人倫の基本は親子の関係でしょう。それは古来、「孝」の一字で表されます。子が親を思う純粋な気持ちです。ただ一口に「孝」とは言っても、なかなか実践は難しく、ここでも、親の心におつかえするレベルと、身（体）におつかえするレベルとが峻別されています。親の心を思いやり、その気持ちに従うというのが最高の「孝」。体のことは一応いたわるが、親の気持ちを少しも分かろうとしないのは最低の「孝」。さらにひどいのは、親孝行していますよとポーズだけは示しておきながら、実は親の体のことさえ心配していない、というものです。

この「孝」の問題は、すでに孔子も指摘していました。子に求められるのは、単に親に従うという表面上の姿だけではなく、肝心なのは、その精神だと説いています。

今《いま》の孝《こう》とは、是《こ》れ能《よ》く養《やしな》うを謂《い》う。犬馬《けんば》に至《いた》るまで、皆《みな》能《よ》く養《やしな》うこと有《あ》り。敬《けい》せずんば、何《なに》を以《もっ》て別《わか》たんや。(『論語』為政篇)

【訳】最近の孝というのは十分に養うことを指していうが、犬や馬のようなものでもみな養うことはしている。敬《うやま》うということがなかったら、どこで区別できようか。

年老いた親を「養」うことは大切なのですが、それだけなら犬や馬にもできると言うのです。問題は、親に対する敬《うやま》いの気持ち。敬意の有無、それが、人と動物とを区別するのです。

愛しすぎてはならない

雨の恵みは、潤《うるお》いすぎると、万物の災《わざわ》いとなる。慈《いつく》しみ愛する気持ちは、礼義を逸脱すると、臣下の災いとなる。情愛は、度を超えると、子孫の災いとなる。

雨沢《うたく》、潤《うるお》いに過《す》ぐるは、万物《ばんぶつ》の災《わざわい》なり。恩寵《おんちょう》、礼《れい》に過《す》ぐるは、臣妾《しんしょう》の災《わざわい》なり。情愛《じょうあい》、義《ぎ》に過《す》ぐるは、子孫《しそん》の災《わざわい》なり。

雨沢過レ潤、万物之災也。恩寵過レ礼、臣妾之災也。情愛過レ義、子孫之災也。

▽君臣関係、親子の関係において、度を超えた愛情がかえってあだになることを指摘しています。それは、雨と同じ。適量ならまさに天の恵みで、作物は茂ります。しかし、長雨が続き、田んぼを浸《ひた》してしまうようになったらどうでしょう。稲は根腐れしてしまいます。君子が臣下を、親が子孫を思う気持ちもこれと同じです。愛しすぎは禁物です。

「隔」を去る

「隔《かく》」（へだたり）の一文字は、人情の大きな憂いである。だから、君臣・父子・夫婦・朋友・上下の交わりにおいては、「隔」を去るようにつとめなければならない。この字を去らずに、それでも怨《うら》み背《そむ》かないというのは、あったためしがない。

隔《かく》の一字《いちじ》は、人情《にんじょう》の大患《たいかん》なり。故《ゆえ》に君臣《くんしん》・父《ふ》子《し》・夫婦《ふうふ》・朋友《ほうゆう》・上下《じょうげ》の交《まじ》わりには、務《つと》めて隔《かく》を去《さ》る。此《こ》の字《じ》去《さ》らずして而《しか》も怨《うら》み叛《そむ》かざる者《もの》は、未《いま》だ之《こ》れ有《あ》らざるなり。

隔之一字、人情之大患。故君臣父子夫婦朋友上下之交、務去レ隔。此字不レ去而不二怨叛一者、未二之有一也。

▽ここでは、基本的な人倫関係を、君臣・父子・夫婦・朋友・上下、としています。それぞれに求められる道徳は何でしょうか。君臣であれば、臣下の「忠」、親子であれば、子の「孝」、夫婦であれば、妻の「貞」などでしょう。ただ、いずれにも共通する大前提があります。それが「隔」を去るということ。つまり、コミュニケーションを十分にとって、隔たりが生じないようにすることです。忠・孝などの道徳は、その上にこそ、成り立つのではないのでしょうか。

臣下の道

爵位《しゃくい》、俸禄《ほうろく》、恩寵《おんちょう》（主君のいつくしみ）といったものは、聖人は必ずそれを栄誉と受け止める。それによって聖人の評価が増減するわけではない。朝廷がこれらを尊重して勧奨《かんしょう》の意を示しているのに、それでもこちらがそれを軽んじて高慢な態度をとるのは、君主の意向に逆らうことになる。それは、君主が天下を鼓舞する権限を行き詰まらせるものだ。だから聖人は、爵位、俸禄、恩寵を「心の底から」栄誉とは思わなくても、必ずそれを栄誉として帝王の権限を尊重し、それによって天下に帝王の権限が尊重されるべきであることを示すのである。これこそ臣下の道である。

爵禄恩寵《しゃくろくおんちょう》は、聖人未《せいじんいま》だ嘗《かつ》て以《もっ》て栄《えい》と為《な》さずんばあらず。聖人《せいじん》は此《これ》を以《もっ》て加損《かそん》を為《な》すに非《あら》ざるなり。朝廷《ちょうてい》、之《これ》を重《おも》んじて以《もっ》て勧《すす》むるを示《しめ》すに、而《しか》も我《われ》、之《これ》を軽《かろ》んじて高《たか》きを示《しめ》すは、

爵禄恩寵、聖人未㆔嘗不㆓以為ㇾ栄。聖人非㆔以ㇾ此為㆓加損㆒也。朝廷重ㇾ之以示ㇾ勧、而我軽ㇾ之以示ㇾ高、是与ㇾ君忤也。是

是《こ》れ君《きみ》と忤《さから》うなり。是《こ》れ君《きみ》が天下《てんか》を鼓舞《こぶ》するの権《けん》を窮《きわ》むるなり。故《ゆえ》に聖人《せいじん》は爵禄恩寵《しゃくろくおんちょう》を以《もっ》て栄《えい》と為《な》さずと雖《いえど》も、而《しか》も未《いま》だ嘗《かっ》て之《これ》を栄《えい》として以《もっ》て帝王《ていおう》の権《けん》を重《おも》んじ、以《もっ》て天下《てんか》に帝王《ていおう》の権《けん》の重《おも》んずべきことを示《しめ》さずんばあらず。此《こ》れ臣《しん》の道《みち》なり。

窮下君鼓一舞天下二之権上也。故聖人雖レ不下以二爵禄恩寵一為上レ栄、而未丁嘗不丙栄レ之以重二帝王之権一、以示乙天下帝王之権之可甲レ重。此臣道也。

▽爵位、俸禄、恩寵を世俗的なものだと冷ややかに見る人がいます。自分の評価は自分で決めるというわけです。でも、それで天下の秩序は成り立つのでしょうか。君主が万民を評価し、その実績に応じた爵位・俸禄を与えることは、秩序の維持に大いに役立っています。爵禄を受け、大いに感激し、世のために一層奮闘する人もいるでしょう。だから、すぐれた臣下は、たとえ自分は叙勲《じょくん》に関心が薄くても、決してそのような顔をせず、謹んで爵禄を受けるのです。それが君主の権威を尊重し、国の安定につながることを知っているからです。

中国古典に君主論は数多く見られます。しかし、臣下のあり方を、このような角度から説くものは珍しいのではないでしょうか。それは、『呻吟語』の著者・呂新吾の経歴と関係がありそうです。呂新吾は、四書五経を学んで科挙に合格し、地方官を歴任した後、中央官庁で高官を務めました。明代皇帝の権威が低下していく中、王を支える臣下はどうあるべきかと考えていたに違いありません。

孝子の態度

孝子《こうし》が親のそばにいるときには、うち沈んだ態度をとってはならず、おごそかでいかめしい態度をとってはならず、あまりに枯れたあっさりとした態度をとってはならず、たけだけしい態度をとってはならず、疲れてあきあきした態度をとってはならず、病気にかかったような態度をとってはならず、うれい苦しむ態度をとってはならず、恨《うら》み怒るような態度をとってはならない。

孝子《こうし》の親《おや》に侍《じ》するには、沈静《ちんせい》の態《たい》有《あ》るべからず、荘粛《そうしゅく》の態《たい》有《あ》るべからず、枯淡《こたん》の態《たい》有《あ》るべからず、豪雄《ごうゆう》の態《たい》有《あ》るべからず、労倦《ろうけん》の態《たい》有《あ》るべからず、病疾《へいしつ》の態《たい》有《あ》るべからず、愁苦《しゅうく》の態《たい》有《あ》るべからず、怨怒《えんど》の態《たい》有《あ》るべからず。

孝子侍レ親、不レ可レ有二沈静態一、不レ可レ有二荘粛態一、不レ可レ有二枯淡態一、不レ可レ有二豪雄態一、不レ可レ有二労倦態一、不レ可レ有二病疾態一、不レ可レ有二愁苦態一、不レ可レ有二怨怒態一。

▽親の前で子がとってはならない態度。それを八項目あげています。子にとっては何とも息苦しく、いったいどのようにすればいいのか、と思われる方もいるでしょうか。ただ、呂新吾は、子の行動を規制するというよりは、むしろ親の気持ちになってみようと言っているのです。なにかにつけ、親は子を心配するものです。態度や顔色がいつもと違っていれば、何かあったのではないか、と心配してくれる人。それが、親なのです。

富貴の家に生まれた子

富貴《ふうき》の家に生まれた子供は、九割方は、おごりなまけ、度を超えてみだらになり、決して道徳や学問が向上しない。昔の人は、そのような子育てを「豢養《かんよう》」（囲いの中に入れて豚を飼う）と言った。それは、おいしいごちそうやきれいな衣服が、「心ではなく」体だけを養っている様子が、まるで犬や豚と同じであることを言ったものである。この連中は軽薄で下劣、士君子はそれを見て恥とした。ところが、彼らは、あろうことかそれを満足とし、人に誇ったりする始末。子を養う親のわざわいとして、これ以上のものはない。

子弟《してい》、富貴《ふうき》の家《いえ》に生《う》まれたるは、十《じゅう》の九《きゅう》は驕《きょう》惰淫泆《だいんいつ》多《おお》く、大《おお》いに長進《ちょうしん》せず。古人《こじん》は之《これ》を豢《かん》養《よう》と謂《い》う。甘食美服《かんしょくびふく》、此《こ》の血肉《けつにく》の軀《からだ》を養《やしな》うこ

子弟生㆓富貴家㆒、十九多㆓驕惰淫泆㆒、大不㆓長進㆒。古人謂㆓之豢養㆒。言㆘甘食美服養㆓此血肉

と、犬豕《けんし》と等《ひと》しきを言《い》う。此《こ》の輩《やから》は闒茸《とうじょう》にして、士君子《しくんし》、之《これ》を見《み》て羞《はじ》と為《な》す。而《しか》るに彼《かれ》は方《まさ》に且《か》つ志《こころざし》得て意《い》満《み》ち、此《これ》を以《もっ》て人《ひと》に誇《ほこ》る。父兄《ふけい》の孽《わざわい》、是《こ》れより大《だい》なるは莫《な》し。

之軀㆒、与㆓犬豕㆒等㆖。此輩闒茸、士君子見㆑之為㆑羞。而彼方且志得意満、以㆑此誇㆑人。父兄之孽、莫㆑大㆓乎是㆒。

▽生まれてくる子は親を選べません。中国の歴史の中で、往々にして見られるのは、富貴の家に生まれた子が、始末に負えない馬鹿者になるというケースです。もちろん例外もあるでしょう。しかし、子供の頃からおいしいごちそうときれいな衣服を与えられ、何の苦労もせずに成長すれば、道徳心は育ちません。心ではなく、体だけを養うことは、古来、「豢養《かんよう》」（飼育）といってさげすまれてきました。それにもかかわらず、当のご本人は、気づきません。非常に満足で、見せびらかそうとさえします。私たちは、慎ましやかな生活の中で心を育てることに力を注ぐべきでしょう。

病人には直接聞かない

安否を問うのは付き添いの人にするのであって、直接病人には聞かない。病人に聞くのは、決して病人を安心させることにはならない。

安《あん》を問《と》うは侍者《じしゃ》に問《と》い、病者《びょうしゃ》に問《と》わず。病者《びょうしゃ》に問《と》うは、之《これ》を安《やす》んずる所以《ゆえん》に非《あら》ざるなり。

問レ安問ニ侍者一、不レ問ニ病者一。問ニ病者一、非三所ニ以安レ之也。

▽呂新吾のこまやかな心遣いの分かる条です。入院患者をお見舞いして、病の様子を直接聞こうとするのは、いかにもぶしつけです。患者を不安にもさせるでしょう。直接には問わず、付き添いの人にそっと聞く。それが心遣いというものです。

親を忘れない

親が亡くなって、その遺物が目の前にある。そのようなとき、見るに忍びないから捨ててしまうというよりは、忘れるに忍びないから保存しておくというのがずっと良い。

親《おや》没《ぼつ》して遺物《いぶつ》眼《め》に在《あ》るは、其《そ》の見《み》るに忍《しの》びずして之《これ》を毀《こぼ》たんよりは、忘《わす》るるに忍《しの》びずして之《これ》を存《そん》するに若《し》かず。

親没而遺物在レ眼、与二其不レ忍レ見而毀レ之也、不レ若二不レ忍レ忘而存レ之。

▽実家の遺品整理というのが社会問題になっています。核家族化が進み、老親は実家で一人暮らし。亡くなって、子どもたちはその遺品の始末に困るという問題です。業者に委託して一括処分という方法もあるそうです。それで実家はきれいになるとしても、本当にそれでいいのでしょうか。見るに忍びないという気持ちも分かります。しかしそれ

にも増して大切にすべきなのは、忘れてはならないという心情でしょう。

人の過ちを責めるには

人［の過ち］を責《せ》める時に、［相手が］何も言えずに口を閉ざして舌を巻き、赤面《せきめん》して冷や汗をかいているのに、さらにがみがみと小言《こごと》をやめないのは、確かに気持ちのいいものであろう。しかし、それは度量が狭くあまりに冷酷である。だから君子は人を責めるときには、その誤りをとことんまで追及するようなことはしない。少し心の内にとどめて相手が深く恥じ入る余裕を残し、みずから反省させてこそ、味わいがある。これこそ「こちらの善意によって人の心を養う」ということである。

人《ひと》を責《せ》むるに、口《くち》を閉《と》じ舌《した》を捲《ま》き、面赤《めんあか》く背《せ》汗《あせ》する時《とき》に到《いた》るも、猶《な》お刺刺《らつらつ》として已《や》まざる

責レ人、到二閉レ口捲レ舌、面赤背汗時一、猶刺刺不レ已、豈不レ

は、豈《あ》に心《こころ》に快《こころよ》からざらんや。然《しか》れども浅隘《せんあい》刻薄《こくはく》なること甚《はなは》だし。故《ゆえ》に君子《くんし》は人《ひと》を攻《せ》むるに、其《そ》の過《あやま》ちを尽《つ》くさず。含蓄《がんちく》して以《もっ》て人《ひと》の愧懼《きく》を余《あま》し、其《そ》れをして自《みずか》ら新《あら》たにせしむるを須《ま》ちて、方《まさ》に趣味《しゅみ》有《あ》り。是《こ》れを善《ぜん》を以《もっ》て人《ひと》を養《やしな》うと謂《い》う。

快レ心。然浅隘刻薄甚矣。故君子攻レ人、不レ尽二其過一。須下含蓄以余二人之愧懼一、令中其自新上、方有二趣味一。是謂二以レ善養レ人。

▽どのような人間関係であっても、ときには相手の過ちを見つけて注意したり、しかったりするという場合があるでしょう。そのとき、勝ち誇ったように相手を責めてはなりません。少しは逃げ道を残しておく必要があります。そうすれば、相手に恥の心が芽生えるかもしれません。人が心から反省し、態度を改めるのは、必ずしも他人に責められるからではありません。自分の心に問いかけて、恥の気持ちを持つからこそ、態度は変わっていくのです。そのような期待を込めて、余裕のある対人関係を築きたいものです。

談道《だんどう》―孔子の道を規範とする―

「道」について論じます。道とは、世界の正しいあり方、人間が学問によって追究すべきもの。ここでは、具体的に堯《ぎょう》・舜《しゅん》・周公旦《しゅうこうたん》・孔子《こうし》の道として提示し、速成《そくせい》にならないこと、静観することの大切さを説きます。

道を進む方法

大いなる道に至るには、一すじの正しい路があり、その道を進むのには一定の等級がある。聖人は、人に教えるとき、ただ一定の方法を示すだけで、［重要なのは］人がその教えを自主的に会得《えとく》することである。はじめの一歩を会得できれば、［聖人は］次の一歩を説き与える。その第一歩の会得が十分になされていなければ、第二歩は説き与えない。これは人を苦しめようとしているのではなく、［道を進む］等級とはもともとこのようなものだからである。第一歩がちょっとでも間違っていると、第二歩に到達することはできない。孔子は弟子の子貢《しこう》（名は賜《し》）に対して、わずかに「一貫《いっかん》」という言葉を説き与えただけで、まず「多く学びて識《しる》す」という一語を非難している。［また］仁者のことについては、「子貢よ、お前の及ぶところではない」と説いた。今の人は口を開けば、ただちに学問の筋道を講じ、また本体を説き、それによって後学の人々を導き入れようとする。あたかも痴人《ちじん》を前にして夢を説くようではないか。孔子の門にはこのような教え方はなかったのだ。

大道《たいどう》には一条《いちじょう》の正路《せいろ》有《あ》り、道《みち》に進《すす》むには一定《いってい》の等級《とうきゅう》有《あ》り。聖人《せいじん》、人《ひと》に教《おし》うるに、只《た》だ示《しめ》すに一定《いってい》の成法《せいほう》を以《もっ》てし、人《ひと》の自《みずか》ら理《り》会《かい》するに

大道有㆓一条正路㆒、進㆑道有㆓一定等級㆒。聖人教㆑人、只示㆓一定之成法㆒、在㆓人自理

在《あ》り。一歩《いっぽ》を理会《りかい》し得《う》れば、再《ふたた》び一歩《いっぽ》を説与《せつよ》す。其《そ》の第一歩《だいいっぽ》、理会《りかい》して十分《じゅうぶん》に到《いた》らざるや、第二歩《だいにほ》を説与《せつよ》せず。是《こ》れ人《ひと》を苦《くる》しむるに非《あら》ず、等級《とうきゅう》は原《もと》より是《こ》れ此《か》くの如《ごと》し。第一歩《だいいっぽ》、一寸《いっすん》を差《たが》うや、第二歩《だいにほ》に到《いた》り得《え》ず。孔子《こうし》の賜《し》に於《お》けるや、纔《わず》かに他《かれ》に一貫《いっかん》を説与《せつよ》し、又《ま》た先《ま》ず他《かれ》の「多《おお》く学《まな》びて識《しる》す」の一語《いちご》を難《なん》ず。仁者《じんしゃ》の事《こと》に至《いた》りては、又《ま》た、「賜《し》や爾《なんじ》の及《およ》ぶ所《ところ》に非《あら》ず」と説《と》く。今《いま》の人《ひと》は口《くち》を開《ひら》けば、便《すなわ》ち学《がく》脈《みゃく》を講《こう》じ、便《すなわ》ち本体《ほんたい》を説《と》き、此《こ》れを以《もっ》て後学《こうがく》を接引《せついん》す。何《なん》ぞ痴人《ちじん》の前《まえ》に夢《ゆめ》を説《と》くに似《に》たる。孔門《こうもん》には此《こ》の教法《きょうほう》無《な》し。

会㆒。理㆔会‐得一歩㆒、再説㆔与一歩㆒。其第一歩、不㆔理会到㆓十分㆒也、不㆔説㆓与第二歩㆒。非㆓是苦㆑人、等級原是如㆑此。第一歩、差㆓一寸㆒也、到㆓第二歩㆒不㆑得。孔子於㆑賜、纔説㆔与他一貫㆒、又先難㆓他多学而識一語㆒。至㆓於仁者之事㆒、又説㆔賜也非㆓爾所㆑及。今人開㆑口、便講㆓学脈㆒、便説㆓本体㆒、以㆑此接㆔引後学㆒。何似㆓痴人前説㆑夢。孔門無㆓此教法㆒。

▽談道篇の最初の条は、まさに「道」について説いています。「道」とは、正しいあり方。なかなか訳しにくい語ですが、儒家では、主に道徳を意味します。そこで、儒教のことを「道学《どうがく》」とも言うのです。特に、宋代以降の朱子学では、この「道」を天の理法と絡《から》めてしきりに説いたので、朱子学を「道学」あるいは「理学」とも言います。朱子学では、正しい修養法によって、この「道」に至ることができると説きました。実践的な学問です。ただその場合、そのステップを誤ってはなりません。第一歩、次の一歩と慎重に歩を進める必要があるのです。

そこで例示されるのが、孔子と子貢《しこう》（名は賜《し》）との関係でした。『論語』衛霊公《えいれいこう》篇に、師弟の対話がこう見えます。

子《し》曰《いわ》く、「賜《し》や、女《なんじ》は予《われ》を以《もっ》て多《おお》く学《まな》びて之《これ》を識《しる》す者《もの》と為《な》すか」。対《こた》えて曰《いわ》く、「然《しか》り。非《ひ》なるか」。曰《いわ》く、「非《ひ》なり。予《よ》は一以《いちもっ》て之《これ》を貫《つらぬ》く」。

孔子は、弟子の子貢に対して、自分は多く学んでたくさんの知識を持っている者ではない、ただ一つのことを貫いているだけだと言っています。おそらくその前提として、知識欲旺盛な子貢を戒めるという気持ちがあったのでしょう。最初の一歩を大切にせず、あれもこれもと知識を詰め込むのは、決して道徳の向上にはつながりません。孔子はそれを戒めているのです。

そこで孔子はまた、こうも言いました。『論語』公冶長《こうやちょう》篇の対話を見てみましょう。

子貢《しこう》曰《いわ》く、「我《われ》は人《ひと》の諸《これ》を我《われ》に加《くわ》うるを欲《ほっ》せざるや、吾《われ》も亦《ま》た諸《これ》を人《ひと》に加《くわ》うること無《な》からんと欲《ほっ》す」。子《し》曰《いわ》く、「賜《し》や、爾《なんじ》の及《およ》ぶ所《ところ》に非《あら》ざるなり」。

子貢（『聖廟祀典図考』）

他人が自分に押しつけるのを好まないので、自分も他人に押しつけません、と言った子貢。これに対して孔子は、子貢をたしなめて、それはお前の及ぶところではないのだと。なにやら禅問答のようですが、ここで『呻吟語』は、これを「仁者」についての対話だとしています。つまり、単なる知識の蓄積ではなく、高い道徳性を持つ「仁者」について説くのは、子貢にはまだ早いと孔子は考えている、という理解です。子貢は、「孔門十哲《こうもんじってつ》」（孔子門下の特に優秀な十人の弟子）の一人で、言語・弁舌にすぐれていたとされます。その子貢に対しても、孔子は、いきなりすべてを教えたのではありません。相手の度量や性格をよくみきわめ、適度なステップを踏んで向上を促したのです。

堯・舜・周公・孔子の道

堯《ぎょう》・舜《しゅん》・周公旦《しゅうこうたん》・孔子の道は、ただ人の心情にかない、物の道理によりそい、天の自然として元からある程よさを引き出して実行させるものであり、人を驚かせるようなもの、また人を苦しめるようなものではなかった。これがまねのできないところである。後世の人は、遠く及ばないばかりか、かえってことさらにお高い内容や行いがたいこと、わかりにくく偏屈《へんくつ》な言葉を見つけ出し、怪異で新奇なことや、かたよって人をたぶらかすようなことで、彼らの上を行こうとし、聖人の絶妙な点が、ただ凡庸平常にあることを理解していない。六経《りつけい》や四書《ししょ》の言葉を見よ。なんと平易なことか。それでいて聖人の筆であることは間違いなく、また、それでいて不明不備の点はまったくないのである。ああ、こざかしい智慧者はこれに及びもつかない。仏教、老子、楊朱《ようしゅ》、墨子、荘子、列子《れつし》、申不害《しんふがい》、韓非子《かんぴし》などはまさにそうだ。彼らの意見は、わずかに聖人の道の万分の一にすぎず、しかもとりとめがなくおおげさで、かたよって道を害する結果となる。後世の学徒は見識がなく、「それらに惑わされて」とうとう主食の穀物を棄てて玉の屑《くず》を食らい、着慣れた衣服をきらって火に焼けないという織物などを愛好するに至り、飢えや寒さをしのぐ手立てもなく、かえって奇病にかかる始末。なんと悲しいことではないか。

堯《ぎょう》・舜《しゅん》・周《しゅう》・孔《こう》の道《みち》は、只《た》だ是《こ》れ人情《にんじょう》に傍《そ》い、物理《ぶつり》に依《よ》り、箇《こ》の天然自有《てんねんじう》の中《ちゅう》を拈出《ねんしゅつ》して行《おこな》い将《も》ち去《さ》り、人《ひと》を驚《おどろ》かさず、人《ひと》を苦《くる》しめず。及《およ》び難《がた》き所以《ゆえん》なり。後来《こうらい》の人《ひと》、他《かれ》に勝《か》ち得《え》ず。却《かえ》って甚《はなは》だ高《たか》くして行《おこな》い難《がた》きの事《こと》、玄冥隠僻《げんめいいんぺき》の言《げん》を尋《たず》ね出《だ》し、怪異新奇《かいいしんき》、偏曲幻妄《へんきょくげんもう》、以《もっ》て勝《か》ちを求《もと》め、聖人《せいじん》の妙処《みょうしょ》は、只《た》だ是《こ》れ箇《こ》の庸《よう》常《じょう》なることを知《し》らず。六経《りくけい》・四書《ししょ》の語言《ごげん》を看《み》よ。何等《なんら》の平易《へいい》ぞ。其《そ》の聖人《せいじん》の筆《ふで》為《た》るを害《がい》せず、亦《ま》た未《いま》だ嘗《かつ》て明《あき》らかならず備《そな》わらずの道《みち》有《あ》らず。嗟夫《ああ》、賢智者《けんちしゃ》は之《これ》を過《す》ぐ。仏老楊墨《ぶつろうようぼく》荘列申韓《そうれつしんかん》是《こ》れのみ。彼《かれ》の其《そ》の意見《いけん》は、纔《わず》かに是《こ》れ聖人《せいじん》の中《なか》の万分《まんぶん》の一《いち》にして、而《しか》も漫衍闊《まんえんこう》

堯舜周孔之道、只是傍二人情一、依二物理一、拈三出箇天然自有之中一行将去、不レ驚レ人、不レ苦レ人。所三以難レ及。後来人、勝レ他不レ得。却尋三出甚高難レ行之事、玄冥隠僻之言一、怪異新奇、偏曲幻妄、以求レ勝、不レ知二聖人妙処、只是箇庸常一。看二六経四書語言一。何等平易。不レ害三其為二聖人之筆一、亦未三嘗有二不レ明不レ備之道一。嗟夫、賢智者過レ之。仏老楊墨荘列申韓是巳。彼其意見、

肆《し》にして、以《もっ》て偏重《へんちょう》して道《みち》を賊《そこな》うに至《いた》る。後《こう》学《がく》、識無《しきな》く、遂《つい》に菽粟《しゅくぞく》を棄《す》てて玉屑《ぎょくせつ》を餐《くら》い、布《ふ》帛《はく》を厭《いと》いて火《か》浣《かん》を慕《した》うに至《いた》り、飢《き》寒《かん》に補《おぎな》い無《な》く、反《かえ》って奇病《きびょう》を生《しょう》ず。悲《かな》しいかな。

纔是聖人中万分之一、而漫衍閎肆、以至二偏重而賊一レ道。後学無レ識、遂至下棄二菽粟一而餐二玉屑一、厭二布帛一而慕中火浣上、無レ補二飢寒一、反生二奇病一。悲夫。

▽儒教の道とは、堯・舜、そして周公旦、孔子の教えです。それがいかに平易なものであり、実践しやすいものであったかを説いています。ところが時代がくだるにつれて、この道がことさらに難しくなっていきます。偉大な道が簡要《かんよう》であるはずがないとして、むしろ分かりにくく伝えられていくようになります。学者として、平凡な解説は沽券《こけん》に関わるということでしょうか。しかし、真実は易《やさ》しさの中に宿るのです。

　ここで呂新吾が「こざかしい智慧者」として名指ししているのは、仏教、老子、楊朱《ようしゅ》、墨子、荘子、列子《れっし》、申不《しんふ》害《がい》、韓非《かんぴ》子《し》です。このうち、仏教、老荘はおなじみですが、楊朱とは戦国時代に快楽主義をとなえた思想家。墨子は戦国時代の儒家の論敵。申不害と韓非子は法家の思想家です。仏教・老荘とともに、いずれも「異端《いたん》」とされた人たちです。異端とは、聖人の道とは違う邪説。かつて孔子も、「異端を攻《せ》むる（または攻《おさ》むる）は、斯《こ》れ害あるのみ」（『論語』為政篇）と言って批判していました。

『呻吟語』には、この「異端」批判が繰り返し見られます。ただ、注意したいのは、異端は儒家の中にもいると指摘されている点です。この条でも、特に名指しされているのは、仏教・老荘などですが、本来の平易な道を外れ、ことさらに難しく説こうとする人たちが広く批判されています。その中には儒者もいたのでしょう。それは本末転倒。新奇珍妙な学説にひかれて、根本的な衣食住を忘れてしまってはどうしようもありません。

道を師とする心がけ

漢・唐の時代以降、議論は入り交じり、最高とされる理も雑然としている。私が、宋儒《そうじゅ》（宋代の儒者）を師としようとすると、宋儒は道を明らかにすることを求めていながら、逆に細部にこだわって牽強附会《けんきょうふかい》の説が多く、日常の分かりやすい常識を逸脱してしまっている。そこで私が、古代の聖人の言葉を師としようとすると、その聖人の言葉［を記した書］は、秦《しん》の焚書《ふんしょ》によって焼かれ、諸子百家の言に紛《まぎ》れ込み、似《に》て非《ひ》なるものとなって、違いが分からなくなってしまっている。そこで私が、道そのものを師としようとすると、仮にもこれを道に合わせようとしてしっくりくるときは、千聖万世《せんせいばんせい》［の後にも］、必ず見事に一致する。なぜなら、道というものは、二つはないからである。

漢唐《かんとう》より下《しも》、議論駁《ぎろんばく》にして至理《しり》も雑《ざつ》なり。吾《われ》、宋儒《そうじゅ》を師《し》とすれば、宋儒《そうじゅ》は以《もつ》て道《みち》を明《あき》らかにせんことを求《もと》むるも、而《しか》して穿鑿附会《せんさくふかい》の談《だん》多《おお》

漢唐而下、議論駁而至理雜。吾師二宋儒一、宋儒求二以明レ道、而多二穿鑿附会之談一、失二平正

く、平正通達《へいせいつうたつ》の旨《むね》を失《しつ》す。吾《われ》、先聖《せんせい》の言《げん》を師《し》とすれば、先聖《せんせい》の言《げん》は秦火《しんか》に煨《や》かれ、百家《ひやつか》に雑《まじ》り、莠苗朱紫《ゆうびようしゆし》にして、後学《こうがく》をして之《これ》を尊信《そんしん》して、敢《あ》えて異同《いどう》せざらしむ。吾《われ》は道《みち》を師《し》とす。苟《いやし》くも諸《これ》を道《みち》に協《かな》えて協《かな》うときは、則《すなわ》ち千聖万世《せんせいばんせい》、吻合《ふんごう》せざる無《な》し。何《なん》となれば則《すなわ》ち道《みち》は二《ふた》つ無《な》ければなり。

通達之旨一。吾師二先聖之言一、先聖之言煨二於秦火一、雑二於百家一、莠苗朱紫、使下後学尊二信之一、而不中敢異同上。吾師レ道。苟協二諸道一而協、則千聖万世無レ不二吻合一。何則道無レ二也。

▽師として仰ぐべき道とは何かという自問です。宋代・明代の学者にとっても、秦の始皇帝による焚書坑儒《ふんしよこうじゆ》は、きわめて大きな事件でした。周代以前の聖人の言葉が、そこで途絶えてしまったからです。

漢代以降、儒学は、訓詁注釈《くんこちゆうしやく》の学として一時は栄えますが、その議論は雑駁《ざつぱく》。「駁」とは、うまへんの漢字であることから分かるように、もとは、まだら馬。馬の毛色がまざっていることを言います。ここから「まぜかえす」という意味も派生し、相手を批判することを「論駁《ろんばく》」と言うようになりました。ともかく、こうして儒学は思想的な活力を失い、道教や仏教にその地位を脅《おびや》かされていったのです。

そこに登場したのが、朱子学でした。南宋の朱熹《しゅき》（一一三〇〜一二〇〇）によって大成された朱子学は、それまでの儒学が苦手としていた「理」と「気」の宇宙論を構築し、単なる訓詁注釈にとどまらない哲学を説いたのです。しかしその弊害として、理屈が先行し、重箱の隅をつつくような議論が横行したのです。「道学《どうがく》先生」という言葉は、そうした朱子学者のこざかしさを揶揄《やゆ》する言葉でもありました。そこで呂新吾は、この宋儒の言葉は、牽強付会が多く、人々の日常感覚から外れたもので、それを師とすることはできないと言うのです。

朱熹（『新刻歴代聖賢像賛』）

では、宋儒を飛び越えて、はるか古代の聖人の言葉を探そうにも、焚書坑儒でなくなってしまったものもあり、諸子百家《しょしひゃっか》の言に混ざり込んでしまったものもあり、という始末。「莠苗《ゆうびょう》朱《しゅ》

王陽明（『聖廟祀典図考』）

紫《し》」とは、『孟子』の言葉。尽心《じんしん》下篇に、「似《に》て非《ひ》なる者《もの》を悪《にく》む。莠《ゆう》を悪《にく》むは、其《そ》の苗《びょう》を乱《みだ》るを恐《おそ》るればなり。……紫《むらさき》を悪《にく》むは、其《そ》の朱《しゅ》を乱《みだ》るを恐《おそ》るればなり」とあります。「莠」とは、稲に似ているけれども、葉ばかり伸びて実らない雑草。「紫」は間色で、原色の朱と紛らわしい色。古代の聖人の言葉も、似《に》て非《ひ》なる者と紛《まぎ》らわしくなっているというのです。

ではどうしたら良いでしょうか。呂新吾は、こうしたものを経由せず、直接「道」を師とするほかはないと考えました。ここに明代思想の反映を見ることができます。王陽《おうよう》明《めい》の説いた心学では、「心即理《しんそくり》」のキーワードが表すとおり、わが心をそのまま天理だと考えました。呂新吾が道と直接向き合おうとしたのは、こうした思想の風潮とも無縁ではありません。

ただ、この考え方には、弊害もあります。わが心が絶対に正しく、そのまま宇宙の真実だとすれば、他人の意見に耳をかたむけることなく、そのまま行動に移して良いことになってしまうでしょう。また、四書五経は読む必要がなくなるかもしれません。こうした陽明学の極端な立場を、「陽明左派《さは》」と呼ぶ場合もあります。もちろん呂新吾は、そうした極論には賛成していません。軽率な行動ではなく、沈着冷静が大切だと繰り返し主張していました。

速成を求めない

困難なことを先にし、利益の獲得は後回しにする。これは人徳と功績をうち立てる第一の眼目である。もし困難なことを先にするということを正しいと認め、ひたすらそれに従い実践し、たとえいかなる誹謗中傷《ひぼうちゅうしょう》があったとしても、決して心を動かすことなく、毎年、毎月、そのようにして、とうとう効果が得られなくても、またひたすらそのようにして、久しく持続していけば、効果が得られないという道理はない（必ず効果が現れる）。だから実践は順序にそって進めて行き、その効果が現れるのをゆったりと待つのである。もし速成を期待するのなら、それは、苗《なえ》の速成を焦《あせ》って抜いてしまう愚か者であり、元来、速成を焦ってもそれはできることではないのである。

難《かた》きを先《さき》にし獲《う》るを後《のち》にす。此《こ》れは是《こ》れ徳《とく》を立《た》て功《こう》を立《た》つる第一箇《だいいちか》の張主《ちょうしゅ》なり。若《も》し難《かた》きを先《さき》にするの是《ぜ》なることを認《みと》め得《え》、只《た》だ一向《いっこう》に持循《じじゅん》し去《さ》り、任《たと》い千毀《せんき》万謗《ばんぼう》すとも、也《ま》た心《こころ》を動《うご》かす莫《な》く、年《ねん》に是《か》くの如《ごと》く、月《つき》に是《か》くの如《ごと》く、竟《つい》に効験《こうけん》無《な》きも、也《ま》た只《た》だ是《か》くの如《ごと》く、久《ひさ》しければ則《すなわ》ち自《おのず》から獲《え》ざるの理《り》無《な》し。故《ゆえ》に

先レ難後レ獲。此是立レ徳立レ功第一箇張主。若認二得先レ難是一了、只一向持循去、任千毀万謗、也莫レ動レ心、年如レ是、月如レ是、竟無二効験一、也只如レ是、久則自無二不レ獲之理一。故工夫循レ序以進レ之、効験従容

工夫《くふう》は序《じよ》に循《したが》いて之《これ》を進《すす》め、効験《こうけん》は従容《しようよう》として以《もつ》て之《これ》を俟《ま》つ。若《も》し速《すみや》かならんと欲《ほつ》すれば、便《すなわ》ち是《こ》れ苗《なえ》を揠《ぬ》く者《もの》にして、自《おのず》から是《こ》れ速《すみや》かならんと欲《ほつ》し来《きた》らず。

以俟レ之。若欲レ速、便是揠レ苗者、自是欲レ速不レ来。

▽孔子と孟子の言葉が重低音として響く一条です。まずは孔子の言葉。『論語』雍也《ようや》篇に、「（樊遅《はんち》）仁を問う。仁とは、難《かた》きを先にし獲《と》るを後にす。仁と謂《い》うべし」とあります。弟子の樊遅の問いに、孔子は、仁者のあり方として、困難なことを先に手がけ、結果は後から考える、と答えています。呂新吾も、そうしたあり方を、道徳と功績を立てる第一の要件だとするのです。

　また、苗を抜く話は、有名な孟子の言葉。『孟子』公孫丑《こうそんちゅう》上篇に見える愚かな宋人《そうひと》の話です。なかなか成長しない苗を憂えた宋人は、その成長を助けようと苗を引っ張ります。それを聞いた家の子が畑を見に行くと、苗が枯れていたという笑い話。ここからできた成語が「助長《じょちょう》」です。

修養には、長い年月と忍耐力が必要なのです。

静観の大切さ

［宇宙の］造化や本性・天道の精妙さは、ただ静観《せいかん》している者だけがそれを理解し、ただ静かに本性を養っている者だけがそれに共感できる。心乱れて落ち着かない者とは、これらを一緒に語ることはできない。だから、静止している水面には、星や月が映って見える。しかしわずかに水面が波立てば、光が入り乱れてしまう。悲しいことに、心乱れて落ち着かない者は、何もわからないままに一生を終えることになり、一つも［それらの精妙さが］見えないのである。

造化《ぞうか》の精《せい》、性天《せいてん》の妙《みょう》は、惟《た》だ静観者《せいかんしゃ》のみ之《これ》を知《し》り、惟《た》だ静養者《せいようしゃ》のみ之《これ》に契《かな》う。紛擾者《ふんじょうしゃ》と与《とも》

造化之精、性天之妙、惟静観者知レ之、惟静養者契レ之。難下

に道《い》い難《がた》し。故《ゆえ》に止《し》水《すい》には星月《せいげつ》を見《み》る。纔《わず》かに動《うご》けば便《すなわ》ち光芒錯雑《こうぼうさくざつ》す。悲《かな》しいかな、紛擾《ふんじょう》者《しゃ》は昏昏《こんこん》として以《もつ》て身《み》を終《お》わり、而《しか》して一《いつ》も見《み》る所無《ところな》きなり。

与二紛擾者一道上。故止水見二星月一。纔動便光芒錯雑矣。悲夫、紛擾者昏昏以終レ身、而一無レ所レ見也。

▽「静観」の大切さを説く一条です。なぜ静観者には世界の真実が見えるのでしょうか。呂新吾は、静止している水面のたとえをあげています。鏡のような湖面には、月や星も美しく映ります。この境地をさらに推し進めていくと、『荘子』の「明鏡止水《めいきょうしすい》」（くもりのない鏡と波立たない水。静かに落ち着いている心）となるでしょう。いやむしろ、漢代以降の儒者が、無意識のうちに老荘の哲学を受容していたからと考えた方が良いかもしれません。宋代の儒者は、道教・仏教を廃し、儒教の復興を願いました。しかし彼らも時代の子。もはや老荘の影響を完全に払拭《ふっしょく》することはできなかったのです。この「明鏡止水」との関係については、後の条（99頁）で改めて考えてみることにしましょう。

自己満足しない

ちょっとでも自己満足の心があると、顔に自己満足の表情が現れ、口から自己満足の声が出る。これは道を体得した者の恥《はじ》とするところである。［道が］広大であることを認識すれば、世間には何も満足するものはなく、わが分にも満足する時はないのである。何を満足としようか（満足することなど何もないのだ）。だから「有徳者の容貌はまるで愚者《ぐしゃ》のようだ」と言うのである。

纔《わず》かに一分《いちぶ》の自満《じまん》の心有《こころあ》れば、面上《めんじょう》に便《すなわ》ち自《じ》満《まん》の色《いろ》を帯《お》び、口中《こうちゅう》に便《すなわ》ち自《じ》満《まん》の声《こえ》を出《いだ》す。此《こ》れ有道《ゆうどう》の恥《は》ずる所《ところ》なり。見得《みう》ること大《だい》なる時《とき》は、世間《せけん》には再《さら》に満《み》つべきの事無《ことな》く、吾《わ》が

纔有㆓一分自満之心㆒、面上便帯㆓自満之色㆒、口中便出㆓自満之声㆒。此有道之所㆑恥也。見得大時、世間再無㆓可㆑満之

分《ぶん》には再《さら》に能《よ》く満《み》つるの時《とき》無《な》し。何《なん》の満《み》つるべきか之《こ》れ有《あ》らん。故《ゆえ》に盛徳《せいとく》の容貌《ようぼう》は愚《ぐ》の若《ごと》し。

事一、吾分再無二能満之時一。何可レ満之有。故盛徳容貌若レ愚。

▽前条で、『呻吟語』と『荘子』の関連性に注目しましたが、この条では、老子との関係が思い浮かびます。『史記』の老子列伝に、「君子は盛徳《せいとく》にして、容貌は愚《ぐ》なるが若《ごと》し」とあります。かつて孔子が周《しゅう》の都に留学し、老子と対面します。孔子は勢い込んで儒家の道を説いたのでしょう。老子は孔子をたしなめて、真の君子は、愚者のように見えるものだよ、と言ったのです。「才気《さいき》煥発《かんぱつ》」は必ずしも評価されないのです。

孔子と老子対面（『聖蹟図』）

わが道を道とする

人が私に質問した、「あなたは道学《どうがく》（儒教）の徒ですかどうですか」。曰く、「私は道学の徒ではありません」。「では仙学《せんがく》（道教）の徒ですかどうですか」。曰く「私は仙学の徒ではありません」。「では釈学《しゃくがく》（仏教）の徒ですかどうですか」。曰く、「私は釈学の徒ではありません」。「では老荘申韓《ろうそうしんかん》の学の徒ですかどうですか」。曰く、「私は老荘申韓の学の徒ではありません」。「では結局、誰の学派の門徒なのですか」。曰く、「私はただ私なのです」。

人《ひと》問う、「君《きみ》は是《こ》れ道学《どうがく》なりや否《いな》や」。曰《いわ》く、「我《われ》は是《こ》れ道学《どうがく》にあらず」。「是《こ》れ仙学《せんがく》なりや否《いな》や」。曰《いわ》く「我《われ》は是《こ》れ仙学《せんがく》にあらず」。「是《こ》

人問、「君是道学否」。曰、「我不㆓是道学㆒」。「是仙学否」。曰、「我不㆓是仙学㆒」。「是釈

れ釈学《しやくがく》なりや否《いな》や」。曰《いわ》く、「我《われ》は是《こ》れ釈学《しやくがく》にあらず」。「是《こ》れ老荘申韓《ろうそうしんかん》の学《がく》なりや否《いな》や」。曰《いわ》く、「我《われ》は是《こ》れ老荘申韓《ろうそうしんかん》の学《がく》にあらず」。「畢竟是《ひつきようこ》れ誰《たれ》が家《いえ》の門戸《もんこ》ぞ」。曰《いわ》く、「我《われ》は只《た》だ是《こ》れ我《われ》なり」。

学否」。曰、「我不二是釈学一」。「是老荘申韓学否」。曰、「我不二是老荘申韓学一」。「畢竟是誰家門戸」。曰、「我只是我」。

▽先の条で、「異端《いたん》」の説明をしました。それは、道教・仏教、そして儒家以外の諸子百家の学でした。ただ儒家自身も、道に外れたものは「異端」だったのです。ここでも、呂新吾は、道教の徒ではなく、仏教の徒でもなく、また諸子百家の徒でもないと言っています。これは当然でしょう。ただ意外なのは、道学（儒教）の徒でもないと言い切っているところです。誰かについて学ぶのではなく、「私は私」だという宣言は、「道」をダイレクトに体得しようとする態度（78頁）に共通するものです。

修身《しゅうしん》—身を修めるための方法—

中国思想の普遍的な課題「修身」について説きます。身を修めるための方法として、他人の忠告を素直に聞き入れること、本分を超えないこと、自分かわいさの気持ちを抑えること、などをあげています。

善人が幸せとは限らない

善人が幸福だとは限らないし、悪人が不幸だとも限らない。君子はこのことをよく知っている。むしろ不幸な目に遭《あ》っても決して悪事をなすのをよしとしない。まことの心を持つ者は困窮し、へつらい者はうまくすり抜けていく。君子はこのことをよく知っている。むしろ困窮しても不正を働くことをよしとしない。それはただ当然の道理を知っているばかりではなく、またその心にやむにやまれぬものがあるからだ。

善《ぜん》なる者必《ものかなら》ずしも福《ふく》ならず、悪《あく》なる者必《ものかなら》ずしも禍《か》あらず。君子《くんし》は之《これ》を稔知《じんち》するなり。寧《むし》ろ禍《わざわい》ありて悪《あく》を為《な》すを肯《がえん》ぜず。忠直《ちゅうちょく》なる者《もの》は窮《きゅう》し、諛佞《ゆねい》なる者《もの》は通《つう》ず。君子《くんし》は之《これ》を稔知《じんち》するなり。寧《むし》ろ窮《きゅう》して佞《ねい》を為《な》すを肯《がえん》ぜず。但《た》だ理《り》に当然有《とうぜんあ》るを知《し》るのみに非《あら》ず、亦《ま》た其《そ》の心《こころ》に已《や》むべからざる所有《ところあ》ればなるのみ。

善者不㆓必福㆒、悪者不㆓必禍㆒。君子稔㆓知之㆒也。寧禍而不㆑肯㆑為㆑悪。忠直者窮、諛佞者通。君子稔㆓知之㆒也。寧窮而不㆑肯㆑為㆑佞。非㆕但知㆔理有㆓当然㆒、亦其心有㆑所㆑不㆑容㆑已耳。

▽世の中の不条理を十分に理解し、その上でなお不正をしないという宣言です。善悪と幸不幸の関係は単純ではありません。ここで『呻吟語』が言うとおり、善人が幸福とも

限らず、悪人が不幸だとも言えないのです。では、善悪と幸不幸の間に因果関係はないのであれば、私たちは何をしてもいいのでしょうか。そんなことはありません。「君子」は、この不条理を「稔知《じんち》」、すなわち熟知した上で、それでもなお不正を働くことはないのです。

忠告は謙虚に受け入れる

私の過ちを指摘してくれる人は、必ずしもすべて過ちのない人とは限らない。そもそも過ちがまったくない人が私に忠告してくれるのを待っていたら、一生涯、自分の過ちに気づかないことになろう。私は自分に忠告してくれる人がいるというありがたさを考えるべきだ。相手に過ちがあるかどうかは、何も問題にする余裕などないのだ。

我《われ》の過《あやま》ちを攻《せ》むる者《もの》は、未《いま》だ必《かなら》ずしも皆過《みなあやま》ち無《な》きの人《ひと》にあらず。苟《いやし》くも過《あやま》ち無《な》きの人《ひと》の我《われ》を攻《せ》めんことを求《もと》むれば、則《すなわ》ち身《み》を終《お》うるまで過《あやま》ちを聞《き》くを得《え》ず。我《われ》は当《まさ》に其《そ》の我《われ》を攻《せ》むるの益《えき》を感《かん》ずべきのみ。彼《かれ》に過《あやま》ち有《あ》ると過《あやま》ち無《な》きとは、何《なん》ぞ計《はか》るに暇《いとま》あらんや。

攻㆓我之過㆒者、未㆓必皆無㆑過之人㆒也。苟求㆓無㆑過之人攻㆒㆑我、則終㆑身不㆑得㆑聞㆑過矣。我当㆑感㆓其攻㆑我之益㆒而已。彼有㆑過無㆑過、何暇㆑計哉。

▽他人が自分の過ちを指摘するとき、そういうあなたは何なのよ、という思いがこみ上げてくるかもしれません。批判される自分のことは棚に上げて、その相手はどうなのかと矛先《ほこさき》を曲げてしまうのです。しかし、『呻吟語』は、とにかく自分に忠告してくれることのありがたさを考えるべきだとしています。相手がどうなのかは関係ありません。学生の時分や会社勤めのはじめには、自分を注意してくれる人もいるでしょう。しかしいずれ、社会人として自立していけば、あれこれ言ってくれる人はいなくなるのです。忠告してくれることを、むしろ有益だと自覚しなければなりません。

四つの欲望と戦う

財産・色欲・名声・身分、この四つは、人の品格を考える際の大切な指標となる。これらが極端になり過ぎていなければ、小さな善行など記録しなくてよい。昔から、名誉と節制をみがいた人は、身を慎んでこれらの欲望と戦うことによって修養したのである。これらは決して軽視してはならないのである。

財色名位《ざいしょくめいい》、此《こ》の四字《よじ》は、人品《じんぴん》を考《かんが》うるの大節《だいせつ》目《もく》なり。這裏《このうち》打ち過《す》ぎざれば、小善《しょうぜん》は録《ろく》するに足《た》らず。古《いにしえ》より名節《めいせつ》を砥礪《しれい》する者《もの》は、兢々《きょうきょう》として這裏《このうち》に在《あ》りて工夫《くふう》を做《な》す。最《もっと》も容易《ようい》に放過《ほうか》すべからず。

財色名位、此四字、考二人品一之大節目也。這裏打不レ過、小善不レ足レ録矣。自レ古砥二礪名節一者、兢兢在二這裏一做二工夫一。最不レ可二容易放過一。

▽財産・色欲・名声・身分、これらを全否定しているわけではありません。人品の指標になるから、くれぐれも注意しなければならないと言っているのです。要は度を超えなければ良いのです。

ここで、「小さな善行など記録しなくてよい」と言っていますが、これは何のことでしょうか。中国では、「功過格《こうかかく》」という実践的道徳の書がありました。主に道教の民衆教化の手段とされ、「功」は善行、「過」は過ち。それを日々記録し、点数化していくのです。明代には庶民の間で流行したとされます。もちろん道徳の向上に努めるのは良いのですが、本来の目的を見失って、記録と点数化に汲汲《きゅうきゅう》としてはなりません。ここもおそらくは、こうした「功過格」の風習を念頭に置いて、人品を高めるための、より大切な指標があると言っているのでしょう。

鏡よりも自分の目

みがかれた鏡は、こまかなものまで映し出すことができるとは言っても、手に持って顔を映し、手を映さないのはどうしてだろうか。顔は自分では見ることができず、鏡を借りてようやく見える。手については自分の目で見ることができる（鏡を借りる必要はない）。鏡ははっきりと物を映すとは言っても、自分の目にはかなわない。だから君子は、自分で直接知り得たことや信じていることを尊重するのである。他人の言葉で自分の身の処し方を決めるのは、まるでわざわざ自分の手を鏡に映して見るようなものである。自分の見聞・見識の及ばないものなどは、天下（普遍）の見聞ではないので成立しないのである。

明鏡《めいきょう》は、以《もっ》て秋毫《しゅうごう》の末《まつ》を照《て》らすに足《た》ると雖《いえど》も、然《しか》れども持《も》ちて以《もっ》て面《めん》を照《て》らして手《て》を照《て》らさざるは、何《なん》ぞや。面《めん》は自《みずか》ら見《み》ず、鏡《かがみ》を借《か》りて以《もっ》て見《み》る。手《て》の若《ごと》きは則《すなわ》ち吾《わ》れ自《みずか》ら之《これ》を見《み》る。鏡《かがみ》は明《あき》らかなりと雖《いえど》も、目《め》より明《あき》らかならざ

明鏡雖レ足三以照二秋毫之末一、然持以照レ面不レ照レ手者何。面不二自見一、借レ鏡以見。若レ手則吾自見レ之矣。鏡雖レ明、不レ明二於目一也。故君子貴二自

るなり。故《ゆえ》に君子《くんし》は自《みずか》ら知《し》り自《みずか》ら信《しん》ずるを貴《たっと》ぶ。人《ひと》の言《げん》を以《もっ》て進止《しんし》を為《な》すは、是《こ》れ手《て》を照《て》らすの識《しき》なり。耳目識見《じもくしきけん》の及《およ》ばざる所《ところ》の若《ごと》きは、則《すなわ》ち天下《てんか》の見聞《けんぶん》に匪《あら》ざれば済《な》らず。

知自信㆒、以㆔人言㆒為㆓進止㆒、是照㆑手之識也。若㆓耳目識見所㆒㆑不㆑及、則匪㆓天下之見聞㆒不㆑済矣。

▽先の条で、呂新吾の思想が『荘子』の「明鏡止水《めいきょうしすい》」まであと一歩のところにあることを指摘しました（87頁参照）。しかし、呂新吾は、決してその境地に埋没《まいぼっ》したのではありません。その証拠となるのが、この条です。

「明鏡」のたとえは見事です。私たちは、鏡で顔を映しますが、手を映すことはしません。顔は自分で見ることができないので仕方がないとしても、手は直接自分の目で見ることができるのですから、わざわざ鏡を借りる必要はないのです。すべてを鏡に映して見るのではなく、自分の見識を信じよと言っているわけです。これにより、呂新吾と「明鏡」の間に一定の距離があったことが分かります。

なお、冒頭の「秋毫《しゅうごう》の末《まつ》」は、定型句です。もともとは、秋になって生えかわった動物の細い毛の先の意。たとえば、『孟子』に、「明《めい》は以《もっ》て秋毫《しゅうごう》の末《まつ》を察《さっ》するに足《た》る」（梁恵王上篇）とあります。ここから、非常にわずかなもの、こまかなもののたとえとして使われるようになりました。

本分を知る

「本分」の二文字には、なんとも言えない神妙さがある。君子が身を保っていくのには、本分を知らなければならない。本分をきちんと知っていれば、どんなに周《まわ》りが変化しても、少しも本分に影響しない。聖王《せいおう》が政治を行う際には、まさに人民にそれぞれの本分を知らしめなければならない。それぞれが本分を体得していれば、栄辱死生《えいじょくしせい》に少しの不満も抱かなくなる。子が父を殺し、臣下が君主を殺すというのは、みなこの本分を知らないことによって起こるのである。

本分《ほんぶん》の二字《にじ》は、妙《みょう》にして言《い》うべからず。君子《くんし》は身《み》を持《じ》するには、本分《ほんぶん》を知《し》らざるべからず。本分《ほんぶん》を知《し》れば、則《すなわ》ち千態万状《せんたいばんじょう》、一毫《いちごう》も加損《かそん》し得《え》ず。聖王《せいおう》、治《ち》を為《な》すには、当《まさ》に民《たみ》をして其《そ》の本分《ほんぶん》を得《え》しむべし。本分《ほんぶん》を得《う》れば、則《すなわ》ち栄《えい》辱死生《じょくしせい》、一毫《いちごう》も怨望《えんぼう》し得《え》ず。子《こ》、父《ちち》を弑《しい》し、臣《しん》、君《きみ》を弑《しい》するは、皆本分《みなほんぶん》を知《し》らざる由《よ》り始《はじ》まる。

本分二字、妙不レ容レ言。君子持レ身、不レ可レ不レ知二本分一。知二本分一、則千態万状、一毫加損不レ得。聖王為レ治、当レ使三民得二其本分一。得二本分一、則栄辱死生、一毫怨望不レ得。子弑レ父、臣弑レ君、皆由レ不レ知二本分一始。

▽本分をわきまえない人は今も大勢います。しかも、自身はそのことに気づいていない。まことに鈍感な人たちです。こうした風潮は、孔子の活動した春秋時代に始まるようです。今から二千五百年くらい前。周王朝の末期は、臣下が君主を弑《しい》する乱世でした。いわゆる下剋上《げこくじょう》です。激動の世は、孔子をはじめとする諸子百家の誕生をうながしたとは言え、社会の混乱は民衆を大いに苦しめました。明末もそうだったのでしょう。呂新吾

は、世の中が持続的に安定していくためには、各自が本分をわきまえることが必要だと説きました。

四つの戒め

はじめは奮闘するが終わり頃には怠慢《たいまん》になる。これは事業を完遂《かんすい》する際の妨《さまた》げとなる。先にはのんびりしているが後ではあわてて行う。これは仕事に対応する際の妨げとなる。気持ちが落ち着かずいつも浮《うわ》ついている。これは道徳を積み上げていく際の妨げとなる。言葉を荒々しくし激しい顔つきをする。これは周囲の人々を統率していく際の妨げとなる。

始《はじ》めに奮《ふる》い終《お》わりに怠《おこた》るは、業《ぎょう》を修《おさ》むるの賊《ぞく》なり。前《まえ》を緩《ゆる》やかにして後《あと》を急《きゅう》にするは、事《こと》

奮レ始怠レ終、修レ業之賊也。

緩レ前急レ後、応レ事之賊也。

に応《おう》ずるの賊《ぞく》なり。躁心浮気《そうしんふき》は、徳《とく》を蓄《たくわ》うるの賊《ぞく》なり。疾言厲色《しつげんれいしょく》は、衆《しゅう》を処《しょ》するの賊《ぞく》なり。

躁心浮気、畜レ徳之賊也。疾言厲色、処レ衆之賊也。

▽はじめから終わりまで集中力を切らさず、ものごとを完遂するのは、容易なことではありません。はじめは良かったが、徐々にエネルギーが切れて怠慢になる。はじめはのんびり構えていて、締切間際にあわてだす。こういう人が多いものです。

孔子と庶民を比べるのは適切ではないかもしれませんが、孔子は、「金声玉振《きんせいぎょくしん》」の人と評されました（『孟子』万章下篇《ばんしょう》）。楽器を演奏するとき、はじめに鐘《かね》（金）を打ち、最後に磬《けい》（玉）を打って終わることから、行動のはじめから終わりまで一貫していて完璧であることを言います。孔子をたたえた言葉です。

最大の過ち

人の一生の最大の過ちは、「自是自私《じぜじし》」（自《みずか》ら是《ぜ》とし自ら私《わたくし》する）（自分だけが正しいとし、自分だけを擁護する）という四字につきる。

人《ひと》の一生《いっしょう》の大《だい》なる罪過《ざいか》は、只《た》だ「自是自私《じぜじし》」の四字《よじ》に在《あ》り。

人一生大罪過、只在㆓自是自私四字㆒。

▽人の覆《おお》いがたい欠点。それは自分だけをかわいがり、自分だけを正しいとし、自分だけを守ろうとすることです。こうした「私」の弊害について、戦国時代の法家の思想家韓非子《かんぴし》は、「私《し》に背《そむ》く、之《これ》を公《こう》と謂《い》う」（『韓非子』五蠹篇）と指摘しました。法による統治を唱えた韓非子にとって、最も大きな壁となったのは、公共の法に背こうとする「私」だったのです。「私」と「公」とが相反する関係にあることを韓非子は鋭く見抜きました。ただ、「私」が「公」より優先され、「私」が「公」を乱すのは、なにも韓非子の時代に限りません。中国の歴史を貫く最大の問題だったのです。

非難の言も聞き入れる

自分を非難する言葉は聞き入れるべきだ。その非難する人が誰かということは問わない。私に対してこうした非難が起こるというのは、仮にその人が言わなくても、必ず他に言う人が出てくるであろう。私が聞き入れて反省すれば、それでまた、［実際には］入門したことのない師匠を得たということになる。また仮に無実の非難であったとすれば、自分で言い訳しなくても、きっと弁明してくれる人が出てくるだろう。もし［非難の言を］聞いて腹を立てれば、それはまた、他人の忠告の言葉を受け付けないという過ちを重ねることになる。

我《われ》を毀《そし》るの言《げん》は聞《き》くべし。我《われ》を毀《そし》るの人《ひと》は必《かなら》ずしも問《と》わざるなり。我《われ》をして此《こ》の事有《ことあ》らしむるや、彼《かれ》は言《い》わずと雖《いえど》も、必《かなら》ず之《これ》を言《い》う者《もの》有《あ》らん。我聞《われき》きて之《これ》を改《あらた》むれば、是《こ》れ又《ま》た一《いち》

毀㆑我之言可㆑聞。毀㆑我之人不㆓必問㆒也。使㆔我有㆓此事㆒也、彼雖㆑不㆑言、必有㆓言㆑之者㆒。我聞而改㆑之、是又得㆓一

の業《ぎょう》を受《う》けざる師《し》を得《う》るなり。我《われ》をして此《こ》の事無《ことな》からしめんか、我《われ》は弁《べん》ぜずと雖《いえど》も、必《かなら》ず之《これ》を弁《べん》ずる者有《ものあ》らん。若《も》し聞《き》きて之《これ》を怒《いか》れば、是《こ》れ又《ま》た一《いち》の言《げん》を受《う》けざるの過《あやま》ちを多《おお》くするなり。

不㆑受㆑業之師㆒也。使㆔我無㆓此事㆒邪、我雖㆑不㆑弁、必有㆓弁㆑之者㆒。若聞而怒㆑之、是又多㆓一不㆑受㆑言之過㆒也。

▽自分を批判してくれる相手のことを問わないというのは、先の条にも見えていました（94頁）。自分のことを気にかけて忠告してくれること、それ自体をありがたいことだと考えなければなりません。ここではさらに、その批判を受け入れることで、実際には入門したことのない先生を得たことになると言っています。高い授業料を払って教えてもらうより、非難の言葉に耳を傾ける方がずっと効果があるのです。

三つの過ち

言葉でもっともよくないのは、嘘をでっち上げることである。物事を行う上でもっともよくないのは、厳しく人に当たることである。心持ちでもっともよくないのは、とげとげしいことである。

言語《げんご》の悪《あく》は、造誣《ぞうふ》より大《だい》なるは莫《な》し。行事《こうじ》の悪《あく》は、苛刻《かこく》より大《だい》なるは莫《な》し。心術《しんじゅつ》の悪《あく》は、深険《しんけん》より大《だい》なるは莫《な》し。

言語之悪、莫レ大ニ於造誣一。行事之悪、莫レ大ニ於苛刻一。心術之悪、莫レ大ニ於深険一。

▽言葉と態度と心持ち、それぞれについて最もよくないことを指摘しています。嘘をつき、約束を守らないというのは言うまでもありません。態度が「苛刻《かこく》」、つまり人当たりが激しいことも良くありません。さらには、心持ちが「深険《しんけん》」、つまり険《けわ》しくとげとげしいことも、対人関係を破壊する第一の要因です。

過ちを認める

過ちを犯すということはすでに一つの過ちである。それを過ちだと認めないのは、さらにもう一つの過ちを犯すことになる。ひとたび過ちを素直に認めるならば、その二つの過ちはなかったことになる。〔逆に〕その誤りを認めないのであれば、二つの過ちを犯すことになる。あの強弁して自分の非を認めようとしないのは、いったい何のためなのか。

過《あやま》ち有《あ》るは是《こ》れ一《いち》の過《あやま》ちなり。過《あやま》ちを認《みと》むるを肯《がえん》ぜざるは、又《ま》た是《こ》れ一《いち》の過《あやま》ちなり。一《ひと》たび認《みと》むれば則《すなわ》ち両過《りようか》都《すべ》て無《な》し。一《ひと》たび認《みと》めざれば則《すなわ》ち両過《りようか》免《まぬか》れず。彼《か》の強弁《きようべん》して以《もっ》て非《ひ》を

有レ過是一過。不レ肯レ認レ過、又是一過。一認則両過都無。一不レ認則両過不レ免。彼強弁以飾レ非者、果何為也。

二　飾《かざ》る者《もの》は、果《は》たして何《なん》の為《ため》ぞや。

▽孔子の言葉が思い浮かぶ一条です。呂新吾の言う「二つの過ち」を犯さぬよう、素直に過失を認める心がけが大切です。

過《あやま》ちては則《すなわ》ち改《あらた》むるに憚《はばか》ること勿《な》かれ。（『論語』学而篇）

【訳】過失があれば、それを改めることに躊躇《ちゆうちよ》してはならない。

過《あやま》ちて改《あらた》めず、是《こ》れを過《あやま》ちと謂《い》う。（同・衛霊公篇）

【訳】過失があったのにそれを改めない。これを本当の過ちと言うのだ。

それにしても、前の条といい、この条といい、呂新吾の指摘はもっともです。決して過去の問題ではありません。私たちの身近にも、こうした過ちを平気で繰り返す人がいるのですから。

善悪と禍福

君子が善をなすのは、道理として当然そうすべきだからであって、何も幸福を求めたり、俸禄《ほうろく》を求めたりするためではない。その不善を行わないのは、道理として当然してはならないからなのであって、何も不幸を恐れたり、刑罰を避けたりするためではない。［一方、君子が］世の人々を教戒《きょうかい》する際には、禍福刑賞《かふくけいしょう》（善行には幸福と褒賞《ほうしょう》がもたらされ、不善には不幸や刑罰がやってくること）について懇切丁寧に説明する。これは、天地と聖王が勧善懲悪《かんぜんちょうあく》のために使う大いなる手立てなのであり、君子も、これに従って大衆とともに必ず守っていかなければならないのである。

君子《くんし》の善《ぜん》を為《な》すや、以《もっ》て理《り》の当《まさ》に為《な》すべき所《ところ》と為《な》し、福《ふく》を要《もと》むるに非《あら》ず、禄《ろく》を干《もと》むるに非《あら》

君子之為レ善也、以為二理所レ当レ為、非レ要レ福、非レ干レ禄。

ず。其《そ》の不善《ふぜん》を為《な》さざるや、以《もつ》て理《り》の当《まさ》に為《な》すべからざる所《ところ》と為《な》し、禍《か》を懼《おそ》るるに非《あら》ず、罪《つみ》に遠《とお》ざかるに非《あら》ず。世教《せきよう》を垂《た》るるに至《いた》れば、則《すなわ》ち諄諄《じゆんじゆん》として禍福刑賞《かふくけいしよう》を以《もつ》て言《げん》を為《な》す。此《こ》れ天地《てんち》聖王《せいおう》の勧懲《かんちよう》の大権《たいけん》にして、君子《くんし》は敢《あえ》て奉若《ほうじやく》して衆《しゆう》と共《とも》に守《まも》らずんばあらざるなり。

其不㆑為㆓不善㆒也、以為㆓理所㆑不㆑当㆑為、非㆑懼㆑禍、非㆑遠㆑罪。至㆔於垂㆓世教㆒、則諄諄以㆓禍福刑賞㆒為㆑言。此天地聖王勧懲之大権、君子不㆔敢不㆓奉若而与㆑衆共守㆒也。

▽「君子」とは、もともと国政を左右するような高位の為政者を指す言葉。そういう人には当然高い道徳性が備わっていたのです。ところが、乱世になると、地位身分と道徳性とが必ずしも合致しなくなります。高位高官の人でも不正に手を染めてしまうようになったのです。そこで、「君子」という言葉は、ことさらに道徳性を持つ人、道徳的にすぐれている人、の意で使われるようになっていきます。孔子のように、在野の有徳者をも指すようになりました。

ここではどうでしょうか。やはり、君子と政治との関係が強く意識されていると思われます。君子は、自分自身では、当然のこととして善を求め、不善を行わない。褒美がもらえるから善行に努め、刑罰がこわいから不善をなさないというわけではありません。ただし、その君子が世の人々を教え導く場合には、善不善と禍福刑賞との関係を懇切に教えるというのです。民衆は、すべてが道徳人ではありません。やはり、勧善懲悪という手立てがあって、善に進んで行くのです。

盛満は危うい

幸福は平常のままに安んずるより良いものはなく、不幸は満ちあふれていることより危ういものはない。天地の間の万物万事は、満ちあふれた状態から衰えていかないものはない（満ちれば必ず衰えていく）。そしてその満ちあふれるという状態には、それぞれ一定の分量がある。ただそれは智者にしか分からない。それゆえに、杯《さかずき》はわずか一勺《いっしゃく》ほどの酒を入れると満ちあふれるが、甕《かめ》は数石《すうせき》もの量でいっぱいとなる。甕《かめ》ほどの容量がありつつ、杯《さかずき》に注ぐような慎重さがあれば、あり余るほどの幸せが得られるであろう。

福《ふく》は常《つね》に安《やす》んずるよりも美《び》なるは莫《な》く、禍《か》は盛満《せいまん》よりも危《あや》うきは莫《な》し。天地《てんち》間《かん》の万物万事《ばんぶつばんじ》、未《いま》だ盛満《せいまん》にして而《しか》も衰《おとろ》えざる者有《ものあ》らざるなり。而《しか》して盛満《せいまん》に各々分量有《おのおのぶんりょうあ》り。惟《た》だ智者《ちしゃ》のみ能《よ》く之《これ》を知《し》る。是《こ》の故《ゆえ》に巵《さかずき》は一勺《いっしゃく》を以《もっ》て盛満《せいまん》と為《な》し、甕《かめ》は数石《すうせき》を以《もっ》て盛満《せいまん》と為《な》す。甕《かめ》の容有《ようあ》りて、勺《しゃく》の懼《おそ》れを懐《いだ》けば、則《すなわ》ち慶《けい》に余《あま》り有《あ》り。

福莫レ美二於安一レ常、禍莫レ危二於盛満一。天地間万物万事、未レ有二盛満而不一レ衰者一也。而盛満各有二分量一。惟智者能知レ之。是故巵以二一勺一為二盛満一、甕以二数石一為二盛満一。有二甕之容一、而懐二勺之懼一、則慶有レ余矣。

▽みちみちた状態があぶないという思想は、すでに『老子』に見えていました。同じく明末の『菜根譚』も、繰り返し「盈満《えいまん》」の危険を説きます。乱世の普遍的な課題なのでしょう。ここでも、「盛満《せいまん》」の危うさが強調されています。その比喩が見事です。「さかずき」と「かめ」。容量に天と地ほどの差があり、それぞれいっぱいになる限度が違うのです。でも世の中には、さかずきほどの容量しかないのに、なみなみと注いでしまう人が多いのです。

問学《もんがく》―切磋琢磨して学ぶ―

学問の方法について説いています。おたがいの切磋《せっさ》琢磨《たくま》を勧める一方、単なる物知りは人生の役に立たず、むしろ学を選ぶことが大切だと指摘しています。また、才能や学問がかえって自身の災いになることもあると戒めています。

たがいに研鑽しあう

学問は、必ずたがいに講究《こうきゅう》しあってこそ明らかになる。講究は必ずたがいに正しあってこそつくされる。孔子一門の師友は、徹底的に質問し率直に発言するのをいとわず、「いい加減なところで」納得して承知することもなく、「はっきりと問い明らかに弁ずる」と「『中庸』に」あるとおりだった。だから孔子の当時にあっては、学問は大いに明らかになって、まるで雲をはらい霧をひらき、晴天の日の光が、なんの障害もない（くまなく照らし出す）かのようであった。学問の究明は、このように［あるべきで］、自分だけを正しいとする心を抱いたり、他人が［間違いを］正してくれるのを憎んだりすることがないようにしなければならない。

学《がく》は必《かなら》ず相講《あいこう》じて而《しか》る後《のち》に明《あき》らかなり。講《こう》は必《かなら》ず相直《あいただ》して而《しか》る後《のち》に尽《つ》くす。孔門《こうもん》の師《し》友《ゆう》は、窮問《きゅうもん》し極言《きょくげん》するを厭《いと》わず、相然諾《あいぜんだく》し承順《しょうじゅん》せず、所謂《いわゆる》審《つまび》らかに問《と》い明《あき》らかに弁《べん》ずるなり。故《ゆえ》に其《そ》の時《とき》に当《あ》たりては、道学《どうがく》大《おお》いに明《あき》らかにして、雲《くも》を撥《はら》い霧《きり》を披《ひら》き、白日青天《はくじつせいてん》、繊毫《せんごう》の障《しょう》蔽《へい》無《な》きが如《ごと》くなり。講学《こうがく》は須《すべか》らく此《か》くの如《ごと》く、

学必相講而後明。講必相直而後尽。孔門師友、不レ厭二窮問極言一、不二相然諾承順一、所謂審問明弁也。故当二其時一、道学大明、如三撥レ雲披レ霧、白日青天、無二繊毫障蔽一。講学須丁如レ此、無丙堅二自是之

自《みずか》ら是《ぜ》とするの心《こころ》を堅《かた》くし、人《ひと》の相直《あいただ》すを悪《にく》む無《な》からんことを要《よう》す。

心㆒、悪㆚人相直㆙也。

▽『中庸』第二十章に、「博《ひろ》く之《これ》を学《まな》び、審《つまび》らかに之《これ》を問《と》い、慎《つつし》みて之《これ》を思《おも》い、明《あき》らかに之《これ》を弁《べん》じ、篤《あつ》く之《これ》を行《おこな》う」とあります。学問のプロセスを説いたものです。まずは先生や教科書から広く学び、疑問点をしっかりと質問し、慎重に思索し、はっきりと発言し、最後は誠実に実行する、というものでした。呂新吾は、孔子一門の学問態度がまさにこれだったと指摘しています。

読書人への戒め

読書人が心配しなければならないのは、最も暗唱しているものが古人《こじん》の語でありながら、実行に移すときには自分の家に都合のいいようにすることである。このような読書は、十年間戸《と》を閉ざそうと、車五台分を読破しようとも、なんの役にも立たない。

書《しょ》を読《よ》む人《ひと》、最《もっと》も誦《しょう》する底《ところ》は是《こ》れ古人《こじん》の語《ご》、倣《な》す底《ところ》は是《こ》れ自家《じか》の人《ひと》なるを怕《おそ》る。這等読《かくのごときどく》書《しょ》は、戸《と》を閉《と》づること十年《じゅうねん》、巻《かん》を破《やぶ》ること五《ご》車《しゃ》なりと雖《いえど》も、甚麼《なん》の用《よう》か成《な》さん。

読レ書人、最怕二誦底是古人語、倣底是自家人一。這等読書、雖二閉レ戸十年、破レ巻五車一、成二甚麼用一。

▽読書量が多いことを、十年間も家の戸を開けないということと、読んだ本が車五台分、ということで表現しています。「閉戸《へいこ》」で有名なのは、三国時代の楚《そ》の孫敬《そんけい》。家の門を閉めきって、読書や学問に没頭していたとされ、ここから、読書三昧の人を、やや揶揄して「閉戸先生」と呼ぶようにもなりました。また、車五台分の本は、戦国時代の荘子のライバルだった恵施《けいし》の故事として知られます。弁論にすぐれた恵施はどこへ行くにも、常に車五台に本を積んでいたと伝えられています。

『呻吟語』は、おそらくこうした故事を頭の片隅に置いて、この条を書いたのでしょう。もちろん読書それ自体は大切です。しかし、読書と実践の間に大きなずれがあったとしたらどうでしょう。すばらしい古人の言葉を経書《けいしょ》で読みながら、実際の行動となると、結局は自分の家や自分自身の都合を優先する。それでは読書の甲斐がありません。

何を知り何を行うのか

現在、科挙の受験生が文章を作成するについては、学問をなすという題目にあうと、常に知ることと行うこととを比較して書いている。ためしに思ってみよ、この何を知り、何を行うのかを。［また］政治をなすという題目にあうと、常に教えることと養い育てることとを比較して書いている。ためしに質問しよう、官職について何を養い、何を教えるのか。もし口先だけの軽薄な談義によって、官職に身をささげ、国家の特別の恩恵を求めるのであれば、それはあざむきごまかすことと何の違いがあろうか。我々は慎んでこのことを反省しなければならない。

今《いま》の挙子《きょし》の文《ぶん》を為《つく》る者《もの》は、学《がく》を為《な》す題目《だいもく》に遇《あ》えば、毎《つね》に知行《ちこう》を以《もっ》て比《ひ》と作《な》す。試《こころ》みに思《おも》え、箇《こ》の甚麼《なに》を知《し》り、箇《こ》の甚麼《なに》を行《おこな》うか。政《まつりごと》を為《な》す題目《だいもく》に遇《あ》えば、毎《つね》に教養《きょうよう》を以《もっ》て比《ひ》と作《な》す。試《こころ》みに問《と》う、官《かん》と做《な》りて那箇《なに》を養了《やしな》い、那箇《なに》を教了《おし》うるか。若《も》し口舌浮談《こうぜつふだん》に資《よ》りて、以《もっ》て自《みずか》ら其《そ》の身《み》を致《いた》し、以《もっ》て国家《こっか》の寵利《ちょうり》を要《もと》むれば、此《こ》れ誆騙《きょうへん》と何《なん》ぞ異《こと》ならん。吾《わ》が輩宜《はいよろ》しく惕然《てきぜん》として省《かえり》みるべし。

今之為二挙子文一者、遇二為レ学題目一、毎以二知行一作レ比。試思、知二箇甚麼一、行二箇甚麼一。遇二為レ政題目一、毎以二教養一作レ比。試問、做レ官養二了那箇一、教二了那箇一。若資二口舌浮談一、以自致二其身一、以要二国家寵利一、此与二誆騙一何異。吾輩宜二惕然省一矣。

▽科挙は、中国の官吏登用システムでした。呂新吾自身も、嘉靖《かせい》四十年（一五六一）、二十六歳のとき、その第一段階の「郷試《きょうし》」に合格し、次いで、隆慶《りゅうけい》五年（一五七一）、三十六歳のときに「会試《かいし》」に合格。万暦《ばんれき》二年（一五七四）、三十九歳のときには、科挙の最終試験「殿試《でんし》」を受けて合格し、「進士《しんし》」となっています。当時の知識人と科挙は、

不可分の関係にあったと言えましょう。

ところが呂新吾は、これらの受験生に苦言を呈しています。学問に関する出題については、そろって「知」「行」の解答。これは当時の陽明学《ようめいがく》で、「知行合一《ちこうごういつ》」が唱えられていたことの弊害を指摘するものです。王陽明は、知ることの中にすでに行いが含まれ、また行いの中に知がうまれると、知と行との合一を説きました。これに感化された学徒は、口を開けば「知行合一」を唱えたのです。呂新吾は、それが単なるスローガンの復唱になっているに過ぎず、何を知り、何を行うのかを具体的に考えているものではないと批判しているのです。

才学は剣の如し

才能がなく学問もないのは、士の恥とするところである。［しかし一方］才能があり学問があるのは、士の憂いともなる。そもそも才能と学問は、それを身につけることは難しいわけではないが、それを適度に制御《せいぎょ》することは難しい。君子が才能と学問を尊重するのは、それによって身を立てるためである。決して己《おのれ》を誇《ほこ》るためではない。それによって世を救済するためである。決して他人に自慢するためではない。だから才能と学問は、ちょうど剣のようである。ここぞというときにだけ用いるのである。それ以外は、さやの中に収めて、見せびらかすことをしない。そうでなければ、自らの禍《わざわい》となろう。昔から、十人が十人、百人が百人、一人として、幸いにこの禍をまぬがれた者はいないのである。これが憂えずにいられようか。

才《さい》無《な》く学《がく》無《な》きは、士《し》の羞《はじ》なり。才《さい》有《あ》り学《がく》有《あ》るは、士《し》の憂《うれ》いなり。夫《そ》れ才学《さいがく》は、之《これ》を有《ゆう》すること難《かた》きに非《あら》ずして、之《これ》を降伏《こうふく》すること難《かた》し。君子《くんし》、才学《さいがく》を貴《たっと》ぶは、以《もっ》て身《み》を成《な》すなり。以《もっ》て己《おのれ》を矜《ほこ》るに非《あら》ざるなり。以《もっ》て世《よ》を済《すく》うなり。

無㆑才無㆑学、士之羞也。有㆑才有㆑学、士之憂也。夫才学、非㆓有㆑之難㆒、而降㆓伏之㆒難。君子貴㆓才学㆒、以成㆑身也。非㆓以矜㆑己也。以済㆑世也。非㆓

以《もっ》て人《ひと》に夸《ほこ》るに非《あら》ざるなり。故《ゆえ》に才学《さいがく》は剣《けん》の如《ごと》し。試《こころ》みるべきの時《とき》に当《あ》たりて一《ひと》たび試《こころ》みる。不《しか》らざれば則《すなわ》ち諸《これ》を室《しつ》に蔵《おさ》め、以《もっ》て衒弄《げんろう》する無《な》し。然《しか》らざれば、身《み》の禍《わざわい》と為《な》らざる者《もの》鮮《すく》なし。古《いにしえ》より十人《じゅうにん》にして十《じゅう》、百人《ひゃくにん》にして百《ひゃく》、一《いち》も倖《さいわい》に免《まぬか》るる無《な》し。憂《うれ》えざるべけんや。

以夸レ人也。故才学如レ剣。当三可レ試之時二一試。不則蔵二諸室一、無三以衒弄二。不レ然、鮮下不レ為二身禍一者上。自レ古十人而十、百人而百、無二一倖免一。可レ不レ憂哉。

▽見事な比喩です。伝家の宝刀は、ここぞというときに抜いてこそ、真価を発揮するのです。いつも鞘《さや》から出して見せびらかしていては、宝刀とはなりません。才能と学問は、身につけるよりも、それを「降伏《こうふく》」（自分でコントロール）することの方が難しいのだという指摘は、およそ学問に関わる者すべてがしっかりと受け止めなければなりません。

学は選ぶを貴ぶ

諸子百家の学をあれこれ修めた者は、広く大げさな言葉が多い。一家の学を深く究めた者は、独特のすぐれた言葉を使う。学者が、限りある能力でもって、その極限をきわめようとし、また、粗略な心がけでもって、その最も奥深いところをさぐろうとするのは、なんと難しいことか。だから学問というのは、選ぶことを貴ぶのである。

百家《ひやつか》を羅《つら》ぬる者《もの》は、浩瀚《こうかん》の詞《し》多《おお》し。一家《いつか》に工《たくみ》なる者《もの》は、独詣《どくし》の語《ご》有《あ》り。学者《がくしや》、有限《ゆうげん》の目《もく》力《りよく》を以《もつ》てして、其《そ》の津涯《しんがい》を竟《きわ》めんと欲《ほつ》し、鹵《ろ》莽《もう》の心思《しんし》を以《もつ》てして、其《そ》の蘊奥《うんおう》を探《さぐ》らんと欲《ほつ》

羅㆓百家㆒者、多㆓浩瀚之詞㆒。工㆓一家㆒者、有㆓独詣之語㆒。学者以㆓有限之目力㆒、而欲㆑竟㆓其津涯㆒、以㆓鹵莽之心思㆒、而

するは、豈《あ》に難《かた》からずや。故《ゆえ》に学《がく》は択《えら》ぶ有《あ》るを貴《たっと》ぶ。

欲レ探二其蘊奥一、豈不レ難哉。
故学貴レ有レ択。

▽博学《はくがく》が良いとは限りません。あれもこれもと手を出して、結局一つも実らないということも多いのです。呂新吾は、博学と「一家の学」とをくらべて、それぞれの勉強方法がそのまま言葉に表れると指摘します。すぐれた言葉遣いは、専門をきわめることによって生まれるのです。「広く」よりも「選ぶ」ことが大切です。

ただここで注意したいのは、選ぶためには、一定の知識が必要だということです。広くあたりを見渡して、一定の情報を得たのち、はじめて選ぶことができるのです。「一家の学」が良いからと言って、周囲にまったく目を向けないというのでは、まさに独りよがりとなってしまうでしょう。

応務《おうむ》—対人関係で大切なこと—

任務に当たるときの心得、対人関係の秘訣を説いています。人と争わないようにするにはどうしたらよいか、時間を無駄にしないためにはどのような点に気をつけるのか、意表を突く言葉が続きます。

他人と争わない

私は、五十歳になって、人と争わない五つの秘訣を悟ることができた。それは何かと問われたので、こう答えた、「財産を蓄《たくわ》えている人とは富《とみ》を争わない。進んで物事を興そうとする人とは地位を争わない。うわべを飾ろうとする人とは名声を争わない。おごり高ぶっている人とは礼節を争わない。血気盛んな人とは是非を争わない」。

余《よ》、行年五十《こうねんごじゅう》、五《いつ》つの争《あらそ》わざるの味《あじ》を悟《さと》り得《え》たり。人《ひと》、之《これ》を問《と》う。曰《いわ》く、「居積《きよせき》の人《ひと》と富《とみ》を争《あらそ》わず。進取《しんしゅ》の人《ひと》と貴《たっと》きを争《あらそ》わず。矜飾《きょうしょく》の人《ひと》と名《な》を争《あらそ》わず。簡傲《かんごう》の人《ひと》と礼節《れいせつ》を争《あらそ》わず。盛気《せいき》の人《ひと》と是非《ぜひ》を争《あらそ》わず」。

余行年五十、悟二得五不レ争之味一。人問レ之。曰、「不下与二居積人一争上レ富。不下与二進取人一争上レ貴。不下与二矜飾人一争上レ名。不下与二簡傲人一争中礼節上。不下与二盛気人一争中是非上」。

▽五十歳は人生の大きな節目です。孔子は「五十にして天命を知る」（『論語』為政篇）と述べました。呂新吾は、争わない境地を説きます。ただまったくの「無」の境地かというとそうではなさそうです。相手をみきわめた上で「争わない」と言っているのです。たとえば、少々財産があっても、大富豪の前でそれを競っては負けるに決まっています。同様に、進取《しんしゅ》の気性《きしょう》がある人とは地位を争わず、外見をとりつくろう人とは名声を争わ

ない。こうした方針を立てておけば、無用の争いはなくなるはずです。それが、晩年を穏やかに過ごす秘訣なのです。

不幸の由来

そもそも人間の不幸と憂いは、安楽な生活をすることによって生じ、まじめにしっかり努めることによって免れる。贅沢《ぜいたく》な暮らしから生じ、倹約によって免れる。際限のない欲望によって生じ、足《た》るを知る心によって免れる。仕事が多すぎることによって生じ、行動を控えることによって免れる。

凡《おそ》そ禍《か》患《かん》は、安楽《あんらく》を以《もっ》て生《しょう》じ、憂勤《ゆうきん》を以《もっ》て免《まぬか》る。奢肆《しゃし》を以《もっ》て生《しょう》じ、謹約《きんやく》を以《もっ》て免《まぬか》る。觖望《けつぼう》を以《もっ》て生《しょう》じ、知足《ちそく》を以《もっ》て免《まぬか》る。多事《たじ》を以《もっ》て生《しょう》

凡禍患、以㆓安楽㆒生、以㆓憂勤㆒免。以㆓奢肆㆒生、以㆓謹約㆒免。以㆓觖望㆒生、以㆓知足㆒免。

以㆓多事㆒生、以㆓慎動㆒免。

じ、慎動《しんどう》を以《もつ》て免《まぬか》る。

▽人間の不幸と憂いがどこから来るのか、何によって生ずるのかを鋭く指摘しています。安楽な生活は、誰もが望むもの。しかし、わざわいはそこからやってくるというのです。倹約や足るを知る心が憂いを除いてくれるのです。日々仕事に奔走されている方には、突き刺さる言葉もあります。憂いは、仕事が多すぎることによって生じ、行動を控えることによって除かれる、と。

人を愛す

昔の人は他人を愛するという気持ちが多く、今は他人を憎む気持ちが多い。人を愛するから、容易に過ちを改めることができ、また私を見るまなざしも親しみにあふれ、私の教えも常に行われやすい。[これに対して] 人を憎むから、やけになってしまい、私を見るまなざしも仇《あだ》のようで、私の言葉も一向に入っていかない。

古人《こじん》は人《ひと》を愛《あい》するの意《い》多《おお》く、今日《こんにち》は人《ひと》を悪《にく》むの意《い》多《おお》し。人《ひと》を愛《あい》す、故《ゆえ》に人《ひと》過《あやま》ちを改《あらた》むるに易《やす》く、而《しか》して我《われ》を視《み》るや常《つね》に親《した》しみ、我《われ》の教《おし》え常《つね》に行《おこな》い易《やす》し。人《ひと》を悪《にく》む、故《ゆえ》に人《ひと》自棄《じき》するに甘《あま》んじ、而《しか》して我《われ》を視《み》るや常《つね》に仇《あだ》とし、我《われ》の言益々《げんますます》入《い》らず。

古人愛レ人之意多、今日悪レ人之意多。愛レ人、故人易二於改レ過、而視レ我也常親、我之教常易レ行。悪レ人、故人甘二於自棄一、而視レ我也常仇、我之言益不レ入。

▽対人関係において愛することの大切さを説いています。男女の関係ではありません。広く私とあなたという関係において、愛する気持ちがあると、おたがい反省の気持ちも生じ、信頼関係を築けます。反対に、憎む気持ちが強ければ、何を言っても無駄。まるで仇に向かってしゃべるようで、言葉は相手の心に届きません。

堅い心をほぐす

成心《せいしん》とは、できあがってしまった堅い心である。聖人の胸のうちは、ほがらかで清くあっさりとしていて、このような堅くできあがった心持ちはない。だから「孔子も」、「四を絶《た》つ」と言っている。今の人は物事に応じて処理するのに、すべて成心によっている。それでは、たとえ知恵を働かせて物事を照らし出しても、結局は自分のかたくなな意見に覆われているのである。

成心《せいしん》とは、見成《けんせい》の心《こころ》なり。聖人《せいじん》の胸中《きょうちゅう》は、洞《どう》然《ぜん》として清虚《せいきょ》にして、箇《こ》の見成《けんせい》の念頭《ねんとう》無《な》し。故《ゆえ》に曰《いわ》く四《よん》を絶《た》つと。今《いま》の人《ひと》は事《こと》に応《おう》じ物《もの》を宰《さい》するに、都《すべ》て是《こ》れ成心《せいしん》なり。縦使聡明《たといそうめい》にして照《て》らし得《え》て破《やぶ》るも、畢竟是《ひっきょうこ》れ意見障《いけんしょう》なり。

成心者、見成之心也。聖人胸中、洞然清虚、無㆓箇見成念頭㆒。故曰絶㆑四。今人応㆑事宰㆑物、都是成心。縦使聡明照得破、畢竟是意見障。

▽孔子は四つのことを絶ったとされます。『論語』子罕《しかん》篇に、「子《し》、四《よん》を絶《た》つ。意《い》毋《な》く、必《ひっ》毋く、固《こ》毋く、我《が》毋し」と。呂新吾はこれを引用しながら、かたくなな意見や頭の固さを処世のさまたげになると注意しているのです。

その場にあった話題を

士君子《しくんし》は、朝廷にいるときは政治を論じ、民間にいるときは俗世間のことを論じ、廟堂《びょうどう》（祖先のたましいをまつる建物）にいれば祭礼《さいれい》について論じ、喪《も》に服しているときには喪礼《そうれい》について論じ、辺境の地にあっては戦闘と防衛について論ずる。その場をわきまえない議論を羨談《せんだん》（余計な話）というのである。

一　士君子《しくんし》、朝《ちょう》に在《あ》れば則《すなわ》ち政《まつりごと》を論《ろん》じ、野《や》に在《あ》

士君子在レ朝則論レ政、在レ野

れば則《すなわ》ち俗《ぞく》を論《ろん》じ、廟《びょう》に在《あ》れば則《すなわ》ち祭礼《さいれい》を論《ろん》じ、喪《も》に在《あ》れば則《すなわ》ち喪礼《そうれい》を論《ろん》じ、辺圉《へんぎょ》に在《あ》れば則《すなわ》ち戦守《せんしゅ》を論《ろん》ず。其《そ》の地《ち》に非《あら》ざるや、之《これ》を羨談《せんだん》と謂《い》う。

則論レ俗、在レ廟則論二祭礼一、在レ喪則論二喪礼一、在二辺圉一則論二戦守一。非二其地一也、謂二之羨談一。

▽気の利《き》いた話というのは、要するにその場にふさわしい話題ということです。場が違えば、話すべき内容も異なってくるのは当然です。また同じ場でも、日時や参会者によっては話題を変えるべきでしょう。場の空気を読めない人は、いつも同じ話で「うける」と思ってしまうのです。

時間を無駄にしない三つの心得

仕事の上では、ただ人との応酬《おうしゅう》に費やすむだな努力が、八割を占めている。だからどうしても精を出してまともな仕事にあたる時間などなくなってしまうのだ。私は日頃、好んで三つの方法を実践している。これはお互いとても有益である。［第一は］人と面会しないこと。それによって応接の疲れを省くことができる。［第二は］軽々しく手紙を書かないこと。それによって相手が返事で苦労するのを省くことができる。［第三は］人の気遣いを求めないこと。それによって相手が進退の処置に悩むのを省くことができる。

仕途《しと》の上《うえ》には、只《た》だ無益《むえき》の人事《じんじ》に応酬《おうしゅう》するの工夫《くふう》、八分《はちぶ》を占《し》め了《おわ》る。更《さら》に甚《なん》の精力《せいりょく》の時候《とき》有《あ》りて正経《せいけい》の職業《しょくぎょう》を修《おさ》めん。我《われ》は嘗《つね》に自《みずか》ら喜《この》みて三種《さんしゅ》の方便《ほうべん》を行《おこな》う。甚《はなは》だ彼我《ひが》に於《おい》て益有《えきあ》り。人《ひと》に面謁《めんえつ》せず。其《そ》の応接《おうせつ》するに疲《つか》るるを省《はぶ》く。軽々《かるがる》しく書《しょ》を寄《よ》せず。其《そ》の裁答《さいとう》するに

仕途上、只応㆔酬無益人事㆓工夫、占㆔了八分㆒。更有㆓甚精力時候㆒修㆓正経職業㆒。我嘗自喜行㆓三種方便㆒。甚於㆓彼我㆒有㆑益。不㆔面㆔謁人㆒。省㆔其疲㆓於応接㆒。不㆓軽寄㆑書。省㆔其困㆓

困《くる》しむを省《はぶ》く。人《ひと》の看顧《かんこ》を乞《こ》い求《もと》めず。其《そ》の区処《くしょ》するに難《なん》ずるを省《はぶ》く。

於裁答一。不三乞二求人看顧一。省三其難二於区処一。

▽意外性に富み、それでいて痛快な言葉です。日頃、雑務に追われ、自分が本当にやりたい仕事ができないと嘆いている方には、お勧めの心得でしょう。一般的には、直接面会したり、こまめに手紙を書いたりするというのが対人関係の基本とされています。ところが呂新吾は、それこそが仕事のさまたげになっているというのです。

これは、自分の都合だけで言っているのではありません。たとえば、面会ということになれば、時間調整が必要となります。遠来の客であれば、おたがい手土産や会食の準備も必要になるでしょう。また手紙を書けば、相手はその返事を書かなければなりません。呂新吾は、そうした気遣いを相手にさせるのが忍びないと言っているのです。

三番目の「相手が進退の処置に悩む」というのは、少し分かりづらいかもしれません。役人が、陰に陽に気遣いを求めれば、相手側はそれを忖度《そんたく》し、どうしたら良いかと言動に悩むことでしょう。役人への請託《せいたく》という状況が思い浮かびます。これらは、地方官を歴任した呂新吾の体験から生み出された秘訣なのではないでしょうか。

人に忠告する際の気遣い

人［の過ち］を責める際には、含蓄《がんちく》のある言葉を使う。あまりに徹底的に言ってしまうのはいけない。婉曲《えんきょく》であることが必要だ。あまりに率直に言ってはならない。控えめに言わなければならない。あまりに露骨であってはならない。今、若者が父兄から忠告を受ける際にも、どうしても我慢できないことがある。まして他人の忠告はなおさらだ。孔子は、「忠告して他人をよく導き、聞き入れられないのであれば取りやめる」と言っている。この言葉は、ただ人との交わりを全うすることができるだけではなく、自分の気を養うこともできる。

人《ひと》を責《せ》むるには、含蓄《がんちく》せんことを要《よう》す。太《はなは》だ尽《つ》くすを忌《い》む。委婉《いえん》なるを要《よう》す。太《はなた》だ直《ちょく》なるを忌《い》む。疑似《ぎじ》なるを要《よう》す。太《はなた》だ真《しん》なるを忌《い》む。

責ㇾ人、要二含蓄一。忌二太尽一。要二委婉一。忌二太直一。要二疑似一。忌二太真一。今子弟受二父兄之責一

今《いま》、子弟《してい》、父兄《ふけい》の責《せ》めを受《う》くるや、尚《な》お堪《た》えざる所有《ところあ》り。而《しか》るを況《いわ》んや他人《たにん》をや。孔子曰《こうしいわ》く、「忠告《ちゅうこく》して善《よ》く之《これ》を道《みちび》き、不可《ふか》なれば則《すなわ》ち止《や》む」と。此《こ》の語《ご》は止《た》だ交《まじ》わりを全《まっと》うするのみならず、亦《ま》た気《き》を養《やしな》うべし。

也、尚有レ所レ不レ堪。而況他人乎。孔子曰、「忠告而善道レ之、不可則止」。此語不二止全レ交、亦可レ養レ気。

▽『論語』顔淵《がんえん》篇に、こうあります。

子貢《しこう》、友《とも》を問《と》う。子曰《しいわ》く、「忠告《ちゅうこく》して善《よ》く之《これ》を道《みちび》き、不可《ふか》なれば則《すなわ》ち止《や》む。自《みずか》ら辱《はずかし》めらるること毋《な》かれ」。

弟子の子貢が友人関係について質問したのに対し、孔子は答えました。忠告して良い方向に導いてやる。しかし、相手が聞き入れないときはそれ以上はしない。しつこく忠告してかえって自分が恥をかいてはならない、と。呂新吾は、この言葉を踏まえ、最近では、親子の関係でもなかなか忠告は聞き入れられず、他人の間柄ではなおさらだと嘆いています。だからこそ、人に忠告するときには気遣いが必要なのです。

秘密は蜜の味

私は若いとき、秘密にしなければならない内容を他人にもらしてしまい、亡き父が私に忠告された。私が、「すでに話をもらした相手に注意し、決して他言しないように手を打ちました」と言うと、父は、「お前は、自分の口さえ制止できなかったのに、どうして他人の口を制止することができようか。それに他人を戒めるのと自分を戒めるのとは、どちらが難しいのか。よくよく気をつけなければならない」とおっしゃった。

余《よ》、少《わか》き時《とき》、曾《かつ》て当《まさ》に密《みつ》にすべきの語《ご》を洩《も》ら　余少時曾洩㆓当㆑密之語㆒、先し、先君《せんくん》、之《これ》を責《せ》む。対《こた》えて曰《いわ》く、「已《すで》に聞《き》く者《もの》を戒《いまし》め、洩《も》らすこと勿《な》からしめたり」。先君曰《せんくんいわ》く、「子《し》、子《し》の口《くち》を必《ひつ》すること能《あた》わず、而《しか》も能《よ》く人《ひと》の口《くち》を必《ひつ》せんか。且《か》つ人《ひと》を戒《いまし》むると己《おのれ》を戒《いまし》むると孰《いず》れか難《かた》き。小子《しょうし》、之《これ》を慎《つつし》め」。

君責レ之。対曰、「已戒二聞者一、使レ勿レ洩矣」。先君曰、「子不レ能レ必二子之口一、而能必二人之口一乎。且戒レ人与レ戒レ己孰難。小子慎レ之」。

▽『呻吟語』には、ときどき呂新吾の反省の弁が述べられています。ここも、自分の若い頃を振り返り、父に言われた忠告を記しています。秘密は蜜《みつ》の味。誰かに話したくなるものです。「ここだけの話」として耳打ちし、それは漏洩《ろうえい》していくわけです。自分の口さえコントロールできない者が他人の口を制止できるでしょうか。

養生《ようせい》―健康長寿のために―

もともと、わずか十二条からなる篇ですが、昔も今も最大の関心事と言える「養生」（健康長寿）について説いています。徳を養うことこそ生を養うことだと主張しています。その中から二条を紹介してみましょう。

生を養う方法

五つのことを閉じるのは、徳を養い、生を養う方法である。ある人が質問していった。「視《み》たり聴いたり言ったり動いたり思ったりするのは、それらを開くのではないでしょうか」と。そこで私は言った。「平常は閉じておいて時々に開き、事物に対してだれないようにすれば良い。これを夷夏《いか》（夷狄《いてき》の道と中華の道と）の分かれ道というのだ」。

五閉《ごへい》は、徳《とく》を養《やしな》い生《せい》を養《やしな》うの道《みち》なり。或《ある》ひと之《これ》を問《と》いて曰《いわ》く、「視聴言動思《しちょうげんどうし》は、将《まさ》に啓《ひら》かざらんとするか」。曰《いわ》く、「常《つね》に閉《と》じて時《とき》に之《これ》を啓《ひら》き、事《こと》に弛《ゆる》めずして可《か》なり。此《こ》れを之《こ》れ夷《い》夏《か》の関《かん》と謂《い》う」。

五閉、養レ徳養レ生之道也。或問レ之曰、「視聴言動思、将レ不レ啓与」。曰、「常閉而時啓レ之、不レ弛二於事一可矣。此之謂二夷夏関一」。

▽「五閉」とは、五官（感覚器官）を閉ざすこと。具体的には、視ることを閉じ、聴くことを閉じ、言うことを閉じ、動くことを閉じ、思うことを閉じる。軽率な言動は、感覚器官を閉ざすことによって防ぐことができるという主張です。ところがこれに疑問を感じた人がいます。私たちは、実際に視たり聴いたり言ったり動いたりして生きている。それは感覚器官を開くことによって可能となるのではないですか、というわけです。それに対して呂新吾は、いや平常は閉じておくのが肝心。時々に開けば十分だというので

す。慎重に閉じておくか、無防備に開いたままなのか、それが夷狄《いてき》（中国周辺の異民族）・中華《ちゆうか》の分かれ道。さらに言えば、この違いは、儒教の聖人と夷狄の教え（すなわち仏教）との違いを暗示しているかもしれません。

徳を養うことこそ肝要

今、生を養うことに努めている者は、薬を飲み気を取り入れ、危険を避け難儀を取りやめ、時節に留意し欲望を少なくする。まことに肝要《かんよう》な方法だ。［竹林《ちくりん》の七賢《しちけん》の一人］嵇康《けいこう》は、よく生を養ったとされる。しかし、その死に際しては、かえって不慮のできごとに遭《あ》った。それにより分かるのである。徳を養うことこそ、生を養うために最も肝要な方法であることを。徳が自分に備わっていれば、たとえ白刃《はくじん》を蹈《ふ》んで死んだとしても、どうして養生《ようせい》をそこなったと言えようか。

今《いま》の生《せい》を養《やしな》う者《もの》は、薬《くすり》を餌《じ》し気《き》を服《ふく》し、険《けん》を避《さ》け難《なん》を辞《じ》し、時《とき》を慎《つつし》み慾《よく》を寡《すくな》くす。誠《まこと》に要《よう》法《ほう》なり。嵇康《けいこう》は善《よ》く生《せい》を養《やしな》う。而《しか》るに其《そ》の死《し》するや、却《かえ》って慮《おもんぱか》る所《ところ》の外《ほか》に在《あ》り。乃《すなわ》ち知《し》る、徳《とく》を養《やしな》うは尤《もっと》も生《せい》を養《やしな》うの第一要《だいいちよう》なるを。徳《とく》、我《われ》に在《あ》り、而《しか》して白刃《はくじん》を蹈《ふ》みて以《もっ》て死《し》するは、何《なん》ぞ其《そ》の養生為《ようせいた》るを害《がい》せんや。

今之養レ生者、餌レ薬服レ気、避レ険辞レ難、慎レ時寡レ慾。誠要法也。嵇康善養レ生。而其死也、却在二所レ慮之外一。乃知養レ徳尤養レ生之第一要也。徳在レ我、而蹈二白刃一以死、何害三其為二養生一哉。

▽養生は昔も今も大ブームです。人間の求めるもの、最後にいきつくところは、健康長寿なのでしょう。サプリメントを飲み、気功を行い、欲を少なくするのは、養生の方法として誰でも思いつくものです。

ところが、呂新吾は、嵇康《けいこう》の例を引いて読者に問いかけるのです。嵇康（二二三～二六二?）は、魏晋《ぎしん》時代の人。老荘の学を好み、音楽（琴）や書画にも巧みでした。俗世を離れて清談《せいだん》にふけったとされる「竹林の七賢」の一人です。「養生論」という著まで

嵇康（『列仙全伝』）

あります。しかし、その末路は意外なものでした。魏の武将鍾《しょう》会《かい》の讒言《ざんげん》により、時の実力者司《し》馬昭《ばしょう》（司馬懿《しばい》の次男、晋の武帝司《し》馬炎《ばえん》の父）によって死刑に処せられたのです。その際、嵇康は、琴の秘曲「広陵散《こうりょうさん》」を奏《かな》で、私が死ねばこの曲は絶えるであろうと言って処刑されたと伝えられます。ここから芸術の伝統が絶えてしまうことを「絶《ぜっ》響《きょう》」というようになりました。

ことさらに生を養うよりも、徳を養うことが肝心だという主張です。とすれば、前条で、「五閉は、徳を養い生を養うの道なり」とあった点についても、別の見方ができるかもしれません。つまり、読点の位置をずらし、「五閉して徳を養うは、生を養うの道なり」という読みです。こうすれば、「無防備に感覚器官を開かずに徳を養うことこそ、生を養う方法だ」という意味になり、ここの主旨と、より適合するでしょう。

［外篇］

天地《てんち》―世界は何でできているのか―

外篇冒頭の篇で、まず天地について説いています。世界の枠組みである天地は何からできているのかと問いかけ、それに「気一元論《きいちげんろん》」で答えます。朱子学の「理気二元論《りきにげんろん》」とは異なる宇宙観が見られます。

子を通して親を知る

天地を知ることはできない。しかし私は、天地が生み出したものを知っている。その生み出したものを観察して、天地の性情《せいじょう》形体をともに見ることができる。同じように、子を観察してその父母を知り、器物を観察してその模範（器物を作り出した雛形《ひながた》）を知る。天地というものは、万物の父母であり、造物《ぞうぶつ》の模範である。

天地《てんち》は知《し》るべからざるなり。而《しか》れども吾《わ》れ天《てん》地《ち》の生《しよう》ずる所《ところ》を知《し》る。其《そ》の生《しよう》ずる所《ところ》を観《み》て、天地《てんち》の性情形体《せいじようけいたい》、倶《とも》に之《これ》を見《み》る。是《こ》の故《ゆえ》に子《こ》を観《み》て父母《ふぼ》を知《し》り、器《うつわ》を観《み》て模範《もはん》を知《し》る。天《てん》地《ち》なる者《もの》は、万物《ばんぶつ》の父母《ふぼ》にして、造物《ぞうぶつ》の模範《もはん》なり。

天地不レ可レ知也。而吾知ニ天地之所一レ生。観ニ其所一レ生、而天地之性情形体、倶見レ之矣。是故観レ子而知ニ父母一、観レ器而知ニ模範一。天地者、万物之父母、而造物之模範也。

▽呂新吾の基本的な天地観を説いています。天地それ自体は、よく分からないとしても、天地の生み出した事物によって、天地が何かを知ることができると言っています。それは、一人の子を見て、その親を知ることができるのと同じ。具体的な事物の観察を通して、その本体を知ろうとする科学的な態度です。

とどまらぬ気の変化

気の変化はひとときもとどまることなく、進むに属するのでなければ退《しりぞ》くに属す（常に変化流動している）。動植物も、その気のはたらきはひとときもとどまることなく、生に属するのでなければ死に属す（常にはたらいている）。また、進まず退かずにとどまっているというような理はないのである。

気化《きか》は一息《いつそく》の停《とど》まること無《な》く、進《すす》むに属《ぞく》せざれば就《すなわ》ち退《しりぞ》くに属《ぞく》す。動植《どうしょく》の物《もの》、其《そ》の気機《きき》も亦《ま》た一息《いつそく》の停《とど》まること無《な》く、生《せい》に属《ぞく》せざれば就《すなわ》ち死《し》に属《ぞく》す。再《さら》に進《すす》まず退《しりぞ》かずして止《とど》まるの理《り》無《な》し。

気化無二一息之停一、不レ属レ進就属レ退。動植之物、其気機亦無二一息之停一、不レ属レ生就属レ死。再無二不レ進不レ退而止之理一。

▽天地を構成するのは「気」。その気は、一瞬たりとも停滞することなく、常に変化流動を繰り返します。それが様々な事物・現象を生み出すのです。呂新吾が「気」のはたらきを非常に重視していたことが分かる一条です。

すべての根本は気

形は気に生ずる。気の変化がなければ、天地は決して ないのである。天地がなければ万物も決してないのである。

形《かたち》は気《き》に生《しよう》ず。気化《きか》の有《あ》る没《な》き底《もの》は、天地《てんち》、定然《かならずあ》有る没《な》し。天地《てんち》の有《あ》る没《な》き底《もの》は、万物《ばんぶつ》、定然《かならずあ》有る没《な》し。

形生㆓於気㆒。気化没㆑有底、天地定然没㆑有。天地没㆑有底、万物定然没㆑有。

▽宇宙の構造を、「気」「天地」「万物」の語で説明しています。根源にあるのは気。その気の変化がなければ天地はなく、天地の枠組みがなければ万物もないという宇宙論です。

天地万物も気の集散

天地万物は、ただ気の離合集散《りごうしゅうさん》によるのであって、これ以外に何かがあるのではない。形は気が付着して凝《こ》り固まったものである。気は形がそれに託《たく》して運動するものである。気がなければ形は存在しない。形がなければ気はとどまることができないのである。

天地《てんち》万物《ばんぶつ》は、只《た》だ是《こ》れ一気《いっき》の聚散《しゅうさん》にして、更《さら》に別箇《べっこ》無《な》し。形《かたち》は気《き》の附《つ》きて以《もつ》て凝結《ぎょうけつ》を為《な》す

天地万物、只是一気聚散、更無㆓別箇㆒。形者気所㆔附以為㆓

所《ところ》なり。気《き》は形《かたち》の托《たく》して以《もっ》て運動《うんどう》を為《な》す所《ところ》なり。気《き》無《な》ければ則《すなわ》ち形《かたち》は存《そん》せず。形《かたち》無《な》ければ則《すなわ》ち気《き》は住《とど》まらず。

凝結一。気者形所三托以為二運動一。無レ気則形不レ存。無レ形則気不レ住。

▽前の条やこの条で、呂新吾の宇宙論が「気一元論《きいちげんろん》」であることが明らかになります。古代中国では、宇宙を構成する物質として「気」を想定しました。もともとは、立ち上る水蒸気、あるいは人の呼気《こき》から着想されたものと考えられます。この気について大きく二つの性格があるとするのが「陰陽《いんよう》」の考え方です。また、木火土金水の五つの性格に分けて考えるのが「五行説《ごぎょうせつ》」です。のちにこの二つは統合され、陰陽五行説として確立します。

一方、この気の上に「理」という宇宙の原理を置くのが朱熹《しゅき》の宇宙論で、朱子学の基本理念となっていました。朱熹はこれにより、『孟子』以来の懸案となっていた人間の本性の問題についても、「性即理《せいそくり》」として説明を加えます（30頁参照）。

これに対して、呂新吾は、それを「理気二元論《りきにげんろん》」だとして批判するのです。根源にあるのは、ただ「気」のみ。「気一元論」の立場です。ただ、この条に説かれているように、気はそれだけでは世界の事物を構成できません。気そのものは目に見えない物質で、常に変化流動しているからです。そこで物の「形」を借りて、とどまるわけです。気と形は同胞の間柄だと言えましょう。

世運《せうん》―世の流れへの対処法―

時勢とは何でしょうか。また人は世の流れにどのように対処すればよいのでしょうか。この篇では、俗世に流されず、時には世にさからうことも必要だと論じています。また、太平だった古代がどのように劣化してきたのか、独特の歴史観を披露しています。

時勢にさからう聖人

世の中の勢《いきおい》があるところには、天地も聖人もこれに違《たが》えることはできない。勢がやって来た時は、それをくだこうとしても、必ずしもすぐには壊《こわ》すことができず、勢が去り行く時は、それを引き戻そうとしても、必ずしもそれを元に戻すことができない。それでも聖人は常に時勢に逆らい、ただ満足して成り行き任せにするのをよしとしないのは、人のあり方としてそうすべきだからである。

勢《せい》の在《あ》る所《ところ》は、天地聖人《てんちせいじん》も違《たが》う能《あた》わざるなり。勢来《せいきた》る時《とき》は、即《すなわ》ち之《これ》を摧《くだ》くとも、未《いま》だ必《かなら》ずしも遽《にわか》に壊《こわ》れず、勢去《せいさ》る時《とき》は、即《すなわ》ち之《これ》を挽《ひ》くも、未《いま》だ必《かなら》ずしも回《めぐ》らす能《あた》わず。然《しか》れども聖人毎《せいじんつね》に勢《せい》と忤《さから》いて、甘心《かんしん》して之《これ》に従《したが》うを肯《がえん》ぜざるは、人事《じんじ》宜《よろ》しく然《しか》るべければなり。

勢之所レ在、天地聖人不レ能レ違也。勢来時、即摧レ之、未二必遽壊一、勢去時、即挽レ之、未二必能一レ回。然而聖人毎与レ勢忤、而不レ肯二甘心従一レ之者、人事宜レ然也。

▽中国思想史の上で、「勢《せい》」をはじめて発見した人は誰でしょうか。それは、兵家の孫《そん》子《し》だったと思われます。春秋時代の孫子（孫武《そんぶ》）は、大軍同士の戦闘を念頭に置いて、個人の奮闘よりも、集団のエネルギーが大切だと気づきます。これが「勢」です。『孫子』勢篇に、「激水《げきすい》の疾《はや》くして、石《いし》を漂《ただよ》わすに至《いた》る者は、勢《せい》なり」とあります。水が激しく流れて石をも漂わすまでに至るような状況を、軍隊の「勢」だと言っています。

その子孫の孫臏《そんぴん》も、これを弩《ど》（機械仕掛けの強い弓）のたとえを使って表します。弾道が捉えにくく、射程距離も長く、殺傷能力も高い弩のようなもの、それが軍隊における「勢」だというのです。

また、法家の韓非子《かんぴし》は、これを「権勢《けんせい》」の意味で使いました。これも圧倒的な力を言います。大国を治める君主には、この勢がなければならないと説いたのです。立派な宮殿の奥深くにいて、多くの臣下を従え、きらびやかな衣装で法令を発する。そこに勢が生ずると考えました。

この『呻吟語』では、「勢」を時勢の意味で使っています。時のめぐりは聖人でもそれを変えることができません。ちょうど海岸の大波のように。押し寄せてくるときにはそれを押しとどめようとしてもだめ。引き波のときにはそれを戻そうとしても無理なのです。

ただそれでも聖人は、時の波にただ押し流されることをよしとしません。成り行きにまかせようとはしないのです。時勢は大きなエネルギー。それに逆らうためには、より大きな力を必要とします。世俗という勢に流されぬよう、聖人はあえて大きなエネルギーを発するのです。

世俗の価値観

世の人は老人を賤《いや》しむが、聖王《せいおう》はこれを尊ぶ。世の人は愚者《ぐしゃ》を棄てるが、君子はこれを取る。世の人は貧困を恥じるが、高士《こうし》はこれを清いとする。世の人は淡泊を厭《いと》うが、智者はこれを味わう。世の人は冷清《れいせい》を嫌うが、幽人《ゆうじん》（隠者）はこれを宝とする。世の人は素朴を薄いとするが、有道者《ゆうどうしゃ》はこれを尚《たっと》ぶ。なんと悲しいことか、世の人と一緒に語りがたいのは。

世人《せじん》は老《ろう》を賤《いや》しみ、而《しか》して聖王《せいおう》は之《これ》を尊《とうと》ぶ。世人《せじん》は愚《ぐ》を棄《す》て、而《しか》して君子《くんし》は之《これ》を取《と》る。世《せ》人《じん》は貧《ひん》を恥《は》じ、而《しか》して高士《こうし》は之《これ》を清《きよ》しとす。世人《せじん》は淡《たん》を厭《いと》い、而《しか》して智者《ちしゃ》は之《これ》を味《あじ》わう。世人《せじん》は冷《れい》を悪《にく》み、而《しか》して幽人《ゆうじん》は之《これ》を宝《たから》とす。

世人賤レ老、而聖王尊レ之。世人棄レ愚、而君子取レ之。世人恥レ貧、而高士清レ之。世人厭レ淡、而智者味レ之。世人悪レ冷、而幽人宝レ之。世人薄レ素、而

世人《せじん》は素《そ》を薄《うす》しとし、而《しか》して有道者《ゆうどうしゃ》は之《これ》を尚《たっと》ぶ。悲《かな》しきかな、世《よ》の人《ひと》は与《とも》に言《い》い難《がた》し。

有道者尚レ之。悲夫、世之人難二与言一矣。

▽老荘風の価値観が説かれています。逆転の発想といっても良いでしょう。「老」を聖王が尊ぶというのは、どういうことでしょうか。現在よりも、平均寿命が短かったと思われる古代において、長寿はそれ自体、大いなる尊敬の対象でした。また、現代のようには情報が手に入らない古代において、老人の知識や体験は重要な情報源でした。そこでたとえば、「鳩杖《きゅうじょう》」の風習がありました。功績のあった老臣に下賜《かし》された杖《つえ》で、頭の部分に鳩の飾りが付いたものです。鳩は久（ながいき）に通じ、また、鳩はむせないので、老人も飲食の際にむせないようにとの願いを込めたものだとされます。

世界が劣化していく過程

三皇《さんこう》の時代は道徳の世界であった。五帝《ごてい》の時代は仁義の世界であった。三王の時代は礼義の世界であった。春秋時代は威力の世界であった。戦国時代は智謀の世界であった。漢代以降は権勢と利益の世界である。

三皇《さんこう》は是《こ》れ道徳《どうとく》の世界《せかい》、五帝《ごてい》は是《こ》れ仁義《じんぎ》の世《せ》界《かい》、三王《さんのう》は是《こ》れ礼義《れいぎ》の世《せ》界《かい》、春秋《しゅんじゅう》は是《こ》れ威力《いりょく》の世《せ》界《かい》、戦国《せんごく》は是《こ》れ智巧《ちこう》の世《せ》界《かい》、漢以後《かんいご》は是《こ》れ勢利《せいり》の世《せ》界《かい》なり。

三皇是道徳世界、五帝是仁義世界、三王是礼義世界、春秋是威力世界、戦国是智巧世界、漢以後是勢利世界。

▽世界がどのように劣化していったのかを説いています。「三皇」は伝説上の三人の皇帝。誰を指すのかについては諸説があります。伏義《ふくぎ》・神農《しんのう》・黄帝《こうてい》、または伏義・神農・

女媧《じょか》、または燧人《すいじん》・伏羲・神農など。同じ世運《せうん》篇の別の条では、「伏羲以前は……。五帝は……。三王は……」という言い方をしていますので、「三皇」に伏羲が入るとしているのは確実です。伏羲は人類にはじめて漁猟や狩猟を教え、文字を作ったとされる王。神農は人民にはじめて農業を教え、医薬をさずけたとされる王。はるか古代の皇帝です。「五帝」は、『史記』五帝本紀《ごていほんぎ》で、黄帝《こうてい》・顓頊《せんぎょく》・嚳《こく》・堯《ぎょう》・舜《しゅん》とされますが、これも伝説上の天子で、異説があります。「三王」は、夏《か》・殷《いん》・周《しゅう》の創業の王、すなわち夏の禹《う》王、殷の湯《とう》王、周の文王・武王です。

伏羲（『石索』）

いずれにしてもここまでは、「道徳」「仁義」「礼儀」の世界として評価されるのですが、その後がいけません。孔子の活動した春秋時代は侵略戦争が頻発した「威力」の時代、孟子の活動した戦国時代は権謀術数うずまく「智巧《ちこう》」の時代、漢代以降は権勢と利益を求める「勢利《せいり》」の時代だとされています。こうして世界は乱れていったのです。

心を傷める俗世のありさま

士は衣服をあざやかにして食事を豪華にし、うわついた怪しい議論をして、歳月をもてあそびむさぼり、農工業（基本的な産業）をいやしいことだとする。女は白《おし》粉《ろい》をつけ花を簪《かんざし》にして、容姿を妖艶《ようえん》にして媚態《びたい》を学び、ふところ手で遊興《ゆうきょう》にふけり楽しみ、精勤倹約《せいきんけんやく》を恥だとしている。官吏は従者を多くかかえ、自分の実入《みい》りを豊富にし、ごたごたと礼儀法度を飾り立ててわずらわしくし、世の流行を追いかけて、教養（地道に教え養っていくこと）をまわりくどく役立たないこととしている。世に行われている道は、そのためにわが心を傷ましめるのである。

士《し》は衣《ころも》を鮮《あざや》かにして食《しょく》を美《び》にし、浮談怪説《ふだんかいせつ》し、日《ひ》を玩《もてあそ》び時《とき》を愒《むさぼ》り、而《しか》して農工《のうこう》を以《もっ》て村鄙《そんぴ》と為《な》す。女《おんな》は粉《こな》を傅《つ》け花《はな》を簪《かんざし》し、容《よう》を冶《みやび》やかに

士鮮レ衣美レ食、浮談怪説、玩レ日愒レ時、而以二農工一為二村鄙一。女傅レ粉簪レ花、冶レ容学レ

し態《たい》を学《まな》び、手《て》を袖《そで》にし遊《ゆう》を楽《たの》しみ、而《しか》して勤倹《きんけん》を以《もっ》て羞辱《しゅうじょく》と為《な》す。官《かん》は従《じゅう》を盛《さか》んにして供《きょう》を豊《ゆた》かにし、文《ぶん》を繁《しげ》くし節《せつ》を縟《わずら》わしくし、世態《せたい》を奔逐《ほんちく》し、而《しか》して教養《きょうよう》を以《もっ》て迂腐《うふ》と為《な》す。世道《せどう》、為《ため》に心《こころ》を傷《いた》ましむべし。

態、袖レ手楽レ遊、而以二勤倹一為二羞辱一。官盛レ従豊レ供、繁レ文縟レ節、奔二逐世態一、而以二教養一為二迂腐一。世道可二為傷レ心矣。

▽呂新吾の生きた明代末期がどのような世相であったのか。それが分かる一条です。当時の頽廃した風俗が具体的に描かれています。こうした時代に官吏として活動した呂新吾は、ひどく心を傷めたのでしょう。ただ、これは果たして明代だけに当てはまるのでしょうか。今の時代の風俗を言っているのではないか、との思いも込み上げてきます。

ほどほどで満足する

この世のすべてのものには限りがあるが、人情（欲望）には限りがない。限りあるもので限りないものを満足させようとすると、必ず争いが起きる。だから人々がそれぞれ足《た》ることを知れば、天下の物には余りがでる。天下のものは安定しているが、人の心は定まらない。定まらない心で定まっている物を動かそうとすれば、必ず失敗することになる。だから人々がそれぞれの本分に安んずると、天下に騒動はなくなるのである。

造物《ぞうぶつ》は涯有《かぎりあ》るも、而《しか》して人情《にんじょう》には涯無《かぎりな》し。涯《かぎり》有《あ》るを以《もつ》て涯無《かぎりな》きを足《た》らせば、勢必《せいかなら》ず争《あらそ》う。故《ゆえ》に人人《ひとびと》足《た》るを知《し》れば、則《すなわ》ち天下《てんか》余《あま》り有《あ》り。造物《ぞうぶつ》は定《さだ》まり有《あ》るも、而《しか》して人心《じんしん》には定《さだ》まり

造物有レ涯、而人情無レ涯。以レ
有レ涯足レ無レ涯、勢必争。故
人人知レ足、則天下有レ余。造
物有レ定、而人心無レ定。以レ

無《な》し。定《さだ》まり無《な》きを以《もっ》て定《さだ》まり有《あ》るを撼《うご》かせば、勢必《せいかなら》ず敗《やぶ》る。故《ゆえ》に人人分《ひとびとぶん》に安《やす》んずれば、則《すなわ》ち天下《てんか》事無《ことな》し。

無レ定撼レ有レ定、勢必敗。故人人安レ分、則天下無レ事。

▽「足《た》るを知る」という教えは、古く『老子』に見えます。しかし、足るを知らず、分をわきまえない人々は後を絶ちません。明代もそうだったのでしょう。この『呻吟語』も、ほぼ同時代の『菜根譚』も、著者は儒家であることを自任しながら、この老荘風の「足るを知る」大切さを繰り返し説いたのでした。

聖賢《せいけん》―聖人賢者も修養努力する―

理想の人「聖人賢者《せいじんけんじゃ》」について説く篇です。ただ、「聖人」と「賢者」には違いもあるとされています。また、最上の聖人として孔子が顕彰されていますが、聖人にも聖人なりの修養努力があるとする点は大きな特色でしょう。

孔子と顔回の仁

孔子と顔回《がんかい》は、貧乏暮らしであったが、その仁徳《じんとく》が天下を覆《おお》いつくすのを妨げなかった。なぜならば、仁徳が天下を覆いつくす備えが自分自身にあり、また仁徳が天下を覆いつくすという心を一日も忘れたことがなかったからである。

孔顔《こうがん》は窮居《きゅうきょ》するも、其《そ》の仁《じん》天下《てんか》を覆《おお》うものの為《た》るを害《がい》せず。何《なん》となれば則《すなわ》ち仁《じん》天下《てんか》を覆《おお》うの具《ぐ》、我《われ》に在《あ》り、而《しか》して仁《じん》天下《てんか》を覆《おお》うの心《こころ》、未《いま》だ嘗《かつ》て一日《いちにち》も忘《わす》れざればなり。

孔顔窮居、不レ害四其為三仁覆二天下一。何則仁覆二天下一之具在レ我、而仁覆二天下一之心未二嘗一日忘一也。

顔回（『聖廟祀典図考』）

▽「聖賢」の代表としてまず顕彰されているのは、孔子（前五五一？～前四七九）と、その愛弟子《まなでし》の顔回（字《あざな》は子淵《しえん》、前五二一～前四九〇）でした。特に顔回は、清貧《せいひん》の人として知られます。一を聞いて十を知る弟子だと孔子も褒めたたえています。二人は、在野の君子。富貴の家に育ったのではありません。しかし、その仁徳は世に広く行き渡ったのです。

聖人と賢人の違い

聖人の道は奇矯《ききょう》なものではなく、わずかでも奇矯なところがあれば、それは［聖人ではなく］賢人である。

聖人《せいじん》の道《みち》は奇《き》ならず、纔《わず》かに奇《き》なれば便《すなわ》ち是《こ》れ賢者《けんじゃ》なり。

聖人之道不レ奇、纔奇便是賢者。

▽「聖人賢者」とは言うものの、両者の間に少し違いがあることを指摘しています。それは「奇」の有無。聖人の道は中庸を得ていて、少しも奇なるところがありません。奇をてらうのは、もう聖人のレベルではなく、その次の賢人のレベルなのです。

孟子に集まった正気

戦国時代は、悲惨で過酷な気運にみち、巧妙と詭道《きどう》をきそう世情であった。君子は富国強兵の術でなければ話をしようとはせず、臣下は功業と利益の策でなければ行うことはなかった。そこで世界の正しい気は、すべて孟子の身に集まった。だから当時、「この正しい気を受けた孟子は」激しく世を悪《にく》み、はなはだ民を憂えたのである。

戦国《せんごく》は是《こ》れ箇《こ》の惨酷《さんこく》の気運《きうん》、巧偽《こうぎ》の世道《せどう》にして、君《きみ》は富強《ふきょう》の術《じゅつ》に非《あら》ざれば講《こう》ぜず、臣《しん》は功《こう》利《り》の策《さく》に非《あら》ざれば行《おこな》わず、六合《りくごう》の正気《せいき》は、独《ひと》り鍾《あつ》まりて孟子《もうし》の身上《しんじょう》に在《あ》り。故《ゆえ》に当時《とうじ》に在《あ》りて、世《よ》を疾《にく》むこと太《はなた》だ厳《げん》に、民《たみ》を憂《うれ》うること甚《はなは》だ切《せつ》なり。

戦国是箇惨酷的気運、巧偽的世道、君非㆓富強之術㆒不㆑講、臣非㆓功利之策㆒不㆑行、六合正気、独鍾在㆓孟子身上㆒。故在㆓当時㆒、疾㆑世太厳、憂㆑民甚切。

▽『孟子』を読むと、自信に満ちた孟子が諸国の王の面前で仁義と王道を説いていたのが分かります。なぜ孟子は、戦国時代という乱世にあって、あれほどの自信を持ち、激しい弁論に努めたのか。たとえば、『孟子』の冒頭の梁恵王《りょうけいおう》篇では、富国強兵にしか関心のない王に向かって、有名な「五十歩百歩」のたとえを使いながら、仁義の心がいかに大切かを力説しています。『論語』には見られない強く激しい口調です。

呂新吾はそれを解説して、それは戦国時代に失われつつあった「正気《せいき》」が孟子の身に集まり宿ったからだと言っています。孟子は、孔子に次ぐ聖人という意味で「亜聖《あせい》」と呼ばれました。孔子の道を継承するという強い自覚のもと、孟子は乱世をにくみ、民衆を憂えたのでした。

孔子と孟子の差

「孟子がとなえた」浩然《こうぜん》の気は、孔子にもなかったわけではない。ただその用い方が絶妙だっただけである。孟子が生涯受容したのは、まったくこの二字（浩然）

だった。私はかつて言ったことがある。「孟子は浩然の気、孔子は渾然《こんぜん》の気「を用いたのであり」、渾然は浩然の帰結する所であり、浩然は渾然の作用である。残念ながら、孟子は渾然の境地にまでは至ることができなかったのである」。

浩然《こうぜん》の気《き》は、孔子《こうし》も無《な》きに非《あら》ず。但《た》だ用《もち》いること妙《みよう》なるのみ。孟子《もうし》の一生《いつしよう》の受用《じゆよう》は、全《まつた》く是《こ》れ這《こ》の両字《りようじ》なり。我嘗《われかつ》て云《い》う、「孟子《もうし》は是《こ》れ浩然《こうぜん》の気《き》、孔子《こうし》は是《こ》れ渾然《こんぜん》の気《き》、渾然《こんぜん》は是《こ》れ浩然《こうぜん》の帰宿《きしゆく》、浩然《こうぜん》は是《こ》れ渾然《こんぜん》の作用《さよう》なり。惜《お》しいかな、孟子《もうし》は未《いま》だ渾然《こんぜん》に到《いた》る能《あた》わざるのみ」。

浩然之気、孔子非レ無。但用的妙耳。孟子一生受用、全是這両字。我嘗云、「孟子是浩然之気、孔子是渾然之気、渾然是浩然底帰宿、浩然是渾然底作用。惜也、孟子未レ能レ到二渾然一耳」。

▽前の条で孟子を高く評価した呂新吾ですが、ここでは、その孟子も孔子には及ばないと言っています。キーワードは「浩然の気」。これは、『孟子』公孫丑《こうそんちゅう》下篇に見える概念で、天地間に充満している大きな気を意味します。自分の行動が正しく天地に恥じることがなければ、この浩然の気が心身に充つるとされます。孟子は、この浩然の気が、正しくおおらかな勇気になると説きました。後世の学者たちにとっても、浩然の気は、自身の道徳性や行動を支える重要な根拠となっています。

ところが呂新吾は、これを手放しで評価するわけではありません。確かに、浩然の気は孟子が明確に言い出したとしても、決して孔子になかったわけではないと言うのです。孟子はこれを専売特許のように宣伝し、孔子は分かっていながら声高に叫ばなかった。その違いなのです。そこで呂新吾は、孟子は「浩然の気」、孔子はさらに奥深い「渾然《こんぜん》の気」（すべてが融和した完全な気）を用いたのだと指摘します。二人の聖人の違いを「気」によって説明しようとするのは、「気一元論」を説いた呂新吾ならではと言えましょう。

すべてに通ずる堯舜周孔の道

堯《ぎょう》・舜《しゅん》・周公旦《しゅうこうたん》・孔子の道は、すべての方向に達することのできる大通りのようで、到達できないことはなく、また代わるがわる世界を照らす太陽や月のようで、照らし出さない所はない。その他［すぐれているとされる人物］は明らかなるところもあれば、一方では必ず昏《くら》いところもあった。伯夷《はくい》、伊尹《いいん》、柳下恵《りゅうかけい》は、清《せい》・任《にん》・和《わ》［というそれぞれの長所のため］にくらまされたのであり、仏教は寂《せき》（ひっそり静か）にくらまされたのであり、老子は嗇《しょく》（けち）にくらまされたのであり、楊朱《ようしゅ》は義にくらまされたのであり、墨子《ぼくし》は仁にくらまされたのであり、管子《かんし》と商鞅《しょうおう》は法にくらまされたのである。その心は、ある一定の方角だけに向いていた。ちょうど鶻鵃《こつちゅう》という鳥が南の方角だけを知るかのように。またその心は、絶対に受け入れないものがあった。ちょうど盍旦《こうたん》という鳥が闇夜をきらうかのように。結局これこれではどうして、純粋な一家の人物として成就することができよう。

らは偏《かたよ》った気なのであった。

堯舜周孔《ぎょうしゅんしゅうこう》の道《みち》は、九達《きゅうたつ》の衢《ちまた》の如《ごと》く、通《つう》ぜざる所無《ところな》く、代《かわ》るがわる明《あき》らかなるの日月《じつげつ》の如《ごと》く、照《て》らさざる所無《ところな》し。其《そ》の余《よ》は明《あき》らかなる所有《ところあ》れば、必《かなら》ず昏《くら》き所有《ところあ》り。夷《い》・尹《いん》・柳下恵《りゅうかけい》は清《せい》・任《にん》・和《わ》に昏《くら》く、仏氏《ぶつし》は寂《せき》に昏《くら》く、老氏《ろうし》は嗇《しょく》に昏《くら》く、楊氏《ようし》は義《ぎ》に昏《くら》く、墨氏《ぼくし》は仁《じん》に昏《くら》く、管商《かんしょう》は法《ほう》に昏《くら》し。其《そ》の心《こころ》、向《む》かう所有《ところあ》るなり。之《これ》を鶻鵃《こっちゅう》の南《みなみ》を知《し》るに譬《たと》う。其《そ》の心《こころ》、厭《いと》う所有《ところあ》るなり。之《これ》を盍旦《こうたん》の夜《よる》を悪《にく》むに譬《たと》う。豈《あ》に純然《じゅんぜん》として一家《いっか》の人物《じんぶつ》と成《な》らざらんや。

堯舜周孔之道、如二九達之衢一、無レ所レ不レ通、如二代明之日月一、無レ所レ不レ照。其余有レ所レ明、必有レ所レ昏。夷・尹・柳下恵昏二於清・任・和一、仏氏昏二於寂一、老氏昏二於嗇一、楊氏昏二於義一、墨氏昏二於仁一、管商昏二於法一。其心有レ所レ向也。譬二之鶻鵃知一レ南。其心有レ所レ厭也。譬二之盍旦悪一レ夜。豈不三

一　竟《つい》に是《こ》れ偏気《へんき》なり。

純然成二一家人物一。竟是偏氣。

▽堯・舜・周公旦・孔子が高く評価されています。この四人を並べるのはすでに先の条にも見られました（74頁）。四方八方に通ずる道のようであり、世界をくまなく照らす太陽や月のようだと言っています。

しかしその後の時代に現れた著名人には、一長一短がありました。それぞれの長所が強い光となって、深い影をつくってしまうのです。

まず、伯夷《はくい》、伊尹《いいん》、柳下恵《りゅうかけい》については、『孟子』万章上篇《ばんしょう》が参考になります。

孟子《もうし》曰《いわ》く、伯夷《はくい》は聖《せい》の清《せい》なる者《もの》なり。伊尹《いいん》は聖《せい》の任《にん》なる者《もの》なり。柳下恵《りゅうかけい》は聖《せい》の和《わ》なる者《もの》なり。孔子《こうし》は聖《せい》の時《とき》なる者《もの》なり。孔子《こうし》は、之《これ》を集《あつ》めて大成《たいせい》すと謂《い》う。

孔子を含めて四人が聖人とされています。ただ、伯夷（殷末《いんまつ》周初《しゅう》の賢人）は、清廉潔白を代表する聖人。伊尹（殷の湯王《とう》を補佐した賢人）は責任感を代表する聖人。柳下恵（春秋時代の魯《ろ》の賢人）は調和を代表する聖人。これに対して、孔子は時のよろしきに従

伯夷（『三才図会』）

って自在に行動する、聖人中の聖人でした。すべての徳を集めて大成した人。すなわち「集大成」の聖人が孔子なのです。

伯夷・伊尹・柳下恵がそれぞれ「清」「任」「和」の人として名をあげているということは、聖人として完璧だったのではなく、ある一面だけに秀でていたことを示しています。呂新吾はそれを「昏《こん》」という言葉で表します。人は、長所によって逆にくらくなる、またはくらまされることがあるという意味です。

たとえば、伯夷は、周のはじめ、武王が殷《いん》の紂王《ちゅうおう》を討伐した際、そのような武力行使はいけませんと武王を諌《いさ》めたものの聞き入れられなかったので、以後、周の禄《ろく》を食《は》むのをよしとせず、首陽山《しゅようざん》で餓死したと伝えられます。通常は、ここから清廉潔白の代表とされるのですが、呂新吾は、その「清」があだとなって餓死したことを重視し、聖人としては、なお完璧ではなかったとするのです。

聖人伯夷についての評価ですらこうですから、他は推して知るべしです。仏教は、確かに寂静《せきせい》（ひっそりとしずか）という点を長所とするものの、それゆえに出家して俗世を離れてしまうという欠点を持っています。老子は「足るを知る」点に特徴があるものの、それは吝嗇《りんしょく》（けち）と紙一重です。快楽主義を貫いた楊朱《ようしゅ》は自己の正義によって社会の正義を忘れています。墨子は兼愛《けんあい》を説きますが、その偏《かたよ》った仁愛は、家族を中心とした中華民族の愛にはなじまないものでした。管子と商鞅は法を説き、後に韓非子《かんぴし》の法治の思想として大成されるのですが、法を説いて民の心情を忘れるという欠点がありました。

これらを呂新吾は、またしても「気」の語を使って、「偏気《へんき》」（一方にかたよった気）と総括しています。そのたとえとして引かれる「鶻鵃《こっちゅう》」「盍旦《こうたん》」とは、古代の字書『爾《じ》雅《が》』に出てくる鳥の名です。

やる気が出るように導く

聖人ははなはだ困難なことをもって人に強制したりはしない。ただ相手の自然のやる気を引き出すようにするだけなのだ。

聖人《せいじん》は人《ひと》に強《し》いるに太《はなは》だ難《かた》きを以《もっ》てせず。只《た》だ是《こ》れ他《た》の一点《いってん》の自然《しぜん》の肯心《こうしん》を撥転《はってん》す。

聖人不㆔強㆑人以㆓太難㆒。只是撥㆓転他一点自然底肯心㆒。

▽「自然《しぜん》の肯心《こうしん》を撥転《はってん》す」とは、やや難解な箇所ですが、「肯心」とは、みずから首肯《しゅこう》する（これでよしと合点する）心、「撥転」とは、展開して、ある方向に導くこと。

かつて孔子も、こう言っていました。

憤《ふん》せずんば啓《けい》せず、悱《ひ》せずんば発《はっ》せず。一隅《いちぐう》を挙《あ》げて、三隅《さんぐう》を以《もっ》て反《かえ》さずんば、則《すなわ》ち復《ふたた》びせず。（『論語』述而篇）

いわゆる「啓発」の出典です。聖人の教育とは相手の自主性に期待するもので、決して強制はしないのです。

聖人は流されない

聖人は世の成り行きにしたがって奔走《ほんそう》せず、時の風俗にしたがって奔走せず、気《き》性《しょう》にしたがって奔走しない。

聖人《せいじん》は気運《きうん》に随《したが》いて走《はし》らず、風俗《ふうぞく》に随《したが》いて走《はし》らず、気質《きしつ》に随《したが》いて走《はし》らず。

聖人不㆘随㆓気運㆒走㆖、不㆘随㆓風俗㆒走㆖、不㆘随㆓気質㆒走㆖。

▽先の条で、聖人は時勢にあえて逆らうとありました（153頁参照）。ここでも、そうした聖人の孤高の姿が三つの句で表現されています。三句目の「気質」は朱子学の用語でもあります。完璧な善性を持つ天理に対して、後天的に気で構成された精神的・肉体的な性質には人ごとにかたよりがあります。これが「気質の性」です。気質の性は、天理そのものではないので、この修養を誤ると道を踏み外すこともあるのです。だからここでは、気質のままに行動しないとされているわけです。

六十九歳までの孔子

孔子は七十歳になってようやく「心に従う」（心の欲《ほっ》する所《ところ》に従《したが》いて矩《のり》を踰《こ》えず）という境地に至った。［であれば］六十九歳まではまだ従うという心境に達していなかったのである。大衆は、一生涯ただ自分の心（欲望）に従うだけだ。心に従うままであればどうして良いことを得られようか。聖人の学びは戦戦兢兢《せんせんきょうきょう》として、ただこの「従」の一字を克服しようとするものだ。これを「戒慎恐懼《かいしんきょうく》」（つつしみおそれる）、または「憂勤惕励《ゆうきんてきれい》」（うれいつとめる）という。心のままに従うのを防ぐのである。［このようであれば］楽しむ時などないのであろうか。いや、その楽しみとは、ただ天を楽しむのである。大衆の楽しみはこれとは異なる。もし思いに任せて、それでも道を離れず、聖賢の性が人と異ならないのであれば、いったい何を克服しようとしてこのように苦しむことがあろうか。

孔子《こうし》は七十《しちじゅう》にして而《しか》る後《のち》に心《こころ》に従《したが》う。六十九歳《ろくじゅうきゅうさい》には未《いま》だ敢《あえ》て従《したが》わざるなり。衆人《しゅうじん》は一生只《いっしょうた》だ是《こ》れ心《こころ》に従《したが》う。心《こころ》に従《したが》うは安《いず》くんぞ好《よ》きを得《え》ん。聖学《せいがく》は戦戦兢兢《せんせんきょうきょう》として、只《た》だ是《こ》れ一箇《いっこ》の従《じゅう》の字《じ》を降伏《こうふく》す。戒慎恐懼《かいしんきょうく》と曰《いわ》ざれば、則《すなわ》ち憂勤惕励《ゆうきんてきれい》と曰《い》う。其《そ》の従《したが》うを防《ふせ》ぐなり。豈《あ》に楽《たの》しむの時無《ときな》からんか。楽《たの》しみや只《た》だ是《こ》れ天《てん》を楽《たの》しむ。衆人《しゅうじん》の楽《たの》しみは則《すなわ》ち是《こ》れに異《こと》なり。意《い》に任《まか》せて若《も》し道《みち》を離《はな》れず、聖賢《せいけん》の性《せい》人《ひと》と殊《こと》ならざれば、何《なに》を苦《くる》しみて此《か》くの若《ごと》くならん。

孔子七十而後従レ心。六十九歳未レ敢レ従也。衆人一生只是従レ心。従レ心安得レ好。聖学戦戦兢兢、只是降二伏一箇従字一。不レ曰二戒慎恐懼一、則曰二憂勤惕励一。防二其従一也。豈無二楽時一。楽也只是楽レ天。衆人之楽則異レ是矣。任レ意若不レ離レ道、聖賢性不二与レ人殊一、何苦若レ此。

▽孔子が自分の人生を語った有名な言葉、「七十にして心の欲《ほっ》する所《ところ》に従《したが》いて矩《のり》を踰《こ》え

ず」（『論語』為政篇）を取り上げています。通常、この語は、孔子晩年の境地を表すものとして高く評価されます。

ところが呂新吾は、大変面白い見方をするのです。その前年までの孔子はどうだったのかと問いかけ、七十歳でその境地に到達したと告白しているのであれば、あの孔子でさえも、六十九歳までは、まだその境地に至っていなかったはずだというのです。

ただ、さすがに聖人孔子は、欲望に従い行動するという心を必死に押さえていました。ここが一般人との決定的な違いです。「戦戦兢兢」は、『詩経《しきょう》』小雅《しょうが》の言葉。びくびくしてつま先立つさま。「戒慎恐懼《かいしんきょうく》」は、『中庸』に基づく言葉。第一章に「道なる者《もの》は、須《しゅ》臾《ゆ》も離《はな》るべからざるなり。離《はな》るべきは道《みち》に非《あら》ざるなり。是《こ》の故《ゆえ》に君子《くんし》は其《そ》の睹《み》ざる所《ところ》に戒慎《かいしん》し、其の聞《き》かざる所《ところ》に恐懼《きょうく》す」と。君子が道のことを常に思い、はっきりとは見聞しないものごとについても、つつしみおそれるという意味です。また、「憂勤惕励《ゆうきんてきれい》」は『周易《しゅうえき》』に基づく言葉。乾《けん》の卦に、「君子《くんし》は終日乾乾《しゅうじつけんけん》、夕《ゆう》べに惕若《てきじゃく》たり。厲《あや》うけれども咎《とが》无《な》し」と。君子は終日つとめはげみ、夕方にもまたおそれつつしむ。このようであれば、危ういながら咎は免れる、という意味です。

聖人には聖人の修養がある

堯舜《ぎょうしゅん》は「生知安行《せいちあんこう》」（生まれながら知り安らかに行う）の人であったが、しかしそれでも、堯舜には堯舜なりの工夫や学問があった。ただその聡明《そうめい》さや叡智《えいち》が、普通の人の百倍千倍であっても、どうして、その見聞を資料とせず、思索を待たないことがあろうか（必ず見聞を参考にし、思索を深めた）。朱文公《しゅぶんこう》（朱熹）が言うには、「聖人は生まれながら知り安らかに行うのであって、さらに工夫を積み重ねて少しずつ前進するということはない」と。しかし聖人には聖人なりの積み重ねがあるのだ。儒者には決して計り知ることはできない。

堯舜《ぎょうしゅん》は是《こ》れ生知安行《せいちあんこう》なりと雖《いえど》も、然《しか》れども堯舜《ぎょうしゅん》には自《おの》ずから堯舜《ぎょうしゅん》の工夫学問《くふうがくもん》有《あ》り。但《た》だ聡明睿智《そうめいえいち》、衆人《しゅうじん》を千百《せんひゃく》するも、豈《あ》に能《よ》く見《けん》

堯舜雖㆓是生知安行㆒、然堯舜自有㆓堯舜工夫学問㆒。但聡明睿智、千㆓百衆人㆒、豈能不㆑資㆓

聞《ぶん》を資《と》らず、思索《しさく》を待《ま》たざらんや。朱文公云《しゅぶんこうい》う、「聖人《せいじん》は生知安行《せいちあんこう》にして、更《さら》に積累《せきるい》の漸《ぜん》無《な》し」と。聖人《せいじん》には聖人《せいじん》の積累有《せきるいあ》り。豈《あ》に儒《じゅ》者《しゃ》の能《よ》く測識《そくしき》する所《ところ》ならんや。

見聞㆒、不㆑待㆓思索㆒。朱文公云、「聖人生知安行、更無㆓積累之漸㆒」。聖人有㆓聖人底積累㆒。豈儒者所㆓能測識㆒哉。

▽「生知安行」は『中庸』の言葉を踏まえています。

或《ある》いは生《う》まれながらにして之《これ》を知《し》り、或《ある》いは学《まな》んで之《これ》を知《し》り、或《ある》いは困《くる》しみて之《これ》を知《し》る。其《そ》の之《これ》を知《し》るに及《およ》んでは一《いち》なり。或《ある》いは安《やす》んじて之《これ》を行《おこな》い、或《ある》いは利《り》して之《これ》を行《おこな》い、或《ある》いは勉強《べんきょう》して之《これ》を行《おこな》う。其《そ》の功《こう》を成《な》すに及《およ》んでは一《いち》なり。（第二十章）

【訳】生まれつき知っている者もいれば、学んで知る者もいれば、苦しんだあげくにようやく理解する者もいる。ただいずれにしても、理解に至ったという点では同一である。自然のまま安らかに行う者もいれば、利益になると思って行う者もいれば、強いて努力して行う者もいる。ただいずれにしても、最終的に成し遂げたという点では同一である。

堯と舜は、このうちの「生知」（生まれながら知る）「安行」（安んじて行う）の人だったとした上で、それでも、堯舜なりの工夫努力があったのだとしています。何の苦労もなかったというわけではないのです。

それにもかかわらず、この言葉は「生知安行」という四字熟語になり、学ばなくても生まれつき道理を知り、また自然に実行するという意味になっていきます。朱子も『中庸』のこの箇所に注を付けて、「思《おも》わずして得《う》るは、生知《せいち》なり。勉《つと》めずして中《あた》るは、安《あん》行《こう》なり」と解説しました。

さらに朱子は、『論語』為政篇の「吾十有五にして学に志す《われじゆうゆうごにしてがくにこころざす》」の章に注を付けて、「聖《せい》人《じん》は生知安行《せいちあんこう》にして、固《もと》より積累《せきるい》の漸無《ぜんな》し」と説きました。孔子は生まれながら知り、自然に実行できた聖人であり、一歩ずつ努力の積み重ねをしていったわけではない、と解説するわけです。

呂新吾は、この朱子の意見を批判しています。聖人には聖人なりの修養の積み重ねがあり、それは凡庸な学者の知るところではないのだと。

品藻《ひんそう》―人間の品格とは―

主題は人間の品格です。『論語』や『漢書』の影響でしょうか、品格を三等に分けて考える点に特色があります。さらに、三つの顧《かえり》みないこと、三つの恥とすべきことなど、「三」でまとめる条が続くのも興味深い点です。

三等の士

古今の士には、おおむね三つのランクがある。上士は名声を好まず、中士は名声を好み、下士は名声を好むことさえ知らない。

古今《ここん》の士《し》、率《おおむ》ね三品《さんぴん》有《あ》り。上士《じょうし》は名《な》を好《この》まず、中士《ちゅうし》は名《な》を好《この》み、下士《かし》は名《な》を好《この》むを知《し》らず。

古今士、率有三品。上士不レ好レ名、中士好レ名、下士不レ知レ好レ名。

▽この品藻篇では、人の品格についてさまざまな角度から説いていきます。その際、特徴的に見られるのは、三つのランク付けです。ここも、「士」を三等に分けていることが分かるでしょう。こうしたランク付けは、古くから見られるのですが、中でも大きな影響があったのは、『漢書』の古今人表《ここんじんぴょう》です。これは、太古から漢代に至る著名な人物約二千名を対象に、それらを「上の上」（聖人）から「下の下」（愚人）までの九段階に別けて示す人物批評です。儒教的な価値観に基づくランク付けなので、孔子は、もちろん「上の上」となっています。

そうしたランク付けの発想をさらにさかのぼると、孔子の言葉に行き着きます。

中人以上《ちゅうじんいじょう》は、以《もっ》て上《かみ》を語《つ》ぐべし。中人以下《ちゅうじんいか》は、以《もっ》て上《かみ》を語《つ》ぐべからず。（『論語』雍也篇《ようや》）

【訳】中程度の人間には、上級な内容を伝えることができる。中程度以下の人間には、上級な内容を伝えることはできない。

生《う》まれながらにして之《これ》を知《し》る者《もの》は上《じょう》なり。学《まな》びて之《これ》を知《し》る者《もの》は次《つぎ》なり。困《くる》しみて之《これ》を学《まな》ぶは、又《ま》た其《そ》の次《つぎ》なり。（『論語』季氏《きし》篇）

【訳】生まれながらに理解できる者は最上である。学習の結果、理解できる者はその次である。相当に苦しんで学ぶ者は、またさらにその下である。

唯《た》だ上智《じょうち》と下愚《かぐ》とは移《うつ》らず。（『論語』陽貨《ようか》篇）

【訳】最上の知者と最下の愚者とは、［どのようにしても］変わらない。

孔子が、人間をおおよそ上中下の三つに分けて考えていることが分かります。

一方、『呻吟語』のこの条で、ランクの指標となっているのは「名」。かつて孟子も、「声聞情《せいぶんじょう》に過《す》ぐるは、君子《くんし》之《これ》を恥《は》ず」（名声が実情以上になってしまうことを、君子は恥とした）（『孟子』離婁《りろう》下篇）と言っていました。士たる者、実力・実績にともなって名があがるのは当然なのですが、実態を上回る名声をほしがるようではいけません。

志士の気概を持つ

志士《しし》の気概《きがい》は持たなければならないが、傲慢《ごうまん》な気概は持ってはならない。志士の気概は、自分と相手との分際を明らかにし、正しさを守ってみだりに人に追随しない。〔逆に〕傲慢な気概は、上下の区別に鈍感で、お高くとまって本分をわきまえない。ものごとに対処する時には、常に人より偉そうにすることを士気だと勘違いし、他人を見る時には〔その人の〕士気を傲慢だと思ってしまう。なんと悲しいことではないか。だから、ただ志士の気概を持っている者だけは、自分を謙遜して、姿勢を低くすることができるのである。あの他人に傲《おご》る者は〔それで自分をしくじるから〕、人知れず、闇夜にまぎれて同情を乞《こ》うに至るであろう。

士気《しき》は無《な》かるべからざるも、傲気《ごうき》は有《あ》るべからず。士気《しき》は、人《ひと》、己《おのれ》の分《ぶん》に明《あき》らかに、正《せい》を守《まも》りて詭随《きずい》せず。傲気《ごうき》は、上下《じょうげ》の等《とう》に昧《くら》く、高《たか》きを好《この》みて位《くらい》に素《そ》せず。自《みずか》ら処《しょ》するには、毎《つね》に人《ひと》に傲《おご》るを以《もっ》て士気《しき》と為《な》し、人《ひと》を観《み》るには、毎《つね》に士気《しき》を以《もっ》て人《ひと》に傲《おご》ると為《な》す。悲《かな》しきかな。故《ゆえ》に惟《た》だ士気《しき》有《あ》る者《もの》のみ、能《よ》く己《おのれ》を謙《けん》して人《ひと》に下《くだ》る。彼《か》の人《ひと》に傲《おご》る者《もの》は、昏夜《こんや》、哀《あわ》れみを乞《こ》うも、或《ある》いは知《し》るべからず。

士気不レ可レ無、傲気不レ可レ有。士気者、明二於人己之分一、守レ正而不二詭随一。傲気者、昧二於上下之等一、好レ高而不レ素レ位。自処者、毎以レ傲レ人為二士気一、観レ人者、毎以二士気一為レ傲レ人。悲夫。故惟有二士気一者、能謙レ己下レ人。彼傲レ人者、昏夜乞レ哀、或不レ可レ知矣。

▽人間の品格を「気概」の語を使って説明しています。志士の気概とは決して傲慢な気持ちではありません。むしろ、本分をわきまえる謙虚な姿勢こそ、「士気」と言えるのです。これに対して、分をわきまえず偉そうにすることを気概だと勘違いする人がいます。

名を好む人

名を好む人は、その気持ちでいっぱいになると、自分の父母・兄弟・妻子をすべて顧《かえり》みなくなる。なぜなら、［自分自身と親兄弟たちとの］名は両立することがなく、必ず相比較させることによってはじめて世に明らかになるからである。自分の父が羊を盗んだのを証言した葉《よう》の人や、自分の兄が鵞鳥《がちょう》を受けるのを憎んだ陳《ちん》仲子《ちゅうし》や、自分の妻が斎《ものいみ》の邪魔をしたのを訴え出た周沢《しゅうたく》などは、みな自分の名を好む心が、そのような行動となって表れたのである。

名《な》を好《この》むの人《ひと》は、其《そ》の心《こころ》を充《み》たせば、父母兄《ふぼきょう》弟妻子《だいさいし》、都《すべ》て顧《かえり》み得《え》ず。何《なん》となれば、名《な》は両《ふた》つながら成《な》る無《な》く、必《かなら》ず相形《あいあら》わして後《のち》に顕《あら》わ

好レ名之人、充二其心一、父母兄弟妻子都顧不レ得。何者、名無二両成一、必相形而後顕。葉

る。葉人《ようひと》、父《ちち》の羊《ひつじ》を攘《ぬす》むを証《しょう》し、陳仲子《ちんちゅうし》、兄《あに》の鵞《が》を受《う》くるを悪《にく》み、周沢《しゅうたく》、妻《つま》の戒《かい》を破《やぶ》るを奏《そう》するは、皆《みな》名《な》を好《この》むの心《こころ》、之《これ》を為《な》すなり。

人証㆓父攘㆑羊、陳仲子悪㆓兄受㆑鵞、周沢奏㆓妻破㆑戒、皆好㆑名之心為㆑之也。

▽この篇のはじめでも、「名を好む」かどうかが人の品格を決める大切な指標だとされていました。ここでも、三つの故事を織り交ぜて、名を好む心を戒めています。少し長くなりますが、それぞれ詳しく見ていきましょう。

まずは『論語』子路《しろ》篇の記載。葉《よう》の国の殿様が、孔子に向かって、自分の郷里の正直者を自慢する有名な一節です。孔子が本当の「直」とは何かを説いています。

葉公《ようこう》孔子《こうし》に語《つ》げて曰《いわ》く、「吾《わ》が党《とう》に直躬《ちょくきゅう》なる者有《ものあ》り。其《そ》の父《ちち》羊《ひつじ》を攘《ぬす》みて、子之《こ　これ》を証《しょう》す」。孔子《こうし》曰《いわ》く、「吾《わ》が党《とう》の直《ちょく》なる者《もの》は是《こ》れに異《こと》なり。父《ちち》は子《こ》の為《ため》に隠《かく》し、子《こ》は父《ちち》の為《ため》に隠《かく》す。直《ちょく》は其《そ》の中《なか》に在《あ》り」。

【訳】葉の殿様が孔子に告げて言った、「私の郷里に正直者がおります。その父が羊を盗んだところ、父の盗みを隠さず証言したのです」。孔子は言った、「私の郷里でいう正直とは、それと違います。［仮に親族が悪事を働いても］父は子のために隠し、子は父のために隠す。「直」（しょうじき、まごころ）とは、そのような中にあるのです」。

法治主義の立場から言えば、たとえ父でも犯罪者であれば、告発しなければなりません。しかし、人のまごころというものは、そう単純なものではありません。何より肉親・家族を重視する儒家の立場として、孔子は、そのような中に本当の「直」はないと言うのです。確かに、この子は父の不正を暴《あば》いた人として、名をあげたのでしょう。しかし、父を売るような行為は、子としてのあり方ではないと孔子は語っています。

次は、『孟子』滕文公《とうぶんこう》下篇の記載。斉《せい》の匡章《きようしよう》という人が孟子に向かって、陳仲子《ちんちゆうし》を「誠の廉士《れんし》」（本当の清廉《せいれん》の士）として褒めたのに対して、孟子が陳仲子のあやまちを指摘する一節です。

［孟子《もうし》］曰《いわ》く、「［陳《ちん》］仲子《ちゆうし》は、斉《せい》の世家《せいか》なり。兄《あに》の戴《たい》は、蓋禄万鍾《こうろくばんしよう》。兄《あに》の禄《ろく》を以《もつ》て

不義《ふぎ》の禄《ろく》と為《な》して食《く》らわざるなり。兄《あに》の室《しつ》を以《もっ》て不義《ふぎ》の室《しつ》と為《な》して居《お》らざるなり。兄《あに》を辟《さ》け母《はは》を離《はな》れて、於陵《おりよう》に処《お》る。他日《たじつ》帰《かえ》れば、則《すなわ》ち其《そ》の兄《あに》に生鵞《せいが》を饋《おく》る者有《ものあ》り。己《おのれ》頻顣《ひんしゅく》して曰《いわ》く、『悪《いずく》んぞ是《こ》の鶃鶃《げいげい》の者《もの》を用《もち》うるを為《な》さんや』。他日《たじつ》、其《そ》の母《はは》是《こ》の鵞《が》を殺《ころ》すや、之《これ》に与《あた》えて之《これ》を食《く》わしむ。其《そ》の兄外《あにそと》より至《いた》りて曰《いわ》く、『是《こ》れ鶃鶃《げいげい》の肉《にく》なり』。出《い》でて之《これ》を哇《は》く。母《はは》を以《もっ》てすれば則《すなわ》ち食《くら》わず、妻《つま》を以《もっ》てすれば則《すなわ》ち之《これ》を食《くら》う。兄《あに》の室《しつ》を以《もっ》てすれば則《すなわ》ち居《お》らず、於陵《おりよう》を以《もっ》てすれば則《すなわ》ち之《これ》に居《お》る。是《こ》れ尚能《なおよ》く其《そ》の類《るい》を充《み》たすと為《な》さんや。仲子《ちゅうし》が若《ごと》き者《もの》は、蚓《いん》にして後《のち》に其《そ》の操《そう》を充《み》たす者《もの》なり」。

【訳】孟子が言った。「陳仲子は、斉《せい》の国で代々家臣を務めている家柄だ。兄の戴《たい》は、蓋《こう》の町から入る俸禄《ほうろく》が万鍾《ばんしょう》もあった。［しかし陳仲子は］兄の俸禄を不義の俸禄だとして食わなかった。また兄の家を不義の家だとして同居しなかった。兄を避け母を離れて、於陵《おりよう》の町に別居した。ある日［兄の家に］帰ると、その兄に生きた鵞鳥《がちょう》を贈ってきた者がいた。すると眉をひそめて言った。『どうして、こんなガアガア鳴くものを贈ってくるのか』。後日、その母がこの鵞鳥を殺して［料理し］、陳仲子に与えて食べさせた。そこへちょうど兄が外から帰ってきて言った。『それは、あの鵞鳥の肉だぞ』。陳仲子は家の外に飛び出して吐き出した。陳仲子は母の作った食事は「不義の贈り物だと言って」食べず、妻の作った食事なら平気で食べる。兄の家には「不義の家だと言って」同居せず、「誰がどのような経緯で作ったからも分からない」於陵の家には平気で住んでいる。これでどうして同様の主義主張を十分に充たしていると言えようか。陳仲子のような者は、「何も選ぶことなく土の中で自然のままに飲食している」蚓《みみず》になってはじめて、その節操を充たすことができるのである」。

この陳仲子も、清廉潔白の人として評判が高かったのでしょう。しかし孟子は反論します。実の母や兄を見下すような態度は、本当の節操ではないと言うのです。この食事は口にしない、この家には住まないというのは、身勝手な偏見で、すべての言動に筋が通った判断ではないのです。『呻吟語』に言わせれば、この陳仲子も、母や兄をおとしめることによってその名をあげたに過ぎないのでしょう。

最後は、『後漢書』儒林《じゆりん》列伝（周沢《しゆうたく》）の記載。

［周沢《しゅうたく》］復《ま》た太常《たいじょう》と為《な》る。清絜循行《せいけつじゅんこう》、敬《けい》を宗廟《そうびょう》に尽《つ》くす。常《つね》に疾《しつ》に斎宮《さいぐう》に臥《が》す。其《そ》の妻沢《つまたく》の老病《ろうびょう》を哀《あわれ》み闚《うかが》いて苦《くる》しむ所《ところ》を問《と》う。沢大《たくおお》いに怒《いか》り、妻《つま》の斎禁《さいきん》を干犯《かんぱん》するを以《もっ》て、遂《つい》に収《とら》えて詔獄《しょうごく》に送《おく》り罪《つみ》を謝《しゃ》せしむ。当世其《とうせいそ》の詭激《きげき》なるを疑《うたが》う。時人《じじん》、之《これ》が語《ご》を為《な》して曰《いわ》く、「世《よ》に生《う》まれて諧《かな》わず、太常《たいじょう》の妻《つま》と作《な》る。一歳三百六十日《いちさいさんびゃくろくじゅうにち》、三百《さんびゃく》五十九《ごじゅうく》日斎《にちさい》す」。

【訳】周沢は再び太常《たいじょう》（大臣。九卿《きゅうけい》の一つ）となった。清廉で実直、宗廟《そうびょう》（祖先のみたまをまつる堂）で敬《うやま》いの心をつくした。かつて病気になって斎宮《さいきゅう》（斎戒をする建物）に臥《ふ》した。その妻が周沢の老いと病を心配して、病はいかがですかとたずねた。すると周沢は大いに怒り、妻が斎戒の禁忌を犯したとして、捕らえて監獄に送り、その罪を謝罪させた。当時の人々は、その過激なさまを異様に思った。人々は、このように言ったという。「この世に生まれて思い通りにならず、太常の妻となった。一年三百六十日、［そのうち］三百五十九日が斎《ものいみ》だ」と。

これも奇矯《ききょう》な言動です。周沢は確かに清廉実直の人だったのでしょう。でもここまで行くとどうでしょうか。妻が自分の体を心配してくれているのに、物忌みを中断させたとして告発しています。さすがに当時の人々も、これを「詭激《きげき》」（常識外れで過激）と感じたのでしょう。皮肉の言葉を言い合ったとされます。この人の妻になったばかりに、毎日毎日物忌みだ。一年に一日しか休みがないと。蛇足ながら、同じ話を伝える『漢官《かんかん》儀《ぎ》』という本は、この後に「一日斎《さい》せざれば則《すなわ》ち泥《どろ》の如《ごと》し」という一句を加えています。物忌みしないその一日も、泥酔していたというのです。なんとも気の毒な奥さんです。

このように、『呻吟語』は、よく知られた三つの故事を引きながら、名を好み、名をあげる行為が、実は、親兄弟・妻子をおとしめた結果にすぎないことを指摘します。

三つの顧みないこと

士には三つの顧《かえり》みないことがある。正しい道を行い時世を救済する人は、自分自身を愛するということを思わない。富貴利達を求める人は、徳を愛するということを気にかけない。保身に努め害から遠ざかろうとする人は、天下を愛するなどということは考えない。

士《し》には三《みっ》つの顧《かえり》みざる有《あ》り。道《みち》を行《おこな》い時《とき》を済《すく》う人《ひと》は、身《み》を愛《あい》することを顧《かえり》み得《え》ず、富貴利《ふうきり》達《たつ》の人《ひと》は、徳《とく》を愛《あい》することを顧《かえり》み得《え》ず、身《み》を全《まっと》うし害《がい》に遠《とお》ざかる人《ひと》は、天下《てんか》を愛《あい》することを顧《かえり》み得《え》ず。

士有㆓三不㆑顧。行㆑道済㆑時人、顧㆔不㆒得愛㆑身。富貴利達人、顧㆔不㆒得愛㆑徳。全㆑身遠㆑害人、顧㆔不㆒得愛㆓天下㆒。

▽この品藻篇のはじめで、呂新吾が「士」を三等に分けるという話をしました。ここでも、士には三つの顧慮《こりょ》しないものがあるという言い方で、人品を三つに分けています。もちろん評価されるのは、一番目の「道を行い時を済《すく》う人」です。三番目の「身《み》を全《まっと》うし害に遠ざかる人」とは、具体的にどのような人でしょうか。他

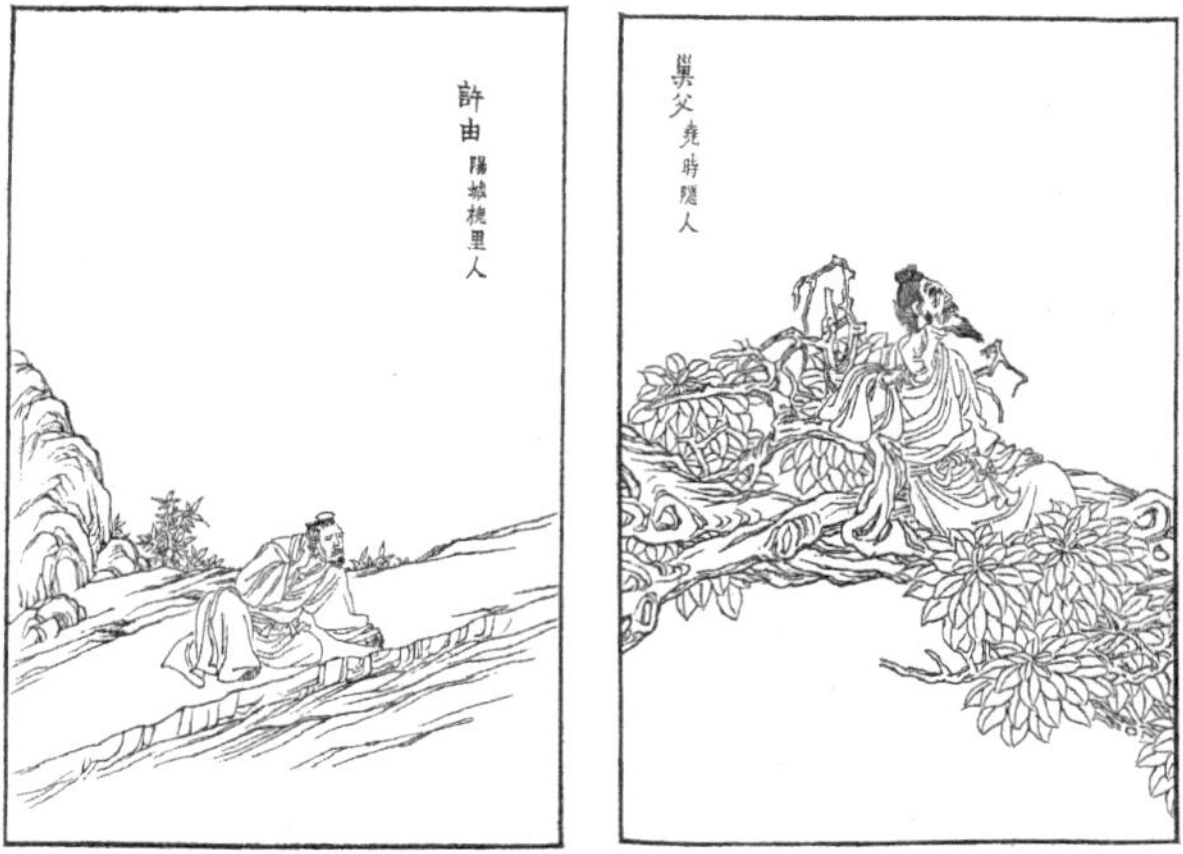

巣父・許由（『高子伝』）

の条で、呂新吾は、「（巣父《そうふ》・許由《きょゆう》は）一身《いっしん》を潔《いさぎよ》くして以《もっ》て天下《てんか》を病《や》ます」と言っています。つまり、世間に背を向けて自分のことしか考えない巣父・許由のような隠者《いんじゃ》が念頭にあったのでしょう。

巣父とは、伝説上の隠者で、世俗と交わらずに山の中に住み、木の上に巣を作って暮らしていたとされます。また、許由は、堯《ぎょう》の時の隠者。帝王の堯が位を譲ろうとしたとき、汚らわしいことを聞いたとして、潁川《えいせん》の水で耳を洗い、箕山《きざん》に隠れたとされます。ここから、俗世を汚《けが》らわしいとして節操を守ることを「洗耳《せんじ》」「箕山《きざん》の節《せつ》」と言うようになりました。

確かに彼らは、身を潔《いさぎよ》くする人ではありました。しかし呂新吾は、決して評価しようとしません。自分勝手で天下のことを思っていないとしているのです。

君子・小人・衆人

小人《しょうじん》にはなりたくはないが、だからと言って君子《くんし》となる能力はない。こういう人は詰《つ》まるところ、どのような人となるのが良いのか。そこで言う。「それは衆人《しゅうじん》（一般人）である。衆人であるなら、衆人と仲間になるのがよい（衆人らしくすることだ）。〔衆人でありながら〕その名を士大夫《したいふ》の仲間に連ねようとするのは、いかがなものか。そこで、衆人でありながら士大夫の行いがある者は褒めたたえられるが、士大夫でありながら衆人の行いをする者は恥辱をこうむることとなる」。

小人《しようじん》と為《な》るを欲《ほっ》せず、君子《くんし》と為《な》る能《あた》わずんば、畢竟《ひつきよう》、甚麼《いか》なる人《ひと》と作《な》らん。曰《いわ》く、「衆人《しゆうじん》なり。既《すで》に衆人《しゆうじん》ならば、当《まさ》に衆人《しゆうじん》と伍《ご》すべし。而《しか》るに其《そ》の身名《しんめい》を士大夫《したいふ》の林《りん》に列《つら》ぬるは、可《か》ならんや。故《ゆえ》に衆人《しゆうじん》にして士大夫《したいふ》の行《おこな》い有《あ》る者《もの》は栄《さか》え、士大夫《したいふ》にして衆人《しゆうじん》の行《おこな》いを為《な》す者《もの》は辱《はずかし》めらる」。

不レ欲レ為ニ小人一、不レ能レ為ニ君子一、畢竟作ニ甚麼人一。曰、「衆人。既衆人、当下与ニ衆人一伍上矣。而列ニ其身名於士大夫之林一、可乎。故衆人而有ニ士大夫之行一者栄、士大夫而為ニ衆人之行一者辱」。

▽ここでも、人品を、君子・小人・衆人の三つに分けています。多くの人は、もちろん小人（つまらぬ人間）と言われたくはありません。だからと言って、「君子」となる才覚はない。そのようなときは、「衆人」（普通の人）として謙虚に生きていくべきなのです。ところが、実態は衆人なのに、士大夫（インテリ）の仲間に入りたいと願う人が多いのです。呂新吾はそれを戒め、名を求めることをせず、ひたすら努力して士大夫のような実績をあげるのが良いと言っています。

三つの恥

見識のない士は、三つのことを恥とする。貧乏なのを恥じ、身分が卑しいのを恥じ、老人になったことを恥じる。ある人が言った。「君子にだけは恥とするものがないのだろうか」。そこで私は言った。「いや恥はある。親が存命なのに貧乏なのは恥である。賢者を登用するご時世なのに［採用されず］身分が卑しいのは恥である。年を取ってもそれにふさわしい道徳的な行いがないというのは恥である」。

識無《しきな》きの士《し》は、三《みっ》つの恥有《はじあ》り。貧《まず》しきを恥《は》じ、賤《いや》しきを恥《は》じ、老《お》いたるを恥《は》ず。或《ある》ひと曰《いわ》く、「君子《くんし》は独《ひと》り恥無《はじな》きか」。曰《いわ》く、「恥有《はじあ》り。親《おや》在《いま》して而《しか》も貧《まず》しきは恥《はじ》なり。賢《けん》を用《もち》うるの世《よ》

無レ識之士、有二三恥一。恥レ貧、恥レ賤、恥レ老。或曰、「君子独無レ恥与」。曰、「有レ恥。親在而貧恥。用レ賢之世而賤恥。

にして而《しか》も賤《いや》しきは恥《はじ》なり。年老《としお》いて而《しか》も徳《とく》業聞《ぎょうき》こゆる無《な》きは恥《はじ》なり」。

年老而徳業無レ聞恥」。

▽確かに、「貧」「賤」「老」は人の恥とするものなのでしょう。しかし、本当に恥とするものは違うと、呂新吾は主張します。たとえば「老」。老いることそれ自体は何も恥ではありません。問題は、その年齢にふさわしい言動がとれるかどうかなのです。老人の智恵や生活体験は、子孫にとって重要な指針となるはずです。老人としての品格を身につければ、決して恥じることはありません。

破綻の人

こまごましたことに気を配る士や、決められた方法に従いこれまでのやり方を守る人は、太平の世にあっては、ある方面を治め、ある事を処理させれば、おおむねうまく職を務めるだろう。［しかし］もしも、難局を定め、決断を下し、突発的な事態に対応し、危険を顧みないとなれば、むしろ、破綻《はたん》の人（やぶれかぶれの人）を用いて、凡庸な人を用いない方がよい。豪悍《ごうかん》（強くて荒々しい）の首領や任《にん》侠《きょう》の親分でも、うまい方法で制御することができれば、一層驚くような功績を打ち立て、大仕事を成し遂げるだろう。ああ［こういう話は］、曲局者《きょくきょくしゃ》（小さい局部にこだわる人）とは語り合えないだろうな。

小廉曲謹《しょうれんきょくきん》の士《し》、途《みち》に循《したが》い轍《てつ》を守《まも》るの人《ひと》は、太平《たいへい》の時《とき》に当《あ》たりて、一方《いっぽう》を治《おさ》め一事《いちじ》を理《おさ》めしむれば、儘《まま》能《よ》く奉職《ほうしょく》す。若《も》し難《なん》を定《さだ》め疑《ぎ》を決《けっ》し、卒《そつ》に応《おう》じ険《けん》を蹈《ふ》むには、寧《むし》ろ破綻《はたん》の人《ひと》を用《もち》うるも、尋常《じんじょう》の人《ひと》を用《もち》いず。豪悍《ごうかん》の魁《かい》、任侠《にんきょう》の雄《ゆう》と雖《いえど》も、駕禦《がぎょ》すること方有《ほうあ》れば、更《さら》に以《もっ》て奇功《きこう》を建《た》て大務《たいむ》を成《な》すに足《た》る。噫《ああ》、曲《きょく》

小廉曲謹之士、循レ途守レ轍之人、当二太平時一、使下治二一方一理中一事上、儘能奉職。若定レ難決レ疑、応レ卒蹈レ険、寧用二破綻人一、不レ用二尋常人一。雖二豪悍之魁、任侠之雄一、駕禦有レ方、更足下以建二奇功一成中大務上。噫、

局者《きよくしや》と与《とも》に道《い》い難《がた》し。

難㆘与㆓曲局者㆒道㆖。

▽呂新吾の人間観を表す興味深い一条です。この品藻篇では、決して、お勉強のできる優等生だけが評価されているのではありません。破綻の人が役立つこともあると言っているのです。明末という乱世に生きた呂新吾ならではの人間観察ではないでしょうか。

上に立つ者の自覚

一般の人が悪事をなすのは、まだ議論の余地が残っている。しかし読書人（人を教化する立場の知識人）だけは悪事をなしてはならない。読書人が悪事をなすと、さらにそれを教化してくれる人はいないのだ。一般の人が法を犯すのは、まだ議論の余地が残っている。しかし官職に就いている人が法を犯してはならない。役人が法を犯せば、さらにそれを取り締まってくれる人はいないのだ。

一切《いっさい》の人《ひと》、悪《あく》を為《な》すは、猶《な》お言《い》うべきなり。惟《た》だ書《しょ》を読《よ》む人《ひと》は、悪《あく》を為《な》すべからず。書《しょ》を読《よ》む人《ひと》、悪《あく》を為《な》せば、更《さら》に教化《きょうか》の人無《ひとな》し。一《いっ》切《さい》の人《ひと》、法《ほう》を犯《おか》すは、猶《な》お言《い》うべきなり。官《かん》と做《な》る人《ひと》は、法《ほう》を犯《おか》すべからず。官《かん》と做《な》る人《ひと》、法《ほう》を犯《おか》せば、更《さら》に禁治《きんち》の人無《ひとな》し。

一切人為レ悪、猶可レ言也。惟読レ書人、不レ可レ為レ悪。読レ書人為レ悪、更無ニ教化之人一矣。一切人犯レ法、猶可レ言也。做レ官人不レ可レ犯レ法。做レ官人犯レ法、更無ニ禁治之人一矣。

▽現代社会にもそのまま通用する言葉です。上にいる人が不正をしてはなりません。さらにその上にいて、しかってくれる人はいないのですから。

素質に応じた学問の過程

多くのことを学んでそれを覚えようとするのは、もともと中人《ちゅうじん》以下の学問方法である。だから孔子はみずから「たくさん聞いてその中から善いものを選んで従い、たくさん見てそれを覚える」と言ったが、「弟子の」子張《しちょう》に教える際には、「たくさん聞いて疑わしいことはそのままにしておき」「たくさん見て不安な点はそのままにしておく」ようにさせ、人（君子）に教える際には、「広く書物を読む」ようにとし、顔回《がんかい》に教える際には、「書物を読んで広く学ぶ」ようにとした。「このように学び方は人それぞれであるが」ただ一貫《いっかん》（知識を統一的に把握できる）の境地に至らなければ、結局、究極には到達しない。だから、「頓《とん》」（いきなりさとるように到達する）と「漸《ぜん》」（段階を経て徐々に進む）の二つの方法は、「どちらが良いというものではなく」それぞれの学習者の資質によるのである。今の人は、一貫だけを入門の方法だと考えている。最上の素質の人は、自然と悟ることができようが、それを中人（普通の人）に望んではならない。「そうした方法だけを強いるのは」少なからず後学の徒を誤らせることになろう。

多《おお》く学《まな》びて識《しる》すは、原是《もとこ》れ中人以下《ちゅうじんいか》の一種《いっしゅ》の学問《がくもん》なり。故《ゆえ》に夫子《ふうし》は自《みずか》ら「多《おお》く聞《き》きて其《そ》の善《よ》きものを択《えら》びて之《これ》に従《したが》い、多《おお》く見《み》て之《これ》を識《しる》す」と言《い》い、子張《しちょう》に教《おし》えて、多《おお》く聞《き》き疑《うたが》わしきを闕《か》き、多《おお》く見《み》て殆《あやう》きを闕《か》かしめ、人《ひと》に教《おし》えて博《ひろ》く文《ぶん》を学《まな》ばしめ、顔子《がんし》に教《おし》えて、之《これ》を博《ひろ》くするに文《ぶん》を以《もっ》てす。但《た》だ一貫《いっかん》の地位《ちい》に到《いた》らざれば、終《つい》に究竟《きゅうきょう》を成《な》さず。故《ゆえ》に頓漸《とんぜん》の両《りょう》門《もん》は、各々《おのおの》資性《しせい》に縁《よ》る。今《いま》の人《ひと》は一貫《いっかん》を以《もっ》て入門《にゅうもん》と為《な》す。上等《じょうとう》の天資《てんし》は、自《おのず》から是《こ》れ了悟《りょうご》するも、中人《ちゅうじん》に望《のぞ》む所《ところ》に非《あら》ず。其《そ》の後学《こうがく》を誤《あやま》ること細《さい》ならず。

多学而識、原是中人以下一種学問。故夫子自言下「多聞択二其善一而従レ之、多見而識上レ之」、教二子張一、多聞闕レ疑、多見闕レ殆、教レ人博学二於文一、教二顔子一、博レ之以レ文。但不レ到二一貫地位一、終不レ成二究竟一。故頓漸両門、各縁二資性一。今人以二一貫一為二入門一。上等天資、自是了悟、非レ所レ望二於中人一。其誤二後学一不レ細。

▽孔子の言葉を織り交ぜながら、呂新吾の考える学問の方法について説いています。結論を端的に言えば、勉強方法は人それぞれで、一つのやり方を押しつけるのはよくないというものです。特に孔子がとったとされる「一貫」（一つのことだけですべてを貫通しようとする）の方法を、凡人がとってはならないとしています。

まず冒頭の「多く学びて識《しる》す」は、『論語』衛霊公《えいれいこう》篇に見える孔子の言葉。弟子の子《し》貢《こう》に対して、「私を、多く学んでそれを記憶している者と考えているのか、そうではない、私は、一つのことだけですべてを貫こうとしているのだ」と言ったものです。

次に、孔子自身の方法として示される「多《おお》く聞《き》きて其《そ》の善《よ》きものを択《えら》びて之《これ》に従《したが》い、多《おお》く見《み》て之《これ》を識《しる》す」は、『論語』述而《じゅつじ》篇の言葉。そして、子張《しちょう》に教えたとされる「多《おお》く聞《き》き疑《うたが》わしきを闕《か》き、多《おお》く見《み》て殆《あやう》きを闕《か》く」は、『論語』為政篇の言葉に基づきます。また、「博《ひろ》く文を学ぶ」は、『論語』雍也《ようや》篇の言葉。顔回に教えたとされる「之《これ》を博《ひろ》くするに文《ぶん》を以《もっ》てす」は、『論語』子罕《しかん》篇の言葉です。

名と実

名と実とは、ちょうど形と影とのようなものだ。実態のともなわない名は、天地自然の忌み嫌うものである。ところが、偽善者は名をむさぼり、闇修者《あんしゆうしや》（人知れず修養に努める者）は名を避けようとする。

名《めい》と実《じつ》とは形《かたち》と影《かげ》の如《ごと》し。実無《じつな》きの名《めい》は、造《ぞう》物《ぶつ》の忌《い》む所《ところ》なり。而《しか》して矯偽者《きょうぎしゃ》は之《これ》を貪《むさぼ》り、闇修者《あんしゆうしや》は之《これ》を避《さ》く。

名実如二形影一。無レ実之名、造物所レ忌。而矯偽者貪レ之、闇修者避レ之。

▽この篇では、繰り返し、名声が実態を離れてはならないと説いていました。この条でも、改めて名と実との関係を、形と影のようだと言っています。影は形通りに映るのが最もよく、形がないのに影だけ映るというのは自然のあり方としておかしいのです。

治《ち》道《どう》—統治の理念と方法—

広大な中国をどのように統治するのか。その理念と方法を説いています。これらは、官僚として活躍した呂新吾の体験をもとにしたものと推測されます。考え抜かれた言葉は、現代のあらゆる組織の運営にも応用が利くでしょう。

急ぎすぎてはならない

利益となるような事を興そうとするときには、あまりに急ぎすぎてはならない。左を見たり右を見たりする（慎重になる）必要がある。弊害を改革するにもあまりに急であってはならない。しばらく考え過去をよく振り返る必要がある。

利《り》を興《おこ》すには太《はなは》だ急《きゅう》なること無《な》かれ。左視右《さしう》盼《べん》するを要《よう》す。弊《へい》を革《あらた》むるには太《はなは》だ驟《すみ》やかなること無《な》かれ。長慮却顧《ちょうりょきゃっこ》を要《よう》す。

興㆑利無㆓太急㆒。要㆓左視右盼㆒。
革㆑弊無㆓太驟㆒。要㆓長慮却顧㆒。

▽静観や冷静沈着を繰り返し説いてきた『呻吟語』は、ここで、急ぎすぎてはならないと言っています。即断が必要になることもあるでしょう。しかし、今一度、左を見て右を見て、後ろを振り返り、それから行動に移すようにしたいものです。

天下の人を使う術

天下の人をうまく使うには、神（神妙）、徳（人徳）、恵（恩恵）、威（威厳）が必要だ。神妙「にして計り知れない様子」であれば、みずから行動し発言しなくても、民が即応すること、まるで響《ひび》きのようになる。人徳があれば、ともに尊びともに親しんで民が帰服することは自《おの》ずから等しくなる。恩恵の心があれば、民はその

［示された］利をみずからの利とする。威厳があれば、民はその法を恐れる。この四つがなければ、大衆を動かす術《すべ》はない。

能《よ》く天下《てんか》の人《ひと》を使《つか》う者《もの》は、惟《こ》れ神《しん》、惟《こ》れ徳《とく》、惟《こ》れ恵《けい》、惟《こ》れ威《い》なり。神《しん》なれば則《すなわ》ち言《い》う無《な》く為《な》す無《な》くして妙応《みょうおう》すること響《ひび》きの如《ごと》し。徳《とく》あれば則《すなわ》ち共《とも》に尊《とうと》び共《とも》に親《した》しみて帰附《きふ》するもの自《おのず》から同《おな》じ。恵《けい》なれば則《すなわ》ち民其《たみそ》の利《り》を利《り》とす。威《い》なれば則《すなわ》ち民其《たみそ》の法《ほう》を畏《おそ》る。是《こ》れに非《あら》ざれば則《すなわ》ち衆《しゅう》を動《うご》かすこと術無《じゅつな》し。

能使二天下之人一者、惟神、惟徳、惟恵、惟威。神則無レ言無レ為而妙応如レ響。徳則共尊共親而帰附自同。恵則民利二其利一。威則民畏二其法一。非レ是則動レ衆無レ術矣。

▽人民をどのように治めるか。それは古来、多くの思想家と為政者が頭を悩ませてきた大問題です。古代の儒家は、君主の「徳」につきると言い、法家は、そのようなものには期待できないから、厳しい「法」によるべきだと説きました。いわゆる「徳治《とくち》」と

「法治」の対立です。それに対して、呂新吾は、もっと現実的で、かつ有効な方法を提案します。「徳」と「法」はどちらも大切で、さらに「神」と「恵」も必要だとするのです。このうち、「神」とは、決して神頼みを言っているのではありません。古くは、『孫子』にも出てくる用語で、為政者（『孫子』では将軍）の計り知れない様子を説く言葉です。君主があまりに民に接近し、あまりに頻繁に素顔をさらしては、その威厳を保つことが難しくなると考えたのでしょう。

人情と礼儀と法律の並立

すぐれた天子の世では、人情と礼儀と法律の三者がたがいにそむきあうことがない。末世では、情がまさって法が乱れ、法が強すぎて礼が失われる。

聖明《せいめい》の世《よ》には、情《じよう》・礼《れい》・法《ほう》の三者《さんしや》、相忤《あいさから》わざ　聖明之世、情礼法三者、不二るなり。末世《まつせ》には、情勝《じようか》てば則《すなわ》ち法《ほう》を奪《うば》い、法勝《ほうか》てば則《すなわ》ち礼《れい》を奪《うば》う。

相忤也。末世、情勝則奪レ法、法勝則奪レ礼。

▽前の条に関連して、ここでは、「礼」と「法」のバランスが説かれます。加えて、人の「情」がそれに合致していることも大切です。人の心を離れてしまったものは、礼であれ法であれ、守られるという保証はないのです。

なお、ここで「末世」とあるのは、やがて来るかもしれない末の世を言っているのでしょうか。そうではなく、呂新吾にとって、当時（明末）こそ、末世と感じられていたのではないでしょうか。実は同じく明末の処世訓『菜根譚』も、時代を「治世」「乱世」「叔季《しゆくき》の世」に分けて、次のように言っています。

治世《ちせい》に処《お》りては宜《よろ》しく方《ほう》なるべく、乱世に処りては宜しく円なるべく、叔季《しゆくき》の世に処りては当《まさ》に方円並《ほうえんなら》び用《もち》うべし。（前集五〇条）

時代の治乱に沿って言動を変えるべきだという主張でしょう。治世の時には四角く張って生きても良いが、乱世の時には丸く生きることが大切だというのです。そして、第三の世として「叔季《しゆくき》」（道徳の頽廃した末の世）があげられています。これも架空の時代というのではなく、『菜根譚』の著者洪自誠《こうじせい》が生きた時代、すなわち明末だったのではないでしょうか。

政治の改革は大胆に

国家創業の君主は、世界の耳目《じもく》が注目している中で、雷《かみなり》が響き風が吹き渡るような明確な法を施行する。だから、法令が行き渡ることはまるで水が流れるかのようであり、民がそれに応ずることはまるで音が響くかのようである。［しかし］太平の世が長く続くと、法律が現実離れしたものになり、人心は散漫となって、なまけて気力が振るわず、頑固になって融通が利かなくなる。たとえば、熟睡している人は、何度呼んでも耳が聞こえないかのようであり、疲れ切っている人の体は、両足が不自由のようであるが、盗賊に追いかけられたり、水害・火災が迫ってくると、はっと目覚めて急に走り出すものである。このように、詔令《しようれい》が行われず、政治が衰えると、上書《じようしよ》する者や諫言《かんげん》する者が次々と現れるのであるが、それを受け止める側の者が聞く耳を持たず、いたずらに上書の労が多くなり、紙や墨のむだが増えるだけだ。たとえ、その中の最悪の一人を殺して危機を叫んでみても、［皆が］身を慎んで視聴を改めるかどうかは分からない（大胆な改革が必要だ）。それなのに腐《くさ》れ儒者は、「温厚が大切だ。過激なことをしてはならない」という。ああ、天下の禍根《かこん》を助長し、天下の弊害を甚だしくするのは、必ずこのような人物だ。だから、物に垢《あか》がついたなら洗い流し、甚だしければ作り直す。また建物が傾けば支えるようにし、甚だしければ元から作り直さなければならない。中興《ちゆうこう》の君主が名目と実態とを照合させて点検し、綱紀粛正《こうきしゆくせい》をはかるのは、創業の君主と同じようにしてこそ、ようやくうまくいくのである。

創業《そうぎょう》の君《きみ》は、海内《かいだい》の属目傾聴《しょくもくけいちょう》するの時《とき》に当《あ》たりて、一切《いっさい》の雷厲風行《らいれいふうこう》の法《ほう》を為《な》す。故《ゆえ》に令《れい》の行《おこな》わるること流《なが》るるが如《ごと》く、民《たみ》の応《おう》ずること響《ひび》きの如《ごと》し。承平《しょうへい》なること日《ひ》久《ひさ》しく、法度《ほうど》疎闊《そかつ》にして、人心散《じんしんさん》じて収《おさ》まらず、惰《おこた》りて振《ふ》るわず、頑《かたく》なにして爽《さわ》やかならず。譬《たと》えば熟睡《じゅくすい》の人《ひと》の百呼《ひゃっこ》するも聾《ろう》の若《ごと》く、久倦《きゅうけん》の身《み》の両足跛《りょうあしは》の如《ごと》きも、惟《た》だ是《こ》れ盗賊《とうぞく》に追《お》われ、水火《すいか》に迫《お》わるれば、或《あ》るいは猛醒《もうせい》して急奔《きゅうほん》すべきが如《ごと》し。是《ここ》を以《もっ》て詔令廃格《しょうれいはいかく》し、政事頽靡《せいじたいび》すれば、条《じょう》上《じょう》する者紛紛《ものふんぷん》、中飭《しんちょく》する者累累《ものるいるい》たるも、而《しか》して之《これ》を聴《き》く者《もの》、聞知《ぶんち》する罔《な》きが若《ごと》く、徒《いたず》らに書発《しょはつ》の労《ろう》、紙墨《しぼく》の費《ひ》を多《おお》くするのみ。即《も》し其《そ》

創業之君、当㆔海内属目傾聴之時㆒、為㆓一切雷厲風行之法㆒。故令行如㆑流、民応如㆑響。承平日久、法度疎闊、人心散而不㆑収、惰而不㆑振、頑而不㆑爽。譬如㆔熟睡之人百呼若㆑聾、久倦之身両足如㆑跛、惟是盗賊所㆑追、水火所㆑迫、或可㆓猛醒而急奔㆒。是以詔令廃格、政事頽靡、条上者紛紛、中飭者累累、而聴㆑之者、若㆑罔㆓聞知㆒、徒多㆓書発之労、紙墨之費㆒耳。即殺㆓其尤者一人㆒、以

の尤《ゆう》なる者一人《ものひとり》を殺し、以《もつ》て之《これ》を号召《ごうしよう》するも、未《いま》だ粛然《しゆくぜん》として視《し》を改《あらた》め聴《ちよう》を易《か》うるや否《いな》やを知《し》らず。而《しか》るに迂腐《うふ》の儒《じゆ》は、猶《な》お曰《いわ》く、「宜《よろ》しく長厚《ちようこう》を崇《たつと》ぶべし。激切《げきせつ》を為《な》す勿《な》かれ」と。嗟夫《ああ》、天下《てんか》の禍《わざわい》を養《やしな》い、天下《てんか》の弊《へい》を甚《はなは》だしくする者《もの》は、必《かなら》ず是《こ》の人《ひと》なり。故《ゆえ》に物垢《ものあか》つけば則《すなわ》ち澣《あら》い、甚《はなは》だしければ則《すなわ》ち改《あらた》め為《つく》る。室《しつ》傾《かたむ》けば則《すなわ》ち支《ささ》え、甚《はなは》だしければ則《すなわ》ち改《あらた》め作《つく》る。中興《ちゆうこう》の君《きみ》、名実《めいじつ》を綜核《そうかく》し、紀綱《きこう》を整頓《せいとん》するは、当《まさ》に創業《そうぎよう》と等《ひと》しくして而《しか》る後《のち》に可《か》なるべし。

号㆓召之㆒、未㆑知㆓粛然改㆑視易㆑聴否㆒。而迂腐之儒、猶曰、「宜㆑崇㆓長厚㆒。勿㆑為㆓激切㆒」。嗟夫、養㆓天下之禍㆒、甚㆓天下之弊㆒者、必是人也。故物垢則澣、甚則改為。室傾則支、甚則改作。中興之君、綜㆓核名実㆒、整㆓頓紀綱㆒、当㆘与㆓創業㆒等而後可㆖。

▽創業者の苦労もさることながら、一度衰えた世を再び盛んにする中興《ちゆうこう》の君主はもっと大変だという主張です。確かに、ものごとのはじめには全員に緊張感があって、誰も手抜きをしません。しかし、時間がたつにつれて惰性となり、軌道修正は容易ではありま

せん。大胆な改革はもっと難しくなります。そのとき、保守的な人々は、ただ昔が良かったと言うだけで何もしようとしません。中興の君主は、実は創業者以上に大きなエネルギーを要するのです。

公共心の大切さ

「公」と「私」の二つの字は、宇宙の中の人と鬼《き》（霊魂）との境界である。もし朝廷から村里《むらざと》にいたるまで、ただ「公」の字を強く持って離さなければ、たちまち天は清らかに地は定まり、政治は清潔で訴訟ごとはやむであろう。ただそこに「私」の一字が介入すると、騒然となって世界が成り立たなくなる。

公私《こうし》の両字《りょうじ》は、是《こ》れ宇宙《うちゅう》の人鬼《じんき》の関《せき》なり。若《も》し朝堂《ちょうどう》より以《もっ》て閭里《りより》に至《いた》るまで、只《た》だ公《こう》の字《じ》

公私両字、是宇宙的人鬼関。若自二朝堂一以至二閭里一、只

を把持《はじ》し得《え》て定《さだ》まれば、便自天《すなわちてん》は清《きよ》く地《ち》は寧《やす》く、政《せい》は清《きよ》く訟《しょう》は息《や》む。只《た》だ一箇《いっこ》の私《し》の字《じ》は、擾擾《じょうじょう》として世界《せかい》を成《な》さず。

把二持‐得公字一定、便自天清地寧、政清訟息。只一箇私字、擾擾的不レ成二世界一。

▽古代中国の法家韓非子《かんぴし》が「公」と「私」の対立を鋭く指摘したことについてはすでに説明しました（104頁参照）。ここでも、朝廷から村里にいたるまで、「公」の気持ちが大切だと言っています。ここから推測すれば、呂新吾の生きた明末は、上から下まで、「私」が「公」を乱す時代だったのでしょう。

君主一人の憂いと楽しみ

一人の憂いが天下の楽しみとなり、一人の楽しみが天下の憂いとなる。

一人《ひとり》憂《うれ》うれば則《すなわ》ち天下《てんか》楽《たの》しみ、一人《ひとり》楽《たの》しめば則《すなわ》ち天下《てんか》憂《うれ》う。

一人憂則天下楽、一人楽則天下憂。

▽この「一人」とは皇帝のことでしょう。世界の頂点に立つ人が憂えて、万民が世を楽しんでいる状態が良く、逆に権力者一人が楽しみ、万民が苦しんでいるというのは最悪なのです。

詩は為政の道

詩にこうある。「楽只《らくし》の君子《くんし》は、民《たみ》の父母《ふぼ》」と。また、「豈弟《がいてい》の君子は、民の父母」と。君子は詩を見て、政治の道を知るのである。

詩《し》に云《い》う、「楽只《らくし》の君子《くんし》は、民《たみ》の父母《ふぼ》」。又《ま》た

詩云、「楽只君子、民之父母」。

曰《いわ》く、「豈弟《がいてい》の君子《くんし》は、民《たみ》の父母《ふぼ》」。君子《くんし》は詩《し》を観《み》て、政《まつりごと》を為《な》すの道《みち》を知《し》る。

又曰、「豈弟君子、民之父母」。君子観二于詩一、而知三為レ政之道一矣。

▽『詩経』の引用です。「楽只《らくし》の君子は、民の父母《ふぼ》」は『詩経』小雅《しょうが》・南山有台《なんざんゆうだい》の詩。「只」の字は助辞。訓読では特に読まず、「楽しめる君子は」とする場合もあります。楽しき君子は民の父母とあり、賢者を得る喜びをうたったものだとされています。「豈弟《がいてい》の君子は、民の父母」は『詩経』大雅《たいが》・泂酌《けいしゃく》の詩。「豈弟」は楽しみ和らぐ意。

いずれにしても『呻吟語』は、『詩経』を知ることが政治の理解に役立つとしています。詩は単なる文学・芸術ではないのです。為政のすぐれた指南書と理解されていました。

こうした意識は、いつ頃からあったのでしょうか。実は、孔子や墨子《ぼくし》が活動した時代、つまり春秋時代の終わり頃には、すでに儒家・墨家が詩を大切なテキストとして学んだと伝えられています。その理由は、詩が人間の純粋な心情を吐露《とろ》するものであった（300頁参照）ということのほかに、詩が共通言語だったという事情もあります。秦の始皇帝が中国世界を制覇し、文字を統一する以前には、諸国ごとに言語はまちまちでした。書き言葉も国ごとに違い、話し言葉はもっと違っていたと推測されます。ちょうど、明治維新前の日本の各地に、強い方言があったのと同じです。津軽の人と薩摩の人とでは会話が成立しなかったのではないでしょうか。

そのようなときに外交官や文人が共通の言語としていたのが、他ならぬ詩だったのです。詩の言葉を織り込みながら情報を伝え合いました。詩が「政治の道」だとされる理由はこうした点にもあったのです。

昔の過ちを指摘しない

すでに有徳者となった人に、その人の幼い頃の小さな過失を声高に言い立てたり、すでに功績をなしとげた人に、たまたま失敗した昔の出来事を笑ったりするのは、みなあまりにも薄情なやり方である。君子はそのようなことはしない。

既《すで》に徳《とく》を成《な》せるに、而《しか》も其《そ》の童年《どうねん》の小失《しょうしつ》を誦《しょう》し、既《すで》に功《こう》を成《な》せるに、而《しか》も其《そ》の往日《おうじつ》の偶敗《ぐうはい》を笑《わら》うは、皆刻薄《みなこくはく》の見《けん》なり。君子《くんし》は為《な》さず。

既成㆑徳矣、而誦㆓其童年之小失㆒、既成㆑功矣、而笑㆓其往日之偶敗㆒、皆刻薄之見也。君子不㆑為。

▽同じく明末の『菜根譚』の言葉が思い浮かぶ条です。『菜根譚』にこうありました。

人の小過《しょうか》を責《せ》めず、人の陰私《いんし》を発《あば》かず、人の旧悪《きゅうあく》を念《おも》わず。（前集一〇五条）

人の小さな過失を責めたてず、人のプライバシーをあばかず、人の過去の悪事をいつまでも覚えていないという意味。この三つのことを守れば、自分の道徳心を養い、また、危害を遠ざけることができるというのです。『呻吟語』と『菜根譚』、奇しくも類似した主張をしています。二つの書の比較については、本書の巻末をご覧下さい。

世論は必ずしも正しからず

公論というのは、大衆の一致した意見というわけではない。時代すべての意見が間違っていて、たった一人の意見が正しければ、公論は、その一人にあるのだ。

公論《こうろん》は、衆口一詞《しゅうこういちし》の謂《いい》に非《あら》ざるなり。満朝皆《まんちょうみな》非《ひ》にして一人是《ひとりぜ》なれば、則《すなわ》ち公論《こうろん》は一人《ひとり》に在《あ》り。

公論、非二衆口一詞之謂一也。満朝皆非而一人是、則公論在二一人一。

▽多くの人が言っているから、それが正当な意見だとは限りません。ここで呂新吾は、たった一人の意見でも、それが正しければ、それこそ公論なのだと言っています。意表を突く主張ですが、確かに、多数決がそのまま正当な意見となるのか、深く考えさせられる一条です。

なんと哀しき今の為政者

民を満足させるのは、王政の大いなる根本である。百姓《ひやくせい》（民）が満足していればすべての政治はうまくいく。［逆に］百姓が不満だらけであれば、すべての政治はすたれてしまう。［そこで］孔子は子貢《しこう》に「食を足らす」ことを告げ、冉有《ぜんゆう》には「民を富ます」ことを告げ、孟子は梁王《りようおう》に、「生きている者を養い、死者を弔《とむら》って、遺《い》憾《かん》なきようにする」ことを説き、斉王《せいおう》に告げては、「井田制《せいでんせい》を整え、作物を植え家畜を飼うこと」を教えたのである。あの堯舜《ぎようしゆん》もこれを棄ててしまっては他に良い方法はないのである。［今の為政者のなんと］哀しきことよ。

民《たみ》を足《た》らすは、王政《おうせい》の大本《たいほん》なり。百姓足《ひやくせいた》れば万政挙《ばんせいあ》がる。百姓足《ひやくせいた》らざれば万政廃《ばんせいす》たる。孔《こう》子《し》、子貢《しこう》に告《つ》ぐるに食《しよく》を足《た》らすを以《もつ》てし、冉《ぜん》

足㆑民、王政之大本。百姓足万政挙。百姓不㆑足万政廃。孔子告㆓子貢㆒以㆑足㆑食、告㆓

有《ゆう》に告《つ》ぐるに之《これ》を富《と》ますを以《もつ》てし、孟子《もうし》、梁《りよう》王《おう》に告《つ》ぐるに生《せい》を養《やしな》い死《し》を送《おく》り憾《うら》み無《な》きを以《もつ》てし、斉王《せいおう》に告《つ》ぐるに田里《でんり》を制《せい》し樹畜《じゆちく》を教《おし》うるを以《もつ》てす。堯舜《ぎようしゆん》も此《これ》を舎《す》てて良法《りようほう》無《な》し。哀《かな》しきかな。

冉有一以レ富レ之、孟子告二梁王一以二養レ生送レ死無一レ憾、告二斉王一以下制二田里一教中樹畜上。堯舜舎レ此無二良法一矣。哀哉。

▽孔子と孟子の言葉・故事が引かれています。まず孔子が弟子の子貢に「食を足らす」ことを告げたというのは、『論語』顔淵篇に見られます。あるとき弟子の子貢が政治についておたずねしました。すると孔子は、「食《しよく》を足《た》らし、兵《へい》を足《た》らし、民《たみ》をして之《これ》を信《しん》ぜしむ」と答えました。政治の要諦としては、まず食糧を充分にし軍備を整え、民に信頼の心を持たせるという意味です。

次の冉有に告げたというのは、同じく『論語』の子路篇に見えます。孔子が衛《えい》の国に行ったとき、冉有が御者を務めていました。孔子は、衛の国の様子を見て、人が多いねと感想を述べました。そこで冉有は、人が多くなれば次は何をしましょうかと問いかけます。すると孔子は、「之《これ》を富《と》まさん」と答えました。ちなみにこの問答はさらに続き、富ませたら次は何をしましょうという冉有の問いに対して、孔子は、「之《これ》を教《おし》えん」と答えています。

そして、孟子の故事は、いずれも『孟子』梁恵王《りょうけいおう》上篇に見えます。はじめの言葉は、孟子が梁の恵王《けいおう》に向かって、王道政治のあるべき姿を説いたもの。「生《せい》を養《やしな》い死《し》を喪《そう》して憾《うら》み無《な》きは、王道《おうどう》の始《はじ》めなり」とあります。

また、斉王に告げたというのも、同じく梁恵王上篇に見えます。斉の宣王《せんおう》が覇道《はどう》（武力による天下統一）に強い関心を持って質問してきたのに対して、孟子は王道政治の必要性を説くのです。「恒産《こうさん》」（安定した収入の必要性）を説く有名な一節です。

恒産無《こうさんな》くして恒心有《こうしんあ》る者《もの》は、惟《た》だ士《し》のみ能《よ》くすることを為《な》す。民《たみ》の若《ごと》きは、則《すなわ》ち恒《こう》産無《さんな》ければ、因《よ》って恒心無《こうしんな》し。

【訳】安定的な収入がなくても変わらぬ心を持ち続けることができるのはただ士だけだ。一般の民は、安定的な収入がなければ常の心も持てない。

五畝《ごほ》の宅《たく》、之《これ》に樹《う》うるに桑《くわ》を以《もっ》てすれば、五十《ごじゅう》の者以《ものもっ》て帛《はく》を衣《き》るべし。

【訳】一家ごとに五畝の宅地［を与え］、そこに桑を植えるようにさせれば、五十歳の老人はそれで帛（絹）を着ることができる。

百畝《ひやつぽ》の田《でん》、其《そ》の時《とき》を奪《うば》う勿《な》ければ、八口《はつこう》の家《いえ》、以《もつ》て飢《う》うる無《な》かるべし。

【訳】百歩の田地［を与え］、耕作の時を奪うことがないようにすれば、八人くらいの家は、飢えることはなくなるだろう。

『呻吟語』は、こうした孔孟の思想を賞賛します。民を満足させる政治が大切なのです。しかし、当時の政治はその理想に遠く及ばなかったのでしょう。「哀《かな》しきかな」と結んでいます。

本物を模範とする

書物を印刷するには、まずその印板《いんばん》が本物でなければならない。陶器を作るには、まずその型が良いものでなければならない。邪悪な官吏が邪悪な官吏を推薦し、世俗の士が世俗の士を採用するようでは、国を治めたいと願っても、とうてい叶《かな》わない。

書《しょ》を印《いん》するには先《ま》ず個《こ》の印板《いんばん》の真《しん》ならんことを要《よう》す。陶《とう》を為《つく》るには先《ま》ず個《こ》の模子《もし》の好《よ》からんことを要《よう》す。邪官《じゃかん》を以《もっ》て邪官《じゃかん》を挙《あ》げ、俗士《ぞくし》を以《もっ》て俗士《ぞくし》を取《と》らば、国《くに》、治《おさ》まらんことを欲《ほっ》すとも、得《え》んや。

印レ書先要二個印板真一。為レ陶先要二個模子好一。以二邪官一挙二邪官一、以二俗士一取二俗士一、国欲レ治、得乎。

▽印刷技術が格段に進歩した明代ならではの表現です。その昔、甲骨文《こうこつぶん》・金文《きんぶん》を経て、孔子や孟子の時代には、竹簡《ちっかん》が書写材料として普及しました。細い竹の札に墨で文字を記し、それをひもで綴《と》じて「冊」としたのです。その後、文書は帛《はく》（絹）に記されるようになりますが、帛は高価なため、誰でも使用できるというものではありませんでした。

後漢時代に紙が改良され、ようやく写本《しゃほん》の時代が訪れます。そして唐代の終わり頃に木《もく》版《はん》印刷の技術が発明され、宋代を経て明代になると、その技術の進歩によって、大量の本が印刷されるようになりました。読者層が一気に拡大したのも、この時代です。当時は、版木《はんぎ》に文字を彫り、それに墨を塗って紙を押し当てる方法で印刷が行われていましたので、この版木を持っていることが、すなわち版権・著作権を保有している証《あか》しでした。ただ、本が普及してくると、いわゆる海賊版も出回ります。著作権侵害は昔からあったのです。

こうした出版事情を念頭に置いて、呂新吾は、真の印板によって正規の本が印刷されると言っています。にせの版木からは海賊版しかできないように、邪悪な官僚や世俗の士からの推薦では、良い人材は得られないのです。

哀しむべき近世の士風

近世の士風は、大いに哀しむべきだ。英雄豪傑は、本来、宇宙のために大いなる人倫道徳・大事業を樹立しようと願っていた。ところが今、世俗の習慣に染まり、虚飾のきまりで正そうとする。首をうなだれ声を潜めて従わず、そうでなければただ身を引いて後ずさりするだけ。そこで道徳の士は、遠く世を逃れて孤高の境地におり、功名の士は、身をかがめて英気を養っている。あの上位にいる者は、おごり高ぶることを習いとし、またお仕えしている人を見ると、みな王順《おうじゅん》・長息《ちょうそく》のような者だけだ。

近世《きんせい》の士風《しふう》は、大《おお》いに哀《かな》しむべきのみ。英雄《えいゆう》豪傑《ごうけつ》は、本《もと》、宇宙《うちゅう》の為《ため》に大綱常《だいこうじょう》・大事業《だいじぎょう》を樹《じゅ》立《りつ》せんと欲《ほっ》す。今《いま》や、之《これ》を俗套《ぞくとう》に駆《か》り、縄《ただ》すに虚文《きょぶん》を以《もっ》てす。首《くび》を俛《ふ》し声《こえ》を呑《の》みて以《もっ》て従《したが》わざれば、惟《た》だ身《み》を引《ひ》きて退《しりぞ》くる有《あ》るのみ。是《ここ》を以《もっ》て道徳《どうとく》の士《し》は、遠《とお》く引《ひ》き高《たか》く蹈《ふ》み、功《こう》

近世士風、大可レ哀已。英雄豪傑、本欲下為二宇宙一樹中立大綱常大事業上。今也、駆二之俗套一、縄以二虚文一。不二俛レ首呑レ声以従一、惟有二引レ身而退一耳。是以道徳之士、遠引高蹈、功

名《みよう》の士《し》は屈《くつ》を以《もっ》て伸《しん》を養《やしな》う。彼《か》の上《うえ》に在《あ》る者《もの》は、倨傲《きよごう》、習《しゅう》を成《な》し、下面《かめん》の人《ひと》を看《み》るに、皆《みな》王順《おうじゅん》・長息《ちょうそく》のみ。

名之士以レ屈養レ伸。彼在レ上者、倨傲成レ習、看二下面人一、皆王順長息耳。

▽『呻吟語』は先の条で当時の政治のありかたを嘆いていましたが、ここでは「士風」を哀しんでいます。もともと「英雄豪傑」は、人倫の基本と事業の樹立を目指す大いなる存在でした。それが今、士は堕落し、俗世に染まって保身に努めています。では、当時、真に志のある士はどうしていたのでしょうか。それは孤高の境地です。また、将来を見越して雌伏《しふく》していたのです。

末尾の「王順・長息のような者だけ」というのは、『孟子』に基づく言葉。万章《ばんしょう》下篇にこうあります。

費《ひ》の恵公《けいこう》曰《いわ》く、「吾《われ》、子思《しし》に於《お》ては、則《すなわ》ち之《これ》を師《し》とす。吾《われ》、顔般《がんはん》に於《お》ては、則《すなわ》ち之《これ》を友《とも》とす。王順《おうじゅん》・長息《ちょうそく》は、則《すなわ》ち我《われ》に事《つか》うる者《もの》なり」。

有徳者との交友について述べた一節です。費の恵公は小国の殿様でしたが、交友について見識を持っていました。子思（孔子の孫）に対しては師として敬う。顔般《がんはん》は友としてつきあう。［徳が師友とするには及ばない］王順《おうじゅん》・長息《ちょうそく》は、ただ私に仕える者だと。

呂新吾は、当時の為政者を観察し、みなおごり高ぶるばかりで、彼らの交友関係も、真の師友とすべき者はいないのではないかと嘆くのでした。

官職が高くなると見聞が狭くなる

身分が高くなればなるほど、いよいよ見聞が狭くなる。その耳目をふさぐ者が多くなるからである。［逆に］身分が低くなればなるほど、いよいよ聡明となる。その見聞するところが真実だからである。だから見聞について論ずれば、君主の知は宰相に及ばず、宰相の知は監察官に及ばず、監察官の知は地方長官に及ばず、地方長官の知は民に及ばない。耳目をふさぐものについて言えば、地方長官は監察官をおおい、監察官は宰相をおおい、宰相は君主をおおう。惜しいことだ、低ければ低いほど真実を得るということを、高い身分の者に聞かせることができないのは。

愈々《いよいよ》上《あ》がれば則《すなわ》ち愈々《いよいよ》聾瞽《ろうこ》なり。其《そ》の壅蔽《ようへい》する者衆《ものおお》ければなり。愈々《いよいよ》下《さ》がれば則《すなわ》ち愈々《いよいよ》聡明《そうめい》なり。其《そ》の見聞《けんぶん》する者真《ものしん》なればなり。故《ゆえ》に見聞《けんぶん》を論《ろん》ずれば、則《すなわ》ち君《きみ》の知《ち》は相《しょう》に如《し》かず、相《しょう》の知《ち》は監司《かんし》に如《し》かず、監司《かんし》の知《ち》は守令《しゅれい》に如《し》かず、守令《しゅれい》の知《ち》は民《たみ》に如《し》かず。壅蔽《ようへい》を論《ろん》ずれば、則《すなわ》ち守令《しゅれい》は監司《かんし》を蔽《おお》い、監司《かんし》は相《しょう》を蔽《おお》い、相《しょう》は君《きみ》を蔽《おお》う。惜《お》しいかな、愈々《いよいよ》下《さ》がるの真情《しんじょう》、愈々《いよいよ》上《あ》がる者《もの》をして之《これ》を聞《き》かしむる能《あた》わざるや。

愈上則愈聾瞽。其壅蔽者衆也。愈下則愈聡明。其見聞者真也。故論二見聞一、則君之知不レ如レ相、相之知不レ如二監司一、監司之知不レ如二守令一、守令之知不レ如レ民。論二壅蔽一、則守令蔽二監司一、監司蔽レ相、相蔽レ君。惜哉、愈下之真情、不レ能レ使二愈上者聞一レ之也。

▽これも意表を突く言葉です。身分が高くなれば、得られる情報は増えるのではないでしょうか。いや、むしろ少なくなる可能性があるのです。それは、周囲の人間が、余計なことは聞かせないようにするからです。都合の良いことだけを聞いていれば、見聞は狭くなるでしょう。地方官を歴任した後、高官として明の朝廷に身を置いた呂新吾が、自身への戒めとして発した言葉です。

真の平等とは

「平」の一字には極めて深い意味がある。そこで、政治が整っている時代では、ただその天下が平らかであると説くのである。ある人が言った。「水は高い低いを問わず、いったん流れ下れば、平らかでないことはない（水平になる）」と。そこで［私は］言った。「それはなにもかもすべてを平らかにしてしまう議論だ。世間のありとあらゆる人々、すべての物、さまざまな出来事、それらには各々の分量（身の程、程度、力量）があり、それぞれ違いがある。ただその分際に安んじて、少しもさからう気持ちがなければ、それがつまり太平なのだ。あなたの説のようなものは、「本来明かな違いのあるはずの」尊卑《そんぴ》・貴賤《きせん》・大小をみな等しいとするもの。これ以上、不平等な議論はない」。

平《へい》の一字《いちじ》は極《きわ》めて意味《いみ》有《あ》り。所以《ゆえ》に至治《しち》の世《よ》は、只《た》だ個《こ》の天下《てんか》平《たい》らかなりと説《と》く。或《ある》ひと言《い》う、「水《みず》は高下《こうげ》無《な》く、一《ひと》たび流注《りゅうちゅう》を経《ふ》れば、平《たい》らかなるを得《え》ざる無《な》し」。曰《いわ》く、「此《こ》れは是《こ》れ一味《いちみ》に平《たい》らかにし了《おわ》る。世間《せけん》の千種《せんしゅ》の人《ひと》、万般《ばんぱん》の物《もの》、百様《ひゃくよう》の事《こと》、各々《おのおの》分量《ぶんりょう》有《あ》り、各々《おのおの》差《さ》等《とう》有《あ》り。只《た》だ各々《おのおの》其《そ》の位《くらい》に安《やす》んじて、一毫《いちごう》の払戻《ふつれい》不安《ふあん》の意《い》無《な》ければ、這《こ》れ便《すなわ》ち是《こ》れ太平《たいへい》なり。君《きみ》の説《せつ》の如《ごと》きは、則《すなわ》ち是《こ》れ尊卑《そんぴ》貴賤《きせん》小

平之一字極有二意味一。所以至治之世、只説二個天下平一。或言、「水無二高下一、一経二流注一、無レ不レ得レ平」。曰、「此是一味平了。世間千種人、万般物、百様事、各有二分量一、各有二差等一。只各安二其位一、而無二一毫払戻不安之意一、這便是太平。如二君説一、則是等二尊卑貴賤小

大《だい》を等《ひと》しとして之《これ》を斉《ひと》しくするなり。平《たい》らかならざること是《こ》れより大《だい》なるは莫《な》し」。　大一而斉レ之矣。不レ平莫レ大二乎是一」。

▽真の平等とは何か、悪意のある差別と本来あるべき差等《さとう》とはどう違うのか、深く考えさせられる一条です。

きざしを憂えた漆器の諫め

漆器《しつき》について諫《いさ》めたのは、舜《しゅん》のためだけに憂えたのではない。後の世で、欲望をきわめる君主がそれにならい、その萌《きざ》しを開いてほしいままにすることを心配したのである。天下の形勢は、無から有が生じ、有から文飾《ぶんしょく》が生じ、文飾から奢侈《しゃし》美麗《びれい》へと進む。奢侈美麗を続ければ必ず国は亡ぶ。漆器の諫めは、その［端緒《たんしょ》である」有を慎んだものである。

漆器《しっき》の諫《かん》は、舜《しゅん》の為《ため》に憂《うれ》うるに非《あら》ざるなり。天下《てんか》後世《こうせい》の欲《よく》を極《きわ》むるの君《きみ》の此《こ》れ自《よ》りして其《そ》の萌《きざし》を開《ひら》かんことを憂《うれ》うるなり。天下《てんか》の勢《せい》は、無《む》なれば必《かなら》ず有《ゆう》なり。有《ゆう》なれば必《かなら》ず文《ぶん》なり。文《ぶん》なれば必《かなら》ず靡麗《びれい》なり。靡麗《びれい》なれば必《かなら》ず亡《ほろ》ぶ。漆器《しっき》の諫《かん》は、其《そ》の有《ゆう》を慎《つつし》むなり。

漆器之諫、非㆓為㆑舜憂㆒也。憂㆔天下後世極㆑欲之君自㆑此而開㆓其萌㆒也。天下之勢、無必有。有必文。文必靡麗。靡麗必亡。漆器之諫、慎㆓其有㆒也。

▽その昔、舜《しゅん》が漆器を作った際、十人もの家臣がそれを諫《いさ》めたという話は、『韓非子《かんぴし》』十過《じっか》篇に記される故事です。

とても有名な話だったらしく、唐の太宗李世民《りせいみん》も、君臣問答の書『貞観政要《じょうがんせいよう》』で取り上げています。太宗は、たかだか漆器のことで、そう大げさに諫めるのはどうかと問いました。これに対して、臣下の褚遂良《ちょすいりょう》（書家としても有名）は、「漸《ぜん》」（兆し）の段階で諫めるのが肝要だと答えます。漆器くらいどうでもいいではないか、という考えは甘く、それではやがて満足できなくなって、漆《うるし》から金《きん》へ、金から玉《ぎょく》へと欲望は肥大していくと考えるのです（『貞観政要』求諫篇《きゅうかん》）。

この『呻吟語』でも、同じように、無から有へ、有から文へ、文から美麗へ、そして滅亡に至ると警告しています。なにごとも、はじめが肝心です。「漆器《しっき》の諫《かん》」として覚えておきたい言葉です。

君主の嗜好が国を亡ぼす

天下の存亡は、ひとえに君主の嗜好《しこう》にかかっている。［昔、魯《ろ》の閔公《びんこう》が鶴《つる》を好み］鶴を車に乗せていたのは、どうして民にへりくだったものと言えようか。それで国を亡ぼすのに十分である。ましてやそれ以上の嗜好についてはなおさらだ。

天下《てんか》の存亡《そんぼう》は、人君《じんくん》の喜好《きこう》に係《かか》る。鶴《つる》、軒《けん》に乗《の》るは、何《なん》ぞ民《たみ》に損《そん》せん。且《か》つ以《もつ》て国《くに》を亡《ほろ》ぼ

天下存亡、係二人君喜好一。鶴乗レ軒、何損二於民一。且足二以

すに足《た》る。而《しか》るを況《いわ》んや此《こ》れより大《だい》なる者《もの》をや。　亡レ国。而況大二於此一者乎。

▽鶴の話は、『春秋左氏伝』閔公《びんこう》二年の条に次のように見えます。

冬十二月《ふゆじゅうにがつ》、狄人《てきひと》、衛《えい》を伐《う》つ。衛《えい》の懿《い》公《こう》、鶴《つる》を好《この》み、鶴《つる》の軒《けん》に乗《の》る者有《ものあ》り。将《まさ》に戦《たたか》わんとするに、国人《こくじん》の甲《こう》を受《う》くる者皆曰《ものみないわ》く、「鶴《つる》を使《つか》え。鶴実《つるじつ》に禄位《ろくい》有《あ》り。余《よ》焉《いずく》んぞ能《よ》く戦《たたか》わん」。

【訳】［閔公二年（前六六〇年）］冬十二月、狄《てき》の人が、衛《えい》を攻めた。衛の懿《い》公《こう》は鶴をいたく愛好し、軒《けん》（大《たい》夫《ふ》の車）に乗せられた鶴もいたほどだった。いよいよ開戦というときになって、甲《よろい》を配られた国人たちはそろって言った。「鶴に戦わせろ。鶴には立派な禄位《ろくい》があるのだから。われらはどうして戦えよう」。

軒（『礼器図』）

衛の殿様は国民に見放され、軍は大敗。結局、衛は亡ぼされてしまいます。君主が鶴を愛好し、その鶴が貴族の車に乗っているようでは、亡国への坂道をみずから転げ落ちて行くようなものです。上に立つ者は、その嗜好もほどほどにしなければなりません。

寛大な政治

「寛簡《かんかん》」の二字は、政治を行う際の根本である。寛でなければ、威令は過酷になる。簡でなければ、法令は煩瑣《はんさ》になる。これ以上はないという厳しい法で、これ以上はないという煩瑣な事を処理していく。これを煩苛《はんか》暴虐《ぼうぎゃく》の政治という。自身を苦しめ、また民を乱すようなやり方を、明王《めいおう》は戒めるのである。

寛簡《かんかん》の二字《にじ》は、政《まつりごと》を為《な》すの大体《だいたい》なり。寛《かん》ならざれば則《すなわ》ち威令《いれい》厳《げん》なり。簡《かん》ならざれば則《すなわ》ち

寛簡二字、為レ政之大体。不レ寛則威令厳。不レ簡則科条密。

科条密《かじょうみつ》なり。至厳《しげん》の法《ほう》を以《もっ》て、至密《しみつ》の事《こと》を縄《ただ》す。是《こ》れを煩苛《はんか》暴虐《ぼうぎゃく》の政《せい》と謂《い》うなり。己《おのれ》を困《くる》しめ民《たみ》を擾《みだ》すは、明王《めいおう》、之《これ》を戒《いまし》む。

以㆓至厳之法㆒、縄㆓至密之事㆒。是謂㆓煩苛暴虐之政㆒也。困㆑己擾㆑民、明王戒㆑之。

▽政治の根本として、寛大と簡略をあげています。政治は、ややもすると過酷になり、煩瑣になって国民を苦しめるのです。その深い思いを、呂新吾は「寛簡」の二字に込めました。

法も大切

申韓《しんかん》（申不害《しんふがい》や韓非子《かんぴし》）［のような法家（刑名家《けいめいか》）のやり方］も、また王道の一つの手段である。聖人はかつて刑名（法治）を廃し、綜核《そうかく》（名実を照合させて明らかにする）の方法をとらなかったことがあろうか。四人の悪人を誅伐したのは、舜《しゅん》の時代の申韓のやり方だ。少正卯《しょうせいぼう》を誅し、侏儒《しゅじゅ》を斬《き》り、三都《さんと》を破壊したのは、孔子の時代の申韓のやり方だ。雷《かみなり》や霆《いかずち》、霜や雪［という厳しい天候について考えてみれば］、天もまた申韓のやり方をとらなかったことはないのである。だから、慈悲深い父も、時にはわが子をむち打ち罵《ののし》ることもあり、自分の愛する筋肉にも、時には[病の治療で]石針を刺すこともあるのだ。

申韓《しんかん》も亦《また》た王道《おうどう》の一体《いったい》なり。聖人《せいじん》は何《なん》ぞ嘗《かつ》て刑名《けいめい》を廃《はい》し、綜核《そうかく》せざらん。四凶《しきょう》の誅《ちゅう》は、舜《しゅん》の申韓《しんかん》なり。少正卯《しょうせいぼう》の誅《ちゅう》、侏儒《しゅじゅ》の斬《ざん》、三都《さんと》の堕《き》は、孔子《こうし》の申韓《しんかん》なり。即《すなわ》ち雷霆霜雪《らいていそうせつ》、天《てん》も亦《ま》た何《なん》ぞ嘗《かつ》て申韓《しんかん》ならざらんや。故《ゆえ》に慈父《じふ》にも梃詬有《ていこうあ》り、愛肉《あいにく》にも針石有《しんせきあ》り。

申韓亦王道之一体。聖人何嘗廃二刑名一、不二綜核一。四凶之誅、舜之申韓也。少正卯之誅、侏儒之斬、三都之堕、孔子之申韓也。即雷霆霜雪、天亦何嘗不二申韓一哉。故慈父有二梃詬一、愛肉有二針石一。

▽秦の始皇帝の酷薄《こくはく》な法治がわずか十五年で破綻し、その次の漢代以降、徳治《とくち》が尊重されました。王の人徳によって天下を治めようとする徳治こそが王道で、法治《ほうち》は覇道《はどう》だと

いうわけです。ただ、法そのものは、完全に否定されたわけではありません。いやむしろ、大帝国を経営するための重要な手段だったのです。ここでも、呂新吾は、観念的に徳治を賞賛するのではなく、法家のやり方も王道の必須の手段だとして認めています。現実的な政治論だと言えましょう。

法家の代表としてあげられているのは、戦国時代の申不害と韓非子。まとめて「申韓」。彼らの思想は、刑名参同術《けいめいさんどうじゅつ》に特徴があったので、「刑名」家とも呼ばれました。刑名参同とは、結果主義・能力主義に基づき、刑（形、結果・実績）と名（名目・名称）とを厳しく照合して行くという施策です。たとえ貴族の名を持っていても、政治・軍事上の功績が乏しければ罰せられるというシステムでした。

こうした過酷な方法を聖人は採用しないというのが通念です。しかし呂新吾は、舜が共工《きょうこう》・驩兜《かんとう》・三苗《さんびょう》・鯀《こん》の四人の悪人を誅伐した（『尚書《しょうしょ》』舜典《しゅんてん》）のは、舜の時代の申韓のやり方だと認めるのです。同様に、孔子が魯《ろ》の宰相補佐をしているとき、政治を乱す少正卯《しょうせいぼう》を誅伐したり、斉《せい》・魯の会合の際、戯《たわむ》れて魯の殿様の前に躍り出た無礼な侏儒《しゅじゅ》（役者）を斬ると言い、魯の定公《ていこう》に、脅威となっている三つの家老の城を取り壊すよう進言したのも、孔子なりの申韓の方法だったと指摘するのです。

人情《にんじょう》―日々の暮らしの心がけ―

人情とはどのようなものか。どのような心がけで人と交わり、日々を過ごしていったら良いのかを説いています。冒頭の「郷里に帰ったときの心がけ」は、ある官僚への忠告として書かれていますが、すべての社会人にあてはまる箴言《しんげん》でしょう。

郷里に帰ったときの心がけ

一人の大官《たいかん》が「引退して」郷里に帰ってきた。門戸《もんこ》は、官職にあった時とはすっかり様子が違っていた（訪れる人もおらずひっそりしていた）。しょんぼりして悲しそうに言った、「世の中の炎涼《えんりょう》（熱い冷たいという移り変わり）はこのざまだ。何と耐《た》えがたいことか」。そこで私は言った、「あなたの心そのものが移り変わりしているのです。世の中の有様だけが間違っているというわけではないのです。平素、淡泊質素《たんぱくしっそ》に暮らすのは、それが我々本来の姿。にぎやかで派手に暮らすのは、それが異常なことなのです。あなたは、富貴《ふうき》に未練を残してそれを当然のこととし、貧賤《ひんせん》を嫌って不幸なめぐり合わせと考えている。こうした心の移り変わりにまさるものがありましょうか。「それを棚に上げて」世情を嘆く暇などないはずです」。

一巨卿《いちきよけい》、家《いえ》に還《かえ》る。門戸《もんこ》、官《かん》と做《な》る時《とき》の如《ごと》くならず。悄然《しょうぜん》として楽《たの》しまずして曰《いわ》く、「世《せ》態《たい》の炎涼《えんりょう》、是《か》くの如《ごと》し。人何《ひとなに》を以《もつ》て堪《た》えん」。余《よ》曰《いわ》く、「君自《きみみずか》ら炎涼《えんりょう》なるなり。独《ひと》り世《せ》態《たい》の過《あやま》ちのみに非《あら》ざるなり。平常淡素《へいじょうたんそ》なるは、是《こ》れ我《わ》が本来《ほんらい》の事《こと》、熱閙紛華《ねつとうふんか》なるは、是《こ》れ我《わ》が儻来《とうらい》の事《こと》。君《きみ》、富貴《ふうき》に留恋《りゅうれん》して以《もつ》て当然《とうぜん》と為《な》

一巨卿還レ家。門戸不レ如ニ做レ官時一。悄然不レ楽曰、「世態炎涼、如レ是。人何以堪一」。余曰、「君自炎涼。非ニ独世態之過一也。平常淡素、是我本来事、熱閙紛華、是我儻来事。君留‐恋富貴一以為ニ当然一、厭‐悪

し、貧賤《ひんせん》を厭悪《えんお》して以《もつ》て遭際《そうさい》と為《な》す。何《なん》の炎《えん》涼《りょう》か之《これ》に如《し》かん。而《しか》して世情《せじょう》を嘆《なげ》くに暇《いとま》あらんや」。

貧賤以為遭際。何炎涼如之。而暇嘆世情哉」。

▽社会の第一線から身を引いたとき、心にとめておきたい言葉です。超高齢化社会を迎えた今日、長き余生をどのような気持ちで過ごすのかは大きな問題でしょう。いつまでも現役時代に未練を残し、愚痴をこぼしながら過ごすのですか、と問いかけています。

自分の方から過ちを認める

二人の人間がたがいに非難し合えば、その家は必ず崩壊する。ただ自分を振りみずからの言葉の誤りを認めれば、それは果てしない効用となろう。二人の人間がたがいに自分が正しいと主張しあえば、必ず反目して罵《ののし》り合うことになる。ただおだやかな言葉遣いで相手の一言を正しいと認めれば、それは無限の喜びとなろう。

両人相非《りようにんあいそし》れば、家《いえ》を破《やぶ》らずんば止《や》まず。只《た》だ頭《あたま》を回《めぐ》らして自家《じか》の一句《いちく》の錯《あやま》りに認《にん》ずれば、便《すなわ》ち是《こ》れ無辺《むへん》の受用《じゆよう》なり。両人自《りようにんみずか》ら是《ぜ》とすれば、反面稽脣《はんめんけいしん》せずんば止《や》まず。只《た》だ温語《おんご》して人《ひと》の一句《いちく》の好《よ》きを称《しよう》すれば、便《すなわ》ち是《こ》れ無限《むげん》の懽忻《かんきん》なり。

両人相非、不レ破レ家不レ止。只回レ頭認二自家一句錯一、便是無辺受用。両人自是、不二反面稽脣一不レ止。只温語称二人一句好一、便是無限懽忻。

▽たがいが自分の非を認めず罵《ののし》り合えば、人間関係は破綻してしまいます。大切なのは、穏やかな言葉遣い。そして自分の非を認めることです。

不幸のないのが何より幸せ

不幸がないということより幸せなことはない。ことさらに幸せを求めようとすることより不幸なことはない。

福《ふく》は禍《わざわい》無《な》きより大《だい》なるは莫《な》し。禍《わざわい》は福《ふく》を求《もと》むるより大《だい》なるは無《な》し。

福莫㆑大㆓於無㆒㆑禍。禍莫㆑大㆓於求㆒㆑福。

▽幸福とは、はるか彼方にあるものでしょうか。呂新吾は、不幸がないということ、それ自体が大いなる幸せだと説いています。幸せかどうかは、心の持ちようなのです。

名を憎んで実を好む

人をたとえる時に顔回《がんかい》のようですねと言えば、喜ばない者はいないが、顔回が貧賤で若死にしたことを忘れているのである。人をたとえて、桀紂盗跖《けつちゅうとうせき》のようですねと言えば、怒らない者はいないが、彼らが富貴で長寿だったことを忘れているのである。善を好み悪を憎むのはこのようにみな同じである。しかし、人として生きていく上では、かえって桀紂盗跖と同じになることもあるのだ。どうして彼らの名を憎んでその実を好むのだろうか。

人《ひと》を称《しょう》するに顔子《がんし》を以《もっ》てすれば、悦《よろこ》ばざる者《もの》無《な》し。其《そ》の貧賤《ひんせん》にして夭《よう》するを忘《わす》る。人《ひと》を称《しょう》するに桀紂盗跖《けつちゆうとうせき》を以《もっ》てすれば、怒《いか》らざる者無《ものな》し。其《そ》の富貴《ふうき》にして寿《じゅ》なるを忘《わす》る。善《ぜん》を好《この》み悪《あく》を悪《にく》むの同《おな》じく然《しか》ること此《か》くの如《ごと》し。而《しか》るに人《ひと》と作《な》るは却《かえっ》て桀紂盗跖《けつちゆうとうせき》と帰《き》を同《おな》じくす。何《なん》ぞ其《そ》の名《な》を悪《にく》みて其《そ》の実《じつ》を好《この》むや。

称レ人以二顔子一、無三不レ悦者一。忘二其貧賤而夭一。称レ人以二桀紂盗跖一、無三不レ怒者一。忘二其富貴而寿一。好レ善悪レ悪之同然如レ此。而作レ人却与二桀紂盗跖一同レ帰。何悪二其名一而好二其実一耶。

▽夏の桀《けつ》王と殷の紂《ちゅう》王は、暴君の代名詞です。そして古代の大泥棒の盗跖《とうせき》。この三人を並べて、世の人々は、彼らの「名」を憎むが、富貴と長寿という「実」を好んでいない

だろうかと問いかけています。

一律の方法をとらない

一人が煉瓦《れんが》を一枚ずつ運ぶと、その足取りは速い。一人が三枚ずつ運ぶと足取りは遅くなる。別の二人が一緒に十枚ずつ輿《こし》で運ぶと、その足取りはさらに遅い。ただ夕方その数を比べると、この四人の運んだ数は、同じである。天下の事についても、それぞれが便利だとする方法に従って事業を成し遂げることができるのであれば、必ずしも一律の方法によらなくてもよい。一律にすると、人情として窮屈に感じるものである。先王は、人が便利だとすることを押さえつけて自分が決めた一つの方法に従わせ、物事に弊害を生ずるようなことはしなかったのである。

一人《ひとり》、一甓《いちへき》を運《はこ》べば、其《そ》の行《い》くこと疾《はや》し。一人《ひとり》、三甓《さんへき》を運《はこ》べば、其《そ》の行《い》くこと遅《おそ》し。又《ま》た二人共《ふたりとも》に十甓《じっぺき》を輿《こし》にすれば、其《そ》の行《い》くこと又《ま》た遅《おそ》し。暮《くれ》に比《いた》りて之《これ》を較《くら》ぶれば、此《こ》の四人《よにん》の者《もの》、其《そ》の数均《かずひと》し。天下《てんか》の事《こと》、苟《いやし》くも其《そ》の便《びん》とする所《ところ》に従《したが》いて、以《もっ》て事《こと》を済《な》すに足《た》れば、必《かなら》ずしも之《これ》を律《りつ》して一《いち》ならしめざるなり。一《いち》なれば則《すなわ》ち人情必《にんじようかなら》ず苦《くる》しむ所《ところ》有《あ》り。先王《せんおう》は人《にん》の便《びん》とする所《ところ》を苦《くる》しめて以《もっ》て吾《われ》の一《いち》に就《つ》かしめ、而《しか》して又《ま》た事《こと》に病《や》ましめず。

一人運二一甓一、其行疾。一人運二三甓一、其行遅。又二人共輿二十甓一、其行又遅。比レ暮而較レ之、此四人者其数均。天下之事、苟従二其所一レ便、而足二以済レ事、不二必律レ之使レ一也。一則人情必有レ所レ苦。先王不下苦二人所レ便、以就二吾之一一、而又病中於事上。

▽煉瓦運びの比喩により、一律の方法をとる必要はないと説いています。一律のやり方を押しつけると、人情として窮屈に感じるというのは、呂新吾の率直な思いでしょう。

物理《ぶつり》―万事万物の理―

物の理について説きます。漢代以降、しばしば現れたとされる祥瑞《しょうずい》について合理的な意見を述べるほか、中国の膨大な書物を九つに分けた上で、悪書を排除することが必要だと主張しています。

真の祥瑞とは

国家を保有する者は、真の祥瑞《しょうずい》について知っておかなければならない。真の祥瑞とは、祥瑞をもたらす根本のことである。民が安らかで物が豊か。世界中が清くおさまり、和気《わき》がたちのぼって、祥瑞が生ずる。これが最上の治世のあかし。最上の治世が実現すると、その応徴《おうちょう》として現れたものである。しかし、もし祥瑞がなくても、どうして最上の治世であることを妨げようか。もし乱世に祥瑞が生じたならば、その祥瑞［と思われたもの］は単なる災異《さいい》なのである。したがって、災祥に決まった名前はないが、治乱には定まった形があるのである。庭に桑《くわ》と穀《こうぞ》が生えてくるのは、必ずしも妖《よう》のきざしではない。御殿に玉芝《ぎょくし》（まんねんたけ）が生えてくるのは、必ずしも瑞兆《ずいちょう》ではない。よって、聖君は災異を恐れず、祥瑞を喜ばず、自分が修めた道を尽くすだけである。そうでなければ、どうして後世の祥瑞を得たという君主が、二帝三王《にていさんおう》の上に出ることがあろうか。

国家《こっか》を有《たも》つ者《もの》は、真正《しんせい》の祥瑞《しょうずい》を知《し》るを要《よう》す。真正《しんせい》の祥瑞《しょうずい》とは、祥瑞《しょうずい》を致《いた》すの根本《こんぽん》なり。民《たみ》安《やす》く物阜《ものおお》く、四海清寧《しかいせいねい》、和気《わき》薫蒸《くんじょう》して、祥瑞《しょうずい》生《しょう》ず。此《こ》れ至治《しち》の符《ふ》なり。至治《しち》已《すで》に成《な》りて、応徴《おうちょう》乃《すなわ》ち見《あら》わるる者《もの》なり。即《も》し祥瑞《しょうずい》無《な》くと

有二国家一者、要レ知二真正祥瑞一。真正祥瑞者、致二祥瑞一之根本也。民安物阜、四海清寧、和気薫蒸、而祥瑞生焉。此至治之符也。至治已成、而応徴

も、何《なん》ぞ其《そ》の至治《しち》為《た》るを害《がい》せんや。若《も》し世《よ》乱《みだ》れて祥瑞《しょうずい》生《しょう》ずれば、則《すなわ》ち祥瑞《しょうずい》は乃《すなわ》ち災異《さいい》なるのみ。是《こ》の故《ゆえ》に災祥《さいしょう》は定名《ていめい》無《な》く、治乱《ちらん》は定象《ていしょう》有《あ》り。庭《にわ》に桑穀《そうこく》を生《しょう》ずるは、未《いま》だ必《かなら》ずしも妖《よう》と為《な》さず、殿《でん》に玉芝《ぎょくし》を生《しょう》ずるは、未《いま》だ必《かなら》ずしも瑞《ずい》と為《な》さず。是《こ》の故《ゆえ》に聖君《せいくん》は災異《さいい》を懼《おそ》れず、祥瑞《しょうずい》を喜《よろこ》ばず、吾《わ》が自《みずか》ら修《おさ》むるの道《みち》を尽《つ》くすのみ。然《しか》らずんば豈《あ》に後世《こうせい》の祥瑞《しょうずい》の主《しゅ》、二帝《にてい》三王《さんおう》の上《うえ》に出《い》でんや。

乃見者也。即無二祥瑞一、何害三其為二至治一哉。若世乱而祥瑞生焉、則祥瑞乃災異耳。是故災祥無二定名一、治乱有二定象一。庭生二桑穀一、未二必為レ妖。殿生二玉芝一、未二必為レ瑞。是故聖君不レ懼二災異一、不レ喜二祥瑞一、尽二吾自修之道一而已。不レ然豈後世祥瑞之主、出二二帝三王上一哉。

▽漢代に流行した神秘思想を「讖緯《しんい》」説と言います。讖は未来のことを記した予言の書。緯は神秘的なことを記した書物。不思議な現象が、吉兆だ凶兆だと吹聴《ふいちょう》され、時には政権に大きな影響を与えました。しかし、呂新吾は冷静です。さまざまな現象に一喜一憂

するのではなく、自身の道を修めることが最も大切だと説くのです。

「桑穀」は、『尚書』咸有一徳《かんゆういっとく》に、「亳《はく》に祥有《しょうあ》り。桑《そう》・穀共《こくとも》に朝《ちょう》に生《しょう》ず」と見えます。殷《いん》の都の亳《はく》で不思議な現象がおこりました。その政道が衰えて第九代王太戊《たいぼ》が立ったとき、桑と穀《こうぞ》とがからみあって朝廷の庭に生えてきて、その日の夕方には、両手でかかえるほどの大きさになったというのです。本来生えるべきではない場所に、異様な速さで怪木が生えてきたわけで、これは不吉なきざしです。しかし、太戊は、「妖は徳に勝てないから、徳を修めることが大切です」という宰相伊陟《いちょく》の言に従い、身を慎んで徳を養ったところ、その怪木は枯れ、ふたたび殷が栄えたという故事です。

身勝手な理屈

釘《くぎ》を打ち込む際には、堅くしっかり入っているかを心配し、それを抜く段になると、なかなか抜けないのではないかと心配する。錠前《じょうまえ》をかけて閉める時には、厳重にかかったかを心配し、それを開く段になると、容易に開かないのではないかと心配する。

釘《くぎ》を入《い》るるには惟《た》だ其《そ》の堅《かた》からざらんことを恐《おそ》れ、釘《くぎ》を抜《ぬ》くには惟《た》だ其《そ》の出《い》でざらんことを恐《おそ》る。鎖《くさり》を下《くだ》すには惟《た》だ其《そ》の厳《げん》ならざらんことを恐《おそ》れ、鎖《くさり》を開《ひら》くには惟《た》だ其《そ》の易《やす》からざらんことを恐《おそ》る。

入㆑釘惟恐㆓其不㆒㆑堅、抜㆑釘惟恐㆓其不㆒㆑出。下㆑鎖惟恐㆓其不㆒㆑厳、開㆑鎖惟恐㆓其不㆒㆑易。

▽釘と錠前の比喩により、人間のまったく身勝手な理屈を指摘しています。呂新吾に言わせれば、こうした人情も、また物の理なのでした。

氾濫する書籍の選別

古今の書籍は、今日ほど氾濫しているものはない。これらを総括すると九種になる。全書、要書《ようしよ》、贅書《ぜいしよ》、経世《けいせい》の書、人を益する書、無用の書、道を病《や》ます書、雑《ざつ》道《どう》の書、俗を敗《やぶ》る書である。十三経註疏《じゆうさんけいちゆうそ》や二十一史《にじゆういちし》は、全書（完全な書）という。その要領を選び取り、またはその滋味深くすぐれている所に類したもの、たとえば、四書六経《ししよりくけい》の集註《しつちゆう》や『資治通鑑《しじつがん》』のようなものは、要書（要点をとった書）という。時世の務めに応じ、時機にぴったりと当たり、それを用いると物は豊かになり民は安らかになり、功績があがり事業が成就するもの。それを経世の書という。言は理に近いが、奇妙な言葉を拾い集めただけで、経書・史書の補佐とするには足らないもの。それを贅書（余計な書）という。医学・技術・農業・卜筮《ぼくぜい》、養生防《ようせいぼう》患《かん》（生を養い病気を防ぐ書）、勧善懲悪《かんぜんちようあく》（善を勧めて悪を懲らしめる書）は、人に有益な書という。天下国家には無関係で、身心性命にも益がなく、語は心に根ざさず、言はみな世に応じていながら、当世の務めの妨げになるようなもの。それを無用の書といい、贅書にも及ばない。仏教や道家の書は、道を病《や》ます書という。世情に疎《うと》い儒者の陳腐な説、智恵をひけらかす人のかたよった言葉。それを雑道の書という。淫らでよこしま、巧妙なからくりの誇大な言葉。それを俗を壊す書という。世の道を行う責任者は、毅然として選別し、悪書を排除しなければ、世の教えや人の心の害となること甚大である。

古今《ここん》の載籍《さいせき》、今日《こんにち》より濫《らん》なるは莫《な》し。之《これ》を括《かつ》するに九有《きゅうあ》り。全書有《ぜんしょあ》り、要書有《ようしょあ》り、贅書有《ぜいしょあ》り、経世《けいせい》の書有《しょあ》り、人《ひと》を益《えき》するの書有《しょあ》り、無《む》用《よう》の書有《しょあ》り、道《みち》を病《や》ますの書有《しょあ》り、雑道《ざつどう》の書《しょ》有《あ》り、俗《ぞく》を敗《やぶ》るの書有《しょあ》り。十三経註疏《じゅうさんけいちゅうそ》・二十《にじゅう》一史《いちし》、此《こ》れを全書《ぜんしょ》と謂《い》う。或《あ》るいは其《そ》の要領《ようりょう》を撮《と》り、或《あ》るいは其《そ》の雋腴《しゅんゆ》を類《るい》すること、四書六《ししょりく》経《けい》の集註《しっちゅう》、通鑑《つがん》の類《るい》の如《ごと》き、此《こ》れを要書《ようしょ》と謂《い》う。時務《じむ》に当《あ》たり、機宜《きぎ》に中《あた》り、之《これ》を用《もち》いて物阜《ものゆた》かに民安《たみやす》く、功成《こうな》り事済《ことな》る。此《こ》れを経世《けいせい》

古今載籍、莫レ濫二於今日一。括レ之有レ九。有二全書一、有二要書一、有二贅書一、有二経世之書一、有二益レ人之書一、有二無用之書一、有二病レ道之書一、有二雑道之書一、有二敗レ俗之書一。十三経註疏・二十一史、此謂二全書一。或撮二其要領一、或類二其雋腴一、如二四書六経集註・通鑑之類一、此謂二要書一。当二時務一、中二機宜一、用レ

の書《しょ》と謂《い》う。言《げん》は理《り》に近《ちか》しと雖《いえど》も、陳言《ちんげん》を掇《てつ》拾《しゅう》し、以《もっ》て経史《けいし》を羽翼《うよく》するに足《た》らず。是《こ》れを贅書《ぜいしょ》と謂《い》う。医技農卜《いぎのうぼく》、養生防患《ようせいぼうかん》、勧善懲悪《かんぜんちょうあく》、是《こ》れを人《ひと》に益《えき》するの書《しょ》と謂《い》う。天下《てんか》国家《こっか》に関《かん》する無《な》く、身心性命《しんしんせいめい》に益《えき》する無《な》く、語《ご》は心《こころ》に根《ね》ざさず、言《げん》は皆世《みなよ》に応《おう》ずるも、当世《とうせい》の務《つと》めを妨《さまた》ぐ。是《こ》れを無用《むよう》の書《しょ》と謂《い》い、又《ま》た贅《ぜい》に如《し》かず。仏老荘列《ぶつろうそうれつ》、是《こ》れを道《みち》を病《や》ますの書《しょ》と謂《い》う。迂儒《うじゅ》の腐説《ふせつ》、賢智《けんち》の偏言《へんげん》、是《こ》れを雑道《ざつどう》の書《しょ》と謂《い》う。淫邪《いんじゃ》の幻誕《げんたん》、機械《きかい》の夸張《こちょう》、是《こ》れを俗《ぞく》を敗《やぶ》るの書《しょ》と謂《い》う。世道《せどう》の責《せき》有《あ》る者《もの》、毅然《きぜん》として沙汰《さた》して之《これ》を芟鋤《さんじょ》せずんば、其《そ》の世教《せきょう》人心《じんしん》の害《がい》を為《な》すや小《しょう》ならず。

之而物阜民安、功成事済。此謂㆓経世之書㆒。言雖㆑近㆑理、而掇㆓拾陳言㆒、不㆑足㆔以羽㆓翼経史㆒。是謂㆓贅書㆒。医技農卜、養生防患、勧善懲悪、是謂㆓益㆑人之書㆒。無㆑関㆓於天下国家㆒、無㆑益㆓於身心性命㆒、語不㆑根㆑心、言皆応㆑世、而妨㆓当世之務㆒。是謂㆓無用之書㆒、又不㆑如㆑贅。仏老荘列、是謂㆓病㆑道之書㆒。迂儒腐説、賢智偏言、是謂㆓雑道之書㆒。淫邪幻誕、機械夸張、是謂㆓敗㆑俗之書一。有二世道之責一者、不三毅然沙汰而芟二鋤之一、其為二世教人心之害一也不レ小。

▽中国は早熟な文字文化の国。その書籍も膨大な数にのぼります。呂新吾は、それらを九種に分け、責任ある地位にいる者は、書籍を選別し、悪書を排除することが大切だと指摘しています。

　ここで高く評価されている書籍を、簡単に紹介しておきましょう。

・十三経註疏……中国の最も重要な経書十三部について、その最も権威ある注釈（注・伝・解・箋）と疏（注の注）を集めたもの。原文の「註」は「注」に同じ。内訳は次の通り。

周易《しゅうえき》注疏……晋・韓康伯《かんこうはく》、魏・王弼《おうひつ》注、唐・孔穎達《くようだつ》疏。

尚書《しょうしょ》注疏……漢・孔安国《こうあんこく》伝、唐・孔穎達疏。

毛詩《もうし》注疏……漢・毛亨《もうこう》伝、漢・鄭玄《じょうげん》箋、唐・孔穎達疏。

周礼《しゅらい》注疏……漢・鄭玄注、唐・賈公彦《かこうげん》疏。
儀礼《ぎらい》注疏……漢・鄭玄注、唐・賈公彦疏。
礼記《らいき》注疏……漢・鄭玄注、唐・孔穎達疏。
春秋左氏伝《しゅんじゅうさしでん》注疏……晋・杜預《どよ》注、唐・孔穎達疏。
春秋公羊伝《くようでん》注疏……漢・何休《かきゅう》注、唐・徐彦《じょげん》疏。
春秋穀梁伝《こくりょうでん》注疏……晋・范寧《はんねい》集解、唐・楊子《ようし》勛《くん》疏。
孝経《こうきょう》注疏……唐・玄宗御注《げんそうぎょちゅう》（唐の皇帝玄宗の注）、宋・邢昺《けいへい》疏。
論語注疏……魏・何晏集解、宋・邢昺疏。
爾雅《じが》注疏……晋・郭璞《かくはく》注、宋・邢昺疏。
孟子注疏……漢・趙岐《ちょうき》注、宋・孫奭《そんせき》疏。

・二十一史……中国の歴代の正史。内訳は、『史記』『漢書』『後漢書』『三国志』『晋書』『宋書』『南斉書』『梁書』『陳書』『魏書』『北斉書』『周書』『隋書』『南史』『北史』『新唐書』『新五代史』『宋史』『遼史』『金史』『元史』。なお、これに『旧唐書』『旧五代史』『明史』を加え、清の乾隆帝《けんりゅうてい》（在位一七三五～九五）の時に勅命《ちょくめい》によって決定されたものが、「二十四史《にじゅうしし》」と呼ばれ、中国正史の総称となっている。

・四書六経の集註《しっちゅう》……南宋の朱熹《しゅき》が、宋代の儒家の意見も取り入れながら、経書に付けた新たな注。『大学』『中庸』『論語』『孟子』を特に「四書」として高く評価し、それらをまとめて『四書集注』として刊行した。また、五経に関する朱熹の注としては、『周《しゅう》易本義《えきほんぎ》』『詩集伝《ししゅうでん》』などがある。

・資治通鑑《しじつがん》……北宋の政治家・学者である司馬光《しばこう》（一〇一九～八六）が編纂した歴史書。一〇八四年成立。全二九四巻。それまでの正史が断代史《だんだいし》（特定の時代を区切って記す）・紀伝体《きでんたい》（人物の伝記ごとに記す）であったのに対して、戦国時代から五代末までの歴史を通史・編年体《へんねんたい》（歴史の時代順）で記す。

士大夫の座右の銘

働かずして飯を食うのは、雀《すずめ》や鼠《ねずみ》である。被害をまき散らして飯を食うのは、虎や狼《おおかみ》である。士大夫たる者は、これを座右の銘として書いておけ。

功無《こうな》くして食《くら》うは、雀鼠《じやくそこ》是れのみ。害《がい》を肆《ほしいまま》にして食《くら》うは、虎狼《ころう》是れのみ。士大夫《したいふ》、諸《これ》を座右《ざゆう》に図《ず》すべし。

無レ功而食、雀鼠是已。肆レ害而食、虎狼是已。士大夫可レ図二諸座右一。

▽なかなか手厳しい指摘です。架空の話をしているのではなく、呂新吾のごく身近にこういう輩《やから》が多くいたのでしょう。実は、同じ明末の処世訓『菜根譚』も、無駄飯食いの官僚を「衣冠《いかん》の盗《とう》」と表現していました（前集五六条）。

広喩《こうゆ》―比喩で表す真実―

さまざまなことがらを比喩によって表現する篇です。呂新吾の巧みな比喩が集中的に見られます。剣と筆、病人の赤ら顔、羽毛、歯、弓など、意外性に富んだ表現が続き、呂新吾の文才をうかがうことができるでしょう。

剣と筆の有用と無用

剣は長さ三尺であるが、その用をなすのは、ひとすじの鋭利な刃《やいば》の部分。筆は長さ三寸であるが、その用をなすのは、末端の細い穂先の部分。それ以外は、みな用をなさない余り物である。しかしながら、もし剣と筆とを、その鋭利な部分、先端の部分だけで作ろうとすれば、［剣として、また筆として］用を発揮することはできないだろう。そこで分かるのである。無用のものは有用の資（もとで）であり、有用のものは無用のおかげであることを。［料理の達人として知られる］易牙《えきが》は爨子《さんし》（炊事《すいじ》担当の人）がいなければできず、［剣を鋳《い》る名人の］欧冶《おうや》は砧手《ちんしゅ》（鋳造《ちゅうぞう》の補佐役）がいなければできず、［すぐれた技術者だった］工輸《こうしゅ》（公輸班《こうしゅはん》）は鑽厮《さんし》（トンネル工事の労働者）がいなければ才能を発揮できなかっただろう。かりそめにもなくすことができないのであれば、それは有用のものと同等なのである。それをどうして余計なものとおとしめることができようか。

剣《けん》は長《なが》さ三尺《さんじやく》、用《よう》は一糸《いつし》の銛刃《せんじん》に在《あ》り。筆《ふで》は長《なが》さ三寸《さんずん》、用《よう》は一端《いったん》の鋭毫《えいごう》に在《あ》り。其《そ》の余《よ》は皆無用《みなむよう》の羨物《せんぶつ》なり。然《しか》りと雖《いえど》も、剣《けん》と筆《ふで》とをして但《た》だ其《そ》の銛《せん》なる者鋭《ものえい》なる者《もの》のみ有《あ》らしめば、則《すなわ》ち其《そ》の用施《ようほどこ》すべからず。則《すなわ》ち知《し》る、無《む》

剣長三尺、用在㆓一糸之銛刃㆒。筆長三寸、用在㆓一端之鋭毫㆒。其余皆無用之羨物也。雖㆑然、使㆔剣与㆑筆但有㆓其銛者鋭者㆒焉、則其用不㆑可㆑施。則知、

用《よう》なる者《もの》は有用《ゆうよう》の資《し》、有用《ゆうよう》なる者《もの》は無用《むよう》の施《し》なるを。易牙《えきが》は爨子《さんし》無《な》き能《あた》わず、欧冶《おうや》は砧手《ちんしゅ》無《な》き能《あた》わず、工輸《こうしゅ》は鑽厮《さんし》無《な》き能《あた》わず。苟《いやし》くも無《な》き能《あた》わざれば、則《すなわ》ち有用《ゆうよう》なる者《もの》と等《ひと》しきなり。之《これ》を若何《いかん》ぞ以《もっ》て相病《あいや》ますべけんや。

無用者有用之資、有用者無用之施。易牙不レ能レ無二爨子一、欧冶不レ能レ無二砧手一、工輸不レ能レ無二鑽厮一。苟不レ能レ無、則与二有用者一等也。若レ之何而可二以相病一也。

▽ここで取り上げられる三人の名人は、いずれも春秋時代の人。易牙は、斉《せい》の桓公《かんこう》に仕えた名料理人。欧冶は越《えつ》の刀工。隣国の呉《ご》の干将《かんしょう》と並び称されました。工輸《こうしゅ》（公輸班《こうしゅはん》）は、魯の技術者・発明家。雲梯《うんてい》という城攻めの兵器を造り、かたや墨子《ぼくし》がこれを堅く守ったとされます（『墨子』公輸篇）。ここから、攻守ともにその力を尽くすことを「輸攻《しゅこう》墨守《ぼくしゅ》」と言うようになりました。

病人の頬が赤いのは

およそ病人の顔が赤土のように赤黒く、髪が油のように潤《うるお》っているのは、治癒しがたい。それは、〔病人が〕体中の元気《げんき》血脈《けつみやく》を顔・頭に集めているからだ。ああ〔国政も同じ〕、君主だけが富み、天下が貧しいという状況は、恐るべきことだ。

凡《およ》そ病人《びょうにん》、面《めん》紅《くれない》にして赭《しゃ》の如《ごと》く、髪潤《かみうるお》いて油《あぶら》の如《ごと》き者《もの》は、治《ち》せず。蓋《けだ》し一身《いっしん》の元気《げんき》血《けつ》脈《みゃく》を萃《あつ》めて、面目《めんもく》の上《うえ》に尽《つ》くせばなり。嗚呼《ああ》、人君富《じんくんと》み、四海貧《しかいまず》しきは、以《もっ》て懼《おそ》るべし。

凡病人、面紅如レ赭、髪潤如レ油者、不レ治。蓋萃二一身之元気血脈一、尽二於面目之上一也。嗚呼、人君富、四海貧、可二以懼一矣。

▽先に紹介した治道篇の一節（219頁参照）が思い起こされる条です。君主一人だけが楽しんでいるというのは、すでに亡国のきざしなのです。

呂新吾は、万暦二十五年（一五九七）、六十二歳のとき、国政を憂えて上奏文をしたためました。そこに、当時の問題点を三つ指摘しています。国民の貧困、財政の悪化、国防体制の粗略。皇帝一人が楽しんで、人心が離れつつあることを訴えたのです。

きざしに留意する

天下の形勢は、［さまざまな原因が］積み重なって次第にできあがっていくものだ。一本の毛筋《けすじ》ほどのことをもゆるがせにしてはならない。車に積んだ羽毛が車軸《しゃじく》を折るまでになるのは、羽毛をたくさん積んだことによるのである。また、寒さの兆しとなる夜露をゆるがせにしてはならない。いつの間にか硬い氷となるのは、徐々に時間が経つことによるのである。昔から、天下国家や身が滅亡するのは、「積漸《せきぜん》」の二字にすぎない（小さな原因が積み重なって次第に滅亡の道をたどるのだ）。ものごとが積み重なるそのかすかな兆し、次第に起こってくるその初めについては、肝を冷やすほどに注意しなければならないのである。

天下《てんか》の勢《せい》は、積漸《せきぜん》、之《これ》を成《な》すなり。一毫《いちごう》を忽《ゆるが》せにする無《な》かれ。輿《よ》羽《う》、軸《じく》を折《お》るは、積《つ》めばなり。寒露《かんろ》を忽《ゆるが》せにする無《な》かれ。尋《つ》いで堅《けん》氷《ぴょう》に至《いた》るは、漸《ぜん》なればなり。古《いにしえ》より、天下国《てんかこっ》家身《かみ》の敗亡《はいぼう》するは、積漸《せきぜん》の二字《にじ》を出《い》でず。積《せき》の微《び》、漸《ぜん》の始《はじ》めは、為《ため》に寒心《かんしん》すべきかな。

天下之勢、積漸成レ之也。無レ忽ニ一毫一。輿羽折レ軸者、積也。無レ忽ニ寒露一。尋至ニ堅氷一者、漸也。自レ古、天下国家身之敗亡、不レ出ニ積漸二字一。積之微、漸之始、可ニ為寒心一哉。

▽これも、先の「漆器の諫」（237頁参照）が思い起こされる一条です。きざしの大切さを、羽毛や夜露の比喩で表しています。

隙間なく並ぶ歯

歯が隙間なく並び、互いに接近しているのを不自然に思わないのは、もとからそのように生えているからである。歯が抜け落ちて入れ歯をすると、何か物がはさまったような感じになる。そもそも、もとから有るものは、付け足してもいけないし、削り取ってもいけないのである。

歯《は》の密比《みつひ》して、相逼《あいせま》るを嫌《いと》わざるは、固《もと》より有《あ》るが故《ゆえ》なり。落《お》ちて之《これ》を補《おぎな》えば、則《すなわ》ち物有《ものあ》るを覚《おぼ》ゆ。夫《そ》れ惟《こ》れ固《もと》より有《あ》る者《もの》は、多《おお》くし得《え》ず、少《すく》なくし得《え》ず。

歯之密比、不レ嫌二于相逼一、固有故也。落而補レ之、則覚レ有レ物矣。夫惟固有者、多不レ得、少不レ得。

▽呂新吾は、老年になって、何本か歯を失ったのでしょうか。妙に生々しく、また説得力のある表現です。

すべては自分の責任

弓を射て的に当たらないのは「己《おのれ》のせいであり」、弓に罪はなく、矢に罪はなく、鵠《こく》（的）にも罪はない。書が巧みでないのは「己のせいであり」、筆に罪はなく、墨に罪はなく、紙にも罪はない。

射《しゃ》の中《あた》らざるや、弓《ゆみ》には罪無《つみな》く、矢《や》には罪無《つみな》く、鵠《こく》には罪無《つみな》し。書《しょ》の工《たくみ》ならざるや、筆《ふで》には罪無《つみな》く、墨《すみ》には罪無《つみな》く、紙《かみ》には罪無《つみな》し。

射之不レ中也、弓無レ罪、矢無レ罪、鵠無レ罪。書之弗レ工也、筆無レ罪、墨無レ罪、紙無レ罪。

▽失敗したときに八つ当たりする人がいます。すべては自分のせいだということを自覚しましょう。弓の比喩は、すでに孟子も使っていました。「仁者《じんしゃ》は射《しゃ》の如《ごと》し」（『孟子』公孫丑《こうそんちゅう》上篇）と。仁の人の態度というのは、弓の競技と同じ。命中しなくても、自分に勝った相手を憎むことなく、己《おのれ》に欠点はなかったかと反省してみるという意味です。

心を虚にする

鏡は空《くう》であって、それ自身は姿を持たない。だから物をうつし出すことは、少しの間違いもないのだ。もし［鏡の表面に］一本の糸くずがついていれば、人を照らすときに、その顔面に一本の糸くずがうつる。もし一点の傷があれば、人を照らすときに、その顔面に一点の傷がうつる。このような間違いは、人の顔面にあるのではない（鏡の側の間違いがそのままうつってしまうのだ）。人の心の本体が空虚でなくて事物に対応すれば、このようになる。だから禅宗では常に、あるものすべてを空とせよと教えるのである。そしてわが儒教でも、喜怒哀楽のまだ発しない中《ちゅう》の境地、それが発動して節度に中《あた》るのを和《わ》とする説があるのだ。

鏡《かがみ》は空《くう》にして我相《がそうな》無し。故《ゆえ》に物《もの》を照《て》らすこと分毫《ふんごう》を爽《たが》えず。若《も》し一糸《いっし》の痕有《あとあ》れば、人《ひと》を照《て》

鏡空而無二我相一。故照レ物不レ爽二分毫一。若有二一糸痕一、照レ

らすとき面上《めんじょう》に便《すなわ》ち一糸《いっし》有《あ》り。若《も》し一点《いってん》の瘢《きず》有《あ》れば、人《ひと》を照《て》らすとき面上《めんじょう》に便《すなわ》ち一点《いってん》有《あ》り。差《たがい》は人《ひと》の面《めん》に在《あ》らざるなり。心体虚《しんたいきょ》ならずして物《もの》に応《おう》ずるも亦《ま》た然《しか》り。故《ゆえ》に禅家《ぜんか》は嘗《つね》に人《ひと》に諸有《しょゆう》を空《くう》ずるを教《おし》う。而《しか》して吾《わ》が儒《じゅ》は惟《こ》れ喜怒哀楽未《きどあいらくいま》だ発《はっ》せざるの中有《ちゅうあ》り、故《ゆえ》に発《はっ》して節《せつ》に中《あた》るの和《わ》有《あ》り。

人面上便有二一糸一。若有二一点瘢一、照レ人面上便有二一点一。差不レ在二人面一也。心体不レ虚而応レ物亦然。故禅家嘗教三人空二諸有一。而吾儒惟有二喜怒哀楽未レ発之中一、故有二発而中レ節之和一。

▽『呻吟語』に何度か出てくる鏡の比喩です。ここでも、鏡が虚無であるからこそ真実を映し出すと言っています。禅宗の「空」の境地も肯定的に引かれています。ただ、呂新吾は、やはり儒教の徒。最後は、「吾が儒」の立場を表明しました。「未だ発せざるの中」「発して節に中るの和」は、『中庸』の言葉です。

一念の大切さ

左手で円を描きつつ、右手で四角を描くことはできるだろう。［しかし］鼻の左で良い香りをかぎつつ、右で悪臭を受け、左の耳で弦楽器の音を聞きつつ、右で管楽器の音を聞き、左の目で東を見つつ、右で西を見る、ということはできないだろう。二つのものですら分けることはできないのである。ましてや一つの心に雑多な物をまじえることはできないのである。

左手《ひだりて》に円《えん》を画《えが》き、右手《みぎて》に方《ほう》を画《えが》くは、是《こ》れ能《よ》くすべきなり。鼻《はな》は左《ひだり》に香《こう》を受《う》け、右《みぎ》に悪《あく》を受《う》け、耳《みみ》は左《ひだり》に糸《いと》を聴《き》き、右《みぎ》に竹《たけ》を聴《き》き、目《め》は左《ひだり》に東《ひがし》を視《み》、右《みぎ》に西《にし》を視《み》るは、是《こ》れ能《よ》くすべからざるなり。二体《にたい》すら且《か》つ分《わ》かち難《がた》し。

左手画レ円、右手画レ方、是可レ能也。鼻左受レ香、右受レ悪、耳左聴レ糸、右聴レ竹、目左視レ東、右視レ西、是不レ可レ能也。二体且難レ分。況一念

━況《いわ》んや一念《いちねん》にして雑《ざつ》なるべけんや。　　而可レ雑乎。

▽同時に二つのことはできません。それを鼻・耳・目のたとえで表しています。最初にあげられた「左手で円を描きつつ、右手で四角を描く」を、呂新吾は一応できると言っていますが、これも至難の業ではないでしょうか。ともかく雑多な物事が心の中にまざっていては、冷静な判断はできないでしょう。

民の心情を理解する

口が塞《ふさ》がると鼻息が盛んになる。鼻が塞がると口の息が盛んになる。鼻と口がともに塞がると、胸や腹がふくれて悶絶《もんぜつ》し、死んでしまう。治水工事にあたる者は、このことをよく知っておくべきだ。だから、水の力を大きくして勢いが急になるようにしたければ、その支流をふさぐ（本流だけに水が集中するようにする）のだ。水の力を弱くして勢いがそがれるようにしたければ、その支流を増やすのだ。水を貯めて利用したければ、その急流をせき止めるのだ。天下を治める場合、民の心情に留意しなければならないのは、ちょうどこのようである。

口塞《くちふさ》がれば鼻気盛《びきさか》んなり。鼻塞《はなふさ》がれば口気盛《こうきさか》んなり。鼻口倶《びこうとも》に塞《ふさ》がれば、脹悶《ちょうもん》して死《し》す。河《かわ》を治《おさ》むる者《もの》は、知《し》らざるべからざるなり。故《ゆえ》に其《そ》の力大《ちからだい》にして勢急《せいきゅう》ならんことを欲《ほっ》すれば、則《すなわ》ち其《そ》の旁流《ぼうりゅう》を塞《ふさ》ぐ。其《そ》の力微《ちからび》にして勢《せい》殺《そ》がれんことを欲《ほっ》すれば、則《すなわ》ち其《そ》の支派《しは》を多《おお》くす。其《そ》の蓄積《ちくせき》して用有《ようあ》らんことを欲《ほっ》すれば、則《すなわ》ち其《そ》の急流《きゅうりゅう》を節《せっ》す。天下《てんか》を治《おさ》むるの民情《みんじょう》に於《お》けるや亦《ま》た然《しか》り。

口塞而鼻気盛。鼻塞而口気盛。鼻口倶塞、脹悶而死。治レ河者不レ可レ不レ知也。故欲二其力大而勢急一、則塞二其旁流一。欲二其力微而勢殺一也、則多二其支派一。欲二其蓄積而有レ用也、則節二其急流一。治二天下一之於二民情一也亦然。

▽これも口と鼻のたとえです。それを政治の緩急に使う点が見事です。

なお、治水工事は、中国歴代王朝にとって最重要の課題の一つでした。伝説時代の話ではありますが、その昔、夏《か》王朝を開いた禹《う》が舜《しゅん》から禅譲《ぜんじょう》された（王位を譲られた）のは、禹が黄河の治水工事に成功したからだとされています。司馬遷も、『史記』の中に、特に河渠書《かきょしょ》という一篇を設けて、治水の歴史とその重要性を説いています。

器量に応じて人を使う

駝《だ》（らくだ）は百鈞《きん》もの荷物を背負い、蟻《あり》はわずか一粒を背負い、「重さには大きな差があるが」それぞれの力を尽くしている。象《ぞう》は数石もの水を飲み、鼷《けい》（小さなねずみ）はわずか一勺《しゃく》の水を飲み、「量には大きな差があるが」それぞれの適量を充たしている。君子が人を使うには、その功績が同様であることを求めない。それぞれの長所を尽くすようにさせるだけだ。

駝《だ》は百鈞《ひゃくきん》を負《お》い、蟻《あり》は一粒《ひとつぶ》を負《お》い、各々其《おのおのそ》の力《ちから》を尽《つ》くすなり。象《ぞう》は数石《すうせき》を飲《の》み、鼷《けい》は一《いち》勺《しゃく》を飲《の》む。各々其《おのおのそ》の量《りょう》を充《み》たすなり。君子《くんし》の人《ひと》を用《もち》うるは、其《そ》の効《こう》の同《おな》じきを必《ひつ》とせず。各々長《おのおのちょう》ずる所《ところ》を尽《つ》くすのみ。

駝負㆓百鈞㆒、蟻負㆓一粒㆒、各尽㆓其力㆒也。象飲㆓数石㆒、鼷飲㆓一勺㆒、各充㆓其量㆒也。君子之用㆑人、不㆑必㆓其効之同㆒。各尽㆑所㆑長而已。

▽人を使う際の心得については、すでに孔子も言っていました。『論語』子路篇に「(君子は)人を使うに及んでは、之《これ》を器《うつわ》にす」と。器(器量、実力、適性)に応じて無理のないように使うという意味です。上に立つ者が人を使う際、相手の器量を見定めずに、あれもこれもと仕事を押しつけがちになります。その長所を伸ばすような使い方を心がけたいものです。

本当の危険を克服する

「私の友人の」張敬伯《ちょうけいはく》は、常々険《けわ》しい山道を歩いている。私にこう言った、「天下のものごとは、常にはじめはびくびくするが、慣れるに従って平気になる。わが輩は、しばしば桟道《さんどう》を渡り、はじめは容易に足が進まなかったが、今では平地を歩くかのようだ」と。私は言った、「君がはじめに危険だと思ったのは、真の危険ではなかったのだ。近ごろ「山道に慣れてきて」危険だと思わなくなったことこそ、本当の危険なのだよ」。

張《ちょう》敬伯《けいはく》、常《つね》に山険《さんけん》を経《ふ》。余《よ》に謂《い》いて曰《いわ》く、「天下《てんか》の事《こと》は、常《つね》に始《はじ》めに震《おそ》れ、而《しか》して習《なら》うに安《やす》んず。某《それがし》、数々《しばしば》桟道《さんどう》を過《わた》り、初《はじ》めは敢《あえ》て

張敬伯常経二山険一。謂レ余曰、「天下事、常震二於始一、而安二於習一。某数過二桟道一、初不二敢

足《あし》を移《うつ》さざるも、今《いま》は平地《へいち》を履《ふ》むが如《ごと》し」。余《よ》曰《いわ》く、「君始《きみはじ》めに以《もっ》て険《けん》と為《な》すは是《こ》れ険《けん》ならず。近《ちか》ごろ以《もっ》て険《けん》ならずと為《な》すは、却《かえ》って是《こ》れ険《けん》なり」。

移レ足、今如レ履二平地一矣」。余曰、「君始以為レ険是不レ険。近以為レ不レ険、却是険」。

▽慣れこそが本当の危険だと説いています。張敬伯という人のことはよく分かりませんが、おそらくその人は、この忠告を聞いて身を慎んだことでしょう。

人の素質を伸ばす

君子が人を教える際は、相手の素質をうまく引き出す巧みな技術によるのであって、それぞれの持っている本質を変えてしまうというわけではない。これを大地にたとえれば、万物を発育させるのはその本性である。草はそれにより柔らかくなり、木はそれにより堅くなる。草を木のようにしたり、木を草のようにすることなどできない。君子は人それぞれの素質に従って人を治めていくのであり、自分の意思でもって［強引に］人を治めるのではない。

君子《くんし》の人《ひと》を教《おし》うるや、能《よ》く夫《か》の材《ざい》に因《よ》るの術《じゅつ》に妙《みょう》にして、其《そ》の各々《おのおの》具《そな》うるの質《しつ》を変《へん》ずる能《あた》わず。之《これ》を地《ち》に譬《たと》うれば、万物《ばんぶつ》を発育《はついく》するは其《そ》の性《せい》なり。草《くさ》は之《これ》を得《え》て而《しか》して柔《じゅう》と為《な》り、木《き》は之《これ》を得《え》て而《しか》して剛《ごう》と為《な》る。草《くさ》をして木《き》と為《な》らしめて木《き》をして草《くさ》と為《な》らしむる能《あた》わざるなり。是《こ》の故《ゆえ》に君子《くんし》は人《ひと》を以《もっ》て人《ひと》を治《おさ》め、我《われ》を以《もっ》て人《ひと》を治《おさ》めず。

君子之教レ人也、能妙ニ夫因レ材之術一、不レ能レ変ニ其各具之質一。譬ニ之地一然、発ニ育万物一者其性也。草得レ之而為レ柔、木得レ之而為レ剛。不レ能レ使ニ草之為レ木、而木之為一レ草也。是故君子以レ人治レ人、不ニ以レ我治一レ人。

▽これも、先の条の「器量に応じて人を使う」に類する発想です。それぞれの持っている本質を曲げることなく、うまく引き出すという心得です。

なさけは人のためならず

つづら折りの狭い道では、前の車がひっくり返ってしまえば、後ろの車の人が力を合わせて元通りにする。それは手厚い友情のためではない。前の車がつっかえてしまえば、後ろの車が停止せざるを得ないからだ。緩急《かんきゅう》だけでなく、利害を共有しているのだ。人のためにではなく、実は自分のためにしているのだ。ああ士《し》君子《くんし》たる者、一緒に仕事をしていながら、他人の急難《きゅうなん》を思わないのは、自分の孤立を招くことにならないだろうか。

羊腸《ようちょう》の隘《あい》には、前車《ぜんしゃ》覆《くつがえ》れば而《すなわ》ち後車《こうしゃ》、力《ちから》を

羊腸之隘、前車覆而後車協レ

協《あわ》す。以《もっ》て之《これ》を厚《あつ》くするに非《あら》ざるなり。前車《ぜんしゃ》、関《せき》に当《あ》たり、後車《こうしゃ》、駕《が》を停《とど》む。惟《た》だ緩急《かんきゅう》を同《おな》じくするのみに匪《あら》ず、亦《ま》た且《か》つ利害《りがい》を共《とも》にす。人《ひと》の為《ため》にするや、而《しか》して実《じつ》は自《みずか》らの為《ため》にするなり。嗚呼《ああ》、士君子《しくんし》、事《こと》を共《とも》にし、而《しか》して人《ひと》の急《きゅう》を忘《わす》るるは、乃《すなわ》ち自《みずか》ら孤《こ》にする所以《ゆえん》なる無《な》からんや。

力。非二以厚一レ之也。前車当レ関、後車停レ駕。匪三惟同二緩急一、亦且共二利害一。為レ人也、而実自為也。嗚呼、士君子共レ事、而忘二人之急一、無三乃所二以自孤一也夫。

▽冒頭の「羊腸」とは、文字通り、羊の腸、まがりくねったもののたとえです。そのような場所で車が止まってしまえば、後に続く者は協力せざるを得ません。それは友情からではなく、自分のためなのだと呂新吾は指摘します。見ず知らずの他人のためにさえ、手を差し伸べるのです。であれば、同僚や知人が困っているときはなおさらでしょう。

禁忌にこだわる滑稽さ

タブーにこだわる人がいた。その家におめでたい出来事があった。すべての物について赤色をたっとび、白色を嫌った。白馬に乗ってやってきた客がいると、廏《うまや》には入らせなかった。顔色の白い少年がいて、悪ふざけで顔に朱を塗って家に入ってきた。主人は驚いて聞いた。するとその少年は、「あなたが白色を嫌っているのを知っていたからです。白い顔のせいで罪にならないようにしました」と答えた。満座の人々は大いに笑い、主人は恥じてそれを改めた。

一人《ひとり》、避忌《ひき》多《おお》し。家《いえ》に慶賀《けいが》有《あ》り。一切《いっさい》、紅《あか》を尚《たっと》びて素《そ》を悪《にく》む。客《きゃく》、白馬《はくば》に乗《の》る者有《ものあ》れば、廏閑《きゅうかん》に入《い》らしめず。少年《しょうねん》の面白《めんしろ》き者有《ものあ》り。善《よ》く諧謔《かいぎゃく》し、朱《しゅ》を以《もっ》て面《めん》に塗《ぬ》りて入《い》る。主人《しゅじん》

一人多二避忌一。家有二慶賀一。一切尚レ紅而悪レ素。客有下乗二白馬一者上、不レ令レ入二廏閑一。有二少年面白者一。善諧謔、以レ朱

驚《おどろ》き問《と》う。生曰《せいいわ》く、「翁《おう》の素《そ》を悪《にく》むを知《し》れば
なり。敢《あえ》て白面《はくめん》を以《もつ》て罪《つみ》を取《と》らず」。満座《まんざ》大《おお》
いに笑《わら》い、主人愧《しゆじんは》じて之《これ》を改《あらた》む。

塗レ面入。主人驚問。生曰、
「知二翁之悪レ素也。不下敢以二
白面一取上レ罪」。満座大笑、主
人愧而改レ之。

▽なにごとにつけ、禁忌の習俗にこだわる人がいます。月日・方角・色・言葉・食べ物など。それなりの理由があって避けられているものもあるでしょうし、一定の文化として周知されているものもあるでしょう。しかし、それも程度問題です。朱を顔に塗って入ってきた少年は、こうしたタブーの偏重に対して、疑問を投げかける役割を果たしているのでしょう。

詞章《ししよう》―文章作成の秘訣とは―

『呻吟語』全十七篇の最後の篇です。ここでは、文人にとっての最大の関心事である詩文について説いています。どのようにすれば良い詩や文章が書けるのか、その秘訣を聞いてみましょう。

詩文作成の心得

詩・詞・文・賦は、すべて以下のようなことが大切だ。君主を心配し国を愛する気持ち、民を救い物に利を与えようとする心、春風舞雩《しゆんぷうぶう》の（のどかな）趣《おもむき》、天に達し人の本性を察する精密さを持ち、余計なことを言わず、他人のものを借りず、いやしくまわりくどいことを言わず、幽玄《ゆうげん》でとりとめのないことを言わず、修飾しすぎず、偏《かたよ》った意見にこだわらない。

詩詞《しし》文賦《ぶんぷ》は、都《すべ》て要《よう》す、箇《こ》の君《きみ》を憂《うれ》え国《くに》を愛《あい》するの意《い》、人《ひと》を済《すく》い物《もの》を利《り》するの心《こころ》、春風舞《しゅんぷうぶ》雩《う》の趣《おもむき》、天《てん》に達《たっ》し性《せい》を見《み》るの精《せい》有《あ》り、贅言《ぜいげん》を為《な》さず、余緒《よしょ》を襲《おそ》わず、鄙迂《ひう》を道《い》わず、幽僻《ゆうへき》を言《い》わず、刻削《こくさく》を事《こと》とせず、偏執《へんしゅう》に狥《したが》わざらんことを。

詩詞文賦、都要、有ニ箇憂レ君愛レ国之意、済レ人利レ物之心、春風舞雩之趣、達レ天見レ性之精一、不レ為ニ贅言一、不レ襲ニ余緒一、不レ道ニ鄙迂一、不レ言ニ幽僻一、不レ事ニ刻削一、不レ狥ニ偏執一。

▽詩・詞・文・賦を書く場合の心得が列挙されています。このうち、詞は特に宋代に流行した韻文、賦は特に対句で構成された韻文。要するに詩や文章という意味です。

その秘訣の一つとされる「春風舞雩の趣」は少し分かりづらいかもしれません。これは、『論語』先進《せんしん》篇に見える曾点《そうてん》（字《あざな》は晳《せき》。曾参《そうしん》の父）の言葉です。

あるとき、孔子のそばに、弟子の子路《しろ》、曾晳《そうせき》、冉有《ぜんゆう》、公西華《こうせいか》が控えていました。孔子は、もし国に重臣として採用されたなら、どのようなことをやってみるか、それぞれ遠慮せずに言ってみよ、と問いかけます。これに答えて、武勇に自身のある子路は、三年もあれば、大国にはさまれた小国の民を、勇気があって道をわきまえるようにしてみせます、と豪語しました。また、冉求《ぜんきゅう》（字は子有《しゆう》）は、四方五六十里の小さなところを治めて、三年もあれば民を豊かにできますと答え、公西赤《こうせいせき》（字は子華《しか》）は、宗廟《そうびょう》のおつとめや諸侯の会合の際、助け役を果たしたいと答えました。

これに対して、曾晳は、そうした勇ましいことは言わず、控えめに次のように述べました。

莫春《ぼしゅん》には、春服《しゅんぷく》既《すで》に成《な》り、冠者《かんじゃ》五《ご》六人《ろくにん》・童子《どうじ》六七人《ろくしちにん》を得《え》て、沂《き》に浴《よく》し、舞雩《ぶう》に風《ふう》して、詠《えい》じて帰《かえ》らん。

【訳】春の終わりには、春の服がすっかり整うと、冠者《かんじゃ》（青年）五六人・童子六七人をつれて、沂水《きすい》で湯浴《ゆあ》みし、舞雩《ぶう》（雨乞いに使う台）のあたりで涼みをして、歌いながら帰りましょう。

なんとものどかな雰囲気です。四人の答えを聞いた孔子は、「私は点（曾晳）に賛同するよ」と感嘆の声を漏らしたとされます。

呂新吾は、この言葉を引いて、詩文を作る際には、がつがつと前のめりになるのではなく、のどかさや余裕の気持ちがほしいと言っているのです。

文章の添削を乞う

ある先輩が、文章を作り、私に見せて添削を求めた。私は辞退した。すると先輩は、「それがしは自分の短所を守ろうとはしない。もし君が「私の文を見て」笑ったとしても、それはただ一人が笑うに過ぎない。しかし、もしも私をかばうのであれば、「後にこの文章の欠点が知れて」天下中の笑いとなるだろう」と言った。私はその誠実さに感服し、また、その智恵に感服した。ああ、たった一人が面と向かってその欠点を指摘するのを嫌い、天下の人々が陰で笑うのを甘受するのは、ただ文章についてだけのことだろうか。また、こうした人は、一人や二人だけではなかろう。このことをよく見て悟るべきなのだ。

一先達《いちせんだつ》、文《ぶん》を為《つく》り、予《よ》に示《しめ》して之《これ》を改《あらた》めしむ。予《よ》謙譲《けんじよう》す。先達曰《せんだついわ》く、「某《それがし》は短《たん》を護《ご》せず。即《も》し公《こう》をして我《われ》を笑《わら》わしむとも、只《た》だ是《こ》れ一人《ひとり》笑《わら》うなり。若《も》し我《わ》が為《ため》に回護《かいご》せば、是《こ》れ天下《てんか》をして笑《わら》わしむるなり」。予《よ》極《きわ》めて其《そ》の誠《まこと》に服《ふく》し、又《ま》た其《そ》の智《ち》に服《ふく》す。嗟《あ》夫《あ》、一人《ひとり》の面指《めんし》を悪《にく》みて、安《やす》んじて天下《てんか》の背笑《はいしよう》を受《う》くる者《もの》は、豈《あ》に独《ひと》り文《ぶん》のみならんや。豈《あ》に独《ひと》り一二《いちに》人《にん》のみならんや。此《これ》を観《み》て以《もつ》て悟《さと》るべし。

一先達為ㇾ文、示ㇾ予令ㇾ改ㇾ之。予謙譲。先達曰、「某不ㇾ護ㇾ短。即令二公笑ㇾ我、只是一人笑。若為ㇾ我回護、是令二天下笑一也」。予極服二其誠一、又服二其智一。嗟夫、悪二一人面指一、而安受二天下之背笑一者、豈独文哉。豈独一二人哉。観ㇾ此可二以悟一矣。

▽謙虚に添削を乞《こ》う姿勢が大切です。一人に見せるのが恥ずかしいからといって、そのまま発表してしまい、天下の笑いものとならぬよう、師や友の批正《ひせい》を乞う心がけが説かれています。

七種類の言論

古今の書籍に記されている言論には、おおむね七種がある。一つ目は、天分《てんぶん》（天が分け与えた、天賦《てんぷ》）の語。その著者の体は道《みち》で鋳《い》られ、心は理によってできていて、自然のままであり、少しも作為によったという形跡がない。生知安行《せいちあんこう》の聖人［の言］である。二つ目は性分《せいぶん》の語。当然の理を行い、当然の職務を尽くし、精一杯の努力を続け、死してのちやむ。学知利行《がくちりこう》の聖人［の言］である。三つ目は、是非の語。善をなす者は君子、悪をなす者は小人とみなし、それによって賢良の人を励ますものである。四つ目は、利害の語。善をなせば様々な吉祥《きっしょう》が下り、不善をなせば様々なわざわいが下るとし、それによって、民衆を励ますものである。五つ目は、権変《けんぺん》の語。言葉を借りて画策《かくさく》し、当世の出来事に対応しようとするものである。六つ目は、威令《いれい》の語。五刑でもって違法行為を防ごうとするものである。七つ目は、なんとも言いようのない語。武力で兵乱を禁ずるものである。以上七種以外の言論は、みな道を乱す談義である。学者はつとめてこれを弁別する必要がある。

古今《ここん》の載籍《さいせき》の言《げん》は、率《おおむ》ね七種《ななしゅ》有《あ》り。一《いち》に曰《いわ》く、天分《てんぶん》の語《ご》。身《み》は道《みち》に鋳《い》られ、心《こころ》は是《こ》れ理《り》成《な》し、自然《しぜん》にして然《しか》り、毫《ごう》も為《な》す所《ところ》無《な》し。生知安行《せいちあんこう》の聖人《せいじん》なり。二《に》に曰《いわ》く、性分《せいぶん》の語《ご》。理《り》の当《まさ》に然《しか》るべき所《ところ》、職《しょく》の当《まさ》に尽《つ》くすべき所《ところ》、務《つと》めて分量《ぶんりょう》を満《み》たし、斃《たお》れて而《しか》して後《のち》に已《や》む。学知《がくち》

古今載籍之言、率有㆓七種㆒。一曰、天分語。身為㆓道鋳㆒、心是理成、自然而然、毫無㆑所㆑為。生知安行之聖人。二曰、性分語。理所㆑当㆑然、職所㆑当㆑尽、務満㆓分量㆒、斃而

利《り》行《こう》の聖人《せいじん》なり。三《さん》に曰《いわ》く、是非《ぜひ》の語《ご》。善《ぜん》を為《な》す者《もの》は君子《くんし》と為《な》し、悪《あく》を為《な》す者《もの》は小人《しょうじん》と為《な》し、以《もつ》て賢者《けんじゃ》を勧《すす》む。四《よん》に曰《いわ》く、利害《りがい》の語《ご》。善《ぜん》を作《な》せば之《これ》に百祥《ひやくしょう》を降《くだ》し、不善《ふぜん》を作《な》せば之《これ》に百殃《ひやくおう》を降《くだ》し、以《もつ》て衆人《しゅうじん》を策《むちう》つ。五《ご》に曰《いわ》く、権変《けんぺん》の語《ご》。託詞《たくし》し画策《かくさく》して以《もつ》て務《つとめ》に応《おう》ず。六《ろく》に曰《いわ》く、威令《いれい》の語《ご》。五刑《ごけい》以《もつ》て淫《いん》を防《ふせ》ぐ。七《なな》に曰《いわ》く、奈《いかん》ともする無《な》きの語《ご》。五兵《ごへい》以《もつ》て乱《らん》を禁《きん》ず。此《こ》の語《ご》の外《ほか》は、皆道《みなみち》を乱《みだ》すの談《だん》なり。学《がく》者《しゃ》の務《つと》めて弁《べん》ずる所《ところ》なり。

後已。学知利行之聖人。三曰、是非語。為㆑善者為㆓君子㆒、為㆑悪者為㆓小人㆒、以勧㆓賢者㆒。四曰、利害語。作㆑善降㆓之百祥㆒、作㆓不善㆒降㆓之百殃㆒、以策㆓衆人㆒。五曰、権変語。託詞画策以応㆑務。六曰、威令語。五刑以防㆑淫。七曰、無㆑奈語。五兵以禁㆑乱。此語之外、皆乱㆑道之談也。学者之所㆓務弁㆒也。

▽先の条で、伝来の文献を九つに分けた呂新吾は、ここで、それらの文献に記された言

葉を七つに分類しています。最上とされるのは、「生知安行《せいちあんこう》の聖人」の言葉。そこから徐々に価値はさがって七番目になると、「なんとも言いようのない語」となり、さらに、この七種にも入らない言論は、道を乱すだけの談義だと切り捨てています。

なお、「生知安行《せいちあんこう》」、「学知利行《がくちりこう》」は、ともに『中庸』第二十章にもとづく言葉。詳しくは、聖賢篇の解説（182頁）をご覧下さい。

無用の文章を作らない

聖人は無用の文章を作らない。［ただいったん作るとなると］道を論ずれば有徳の言となり、事を論ずれば見識のある言葉となり、詩や賦を書けば世の教えに有益な言葉となる。

聖人《せいじん》は無用《むよう》の文章《ぶんしょう》を作《つく》らず。其《そ》の道《みち》を論《ろん》ずるは則《すなわ》ち有徳《ゆうとく》の言《げん》と為《な》し、其《そ》の事《こと》を論《ろん》ずるは則《すなわ》

聖人不レ作二無用文章一。其論レ道則為二有徳之言一、其論レ事則ち有見《ゆうけん》の言《げん》と為《な》し、其《そ》の叙述歌詠《じょじゅつかえい》するは則《すなわ》ち世教《せきょう》に益有《えきあ》るの言《げん》と為《な》す。

為二有見之言一、其叙述歌詠則為下有レ益二世教一之言上。

▽先の条で呂新吾は、言葉というものは発するよりも慎むことの方が難しいと説いていました（24頁参照）。ここでも、聖人は無用の文章を作らないと述べています。文章は多く書くことよりも、いかに削るかに苦心すべきなのでしょう。

ゆがめられた経書

聖人の残した経書には、当時の事物を記したもの、時事的問題を記したもの、ある特定のことがらを記したもの、その思想を記したものなどがある。その当時の詳しい意味は、聖人の体とともに今はなくなってしまった。残された言葉は、その心の十分の一もない。ところが儒者は、後世の事物や自分の意見でそれを推し量り、もし得心がいかないと、苦しまぎれの解釈をする。ああ、もし漢代・宋代の儒者がいなければ、古代聖人の経書の要旨は、後世、その十分の一も理解できなかったであろう。しかしながら、彼らが牽強附会《けんきょうふかい》して、もともとの意味を失ってしまったものも、また少なくないのである。

聖人《せいじん》、経《けい》を作《つく》る。時物《じぶつ》を指《さ》す者有《ものあ》り、時事《じじ》を指《さ》す者有《ものあ》り、方事《ほうじ》を指《さ》す者有《ものあ》り、心事《しんじ》を論《ろん》ずる者有《ものあ》り。当時《とうじ》の精意《せいい》は身《み》と与《とも》に往《ゆ》きたり。話言《わげん》の遺《のこ》る所《ところ》、心《こころ》の十《じゅう》の一《いち》をも写《うつ》す能《あた》わず。而《しか》して儒者《じゅしゃ》は、後世《こうせい》の事物《じぶつ》、一己《いっこ》の意見《いけん》を以《もっ》て之《これ》を度《はか》り、得《え》ざれば則《すなわ》ち強《し》いて訓詁《くんこ》を為《な》す。嗚呼《ああ》、漢宋《かんそう》の諸儒《しょじゅ》生《う》まれざれば、則《すなわ》ち先聖《せんせい》の経旨《けいし》、後世《こうせい》、誠《まこと》に十《じゅう》の一《いち》をも得《え》ず。然《しか》れども牽合附会《けんごうふかい》を以《もっ》てして、其《そ》の自然《しぜん》の旨《むね》を失《うしな》う者《もの》

聖人作レ経。有下指二時物一者上、有下指二時事一者上、有下指二方事一者上、有下論二心事一者上。当時精意与レ身往矣。話言所レ遺、不レ能レ写二心之十一一。而儒者以二後世之事物、一己之意見一度レ之、不レ得則強為二訓詁一。嗚呼、漢宋諸儒不レ生、則先聖経旨後世誠不レ得二十一一。然以二牽

合附会㆒、而失㆓其自然之旨㆒者
亦不㆑少也。

も亦《ま》た少《すく》なからざるなり。

▽今から二千年以上前の古典が読めるのは、歴代の学者が正しく本文を伝え、解釈を添えてきたからに他なりません。たとえば『論語』について言えば、魏《ぎ》の何晏《かあん》の『論語集《しっ》解《かい》』や南宋の朱熹の『論語集注《しっちゅう》』の助けを借りて、後世の私たちはその意味を理解しているわけです。特に、訓詁注釈《くんこちゅうしゃく》にすぐれた漢代の儒者、朱子に代表される宋代の儒者は、古典読解に大きく貢献していると言えるでしょう。しかし、呂新吾が指摘するとおり、注釈はあくまで注釈であって、本文そのものではなく、人間である限り、そこに主観や誤解がまじるのはどうしようもありません。明代の学者呂新吾は、特に宋代の新たな解釈を念頭に置いて、古典がゆがめられたという一面を見逃しませんでした。

作詩の極意

詩を創作するのは、泣き笑いと同じで、やむべからざる心情に発していなければならない。そうであれば、真にせまっていて味わいがある。もし真の詩であるならば、必ずしも巧拙《こうせつ》を比べなくてもよい。後世はただ［詩を書くために］詩を学ぼうとする。しかしながら技巧にこって真理を失っているのは、詩の本意ではない。詩は、心情が誠で言葉が自然なのが第一である。

詩辞《しじ》は、哭笑《こくしょう》すること情《じょう》の已《や》む容《べ》からざるに発《はっ》するが如《ごと》くならんことを要《よう》す。則《すなわ》ち真切《しんせつ》にして味有《あじあ》り。果《は》たして真《しん》ならば、必《かなら》ずしも工《こう》拙《せつ》を較《くら》べず。後世《こうせい》は只《た》だ詩辞《しじ》を学《まな》ばんことを要《よう》す。然《しか》れども工《たくみ》にして真《しん》を失《うしな》うは、詩辞《しじ》の本意《ほんい》に非《あら》ず。故《ゆえ》に詩辞《しじ》は、情真切《じょうしんせつ》にして、語《ご》自然《しぜん》なる者《もの》を以《もっ》て第一《だいいち》と為《な》す。

詩辞、要㆑如㆔哭笑発㆓乎情之不㆑容㆑已。則真切而有㆑味。果真矣、不㆔必較㆓工拙㆒。後世只要㆑学㆓詩辞㆒。然工而失㆑真、非㆓詩辞之本意㆒矣。故詩辞、以㆓情真切、語自然者㆒為㆓第一㆒。

▽詩の過剰な技巧に対して批判的な見方をしています。詩であれ、文章であれ、書き進めて行くうちに、本来の素朴さが失われ、装飾・技巧に走るようになります。呂新吾はこれを戒め、心情に発するものが詩だと宣言しています。

実は、孔子も詩について、こう言っていました。「詩《し》三百《さんぴやく》、一言以《いちげんもつ》て之《これ》を蔽《おお》わば、曰《いわ》く思《おも》い邪無《よこしまな》し」（『論語』為政篇）と。詩はもともと三千篇あったものを、孔子が三百篇にまとめたとされます。それらを一言で表したのが、「思いによこしまなところがない」という評価です。孔子は詩の純粋さ・純朴さをたたえました。

技巧が文章を損なう

昔の人には無益の文章はなかった。ただ道を明らかにしようとすると、言葉として表わさざるをえず、また言葉を発しようとすると、文章を作らざるをえなかった。いわゆる文によって道をあらわすということである。［その場合］文体が古いか新しいか、うまいか下手かは問題ではない。唐代・宋代以来、次第に文章をたっとぶようになった。しかしながら、道で文を飾っていた。その意は古風ではなかったが、文章は伝えられるべきものであった。しかし後世はもっぱら「道を忘れて」文章を作る。言葉を飾り、変化を多くし、機軸を新奇にし、内容を難解にし、その結果、道はくだけてばらばらになり、暗くふさがってしまった。これは道にとっての害毒である。それなのに、見識のない者は、今も文章によってこれ(技術・修飾)を尊んでいる。哀しいことだ。

古人《こじん》は無益《むえき》の文章無《ぶんしょうな》し。其《そ》の道《みち》を明《あき》らかにするや、形《あらわ》れて言《げん》と為《な》らざるを得《え》ず。其《そ》の言《げん》を発《はっ》するや、成《な》りて文《ぶん》と為《な》らざるを得《え》ず。所《いわ》謂文《ゆるぶん》に因《よ》りて道《みち》を見《あら》わす者《もの》なり。其《そ》の文《ぶん》の古《こ》今工拙《こんこうせつ》は論《ろん》ずる無《な》し。唐宋以来《とうそういらい》、漸《ようや》く文章《ぶんしょう》を

古人無㆓無益之文章㆒。其明㆑道也、不㆑得㆑不㆓形而為㆒㆑言。其発㆑言也、不㆑得㆑不㆓成而為㆒㆑文。所謂因㆑文見㆑道者也。其文之古今工拙無㆑論。唐宋以

尚《たつと》ぶ。然《しか》れども猶《な》お道《みち》を以《もっ》て文《ぶん》を飾《かざ》る。意《い》は古《いにしえ》に非《あら》ずと雖《いえど》も、而《しか》して文《ぶん》は猶《な》お伝《つた》うべし。後世《こうせい》は則《すなわ》ち専《もっぱ》ら文章《ぶんしょう》を為《つく》る。其《そ》の辞語《じご》を工《たくみ》にし、其《そ》の波瀾《はらん》を渙《ち》らし、其《そ》の字句《じく》を錬《ね》り、其《そ》の機軸《きじく》を怪《かい》にし、其《そ》の意指《いし》を深《ふか》くし、而《しか》して道《みち》は則《すなわ》ち破砕支離《はさいしり》し、晦盲否塞《かいもうひそく》す。是《こ》れ道《みち》の賊《ぞく》なり。而《しか》るに識無《しきな》き者《もの》は、猶《な》お文章《ぶんしょう》を以《もっ》て之《これ》を崇尚《すうしょう》す。哀《かな》しきかな。

来、漸尚ニ文章一。然猶以レ道飾レ文。意雖レ非レ古、而文猶可レ伝。後世則専為ニ文章一矣。工ニ其辞語一、渙ニ其波瀾一、錬ニ其字句一、怪ニ其機軸一、深ニ其意指一、而道則破砕支離、晦盲否塞矣。是道之賊也。而無レ識者、猶以ニ文章一崇ニ尚之一。哀哉。

▽前条の詩に続き、ここでは、文章の技巧について説いています。唐代・宋代はまだよかったが、「後世」は技巧に走る文章が目立つと。本篇では、しばしば文章の技巧を批判しています。ではなぜ、技巧・修飾は良くないのでしょうか。もちろん、適度な修飾は、詩文を他人に読んでもらうために必要です。しかし、それが過剰になれば、その詩文を通して伝えるべき内容がゆがんでしまうからです。これでは本末転倒でしょう。

模倣しない文章

『左伝《さでん》』（『春秋左氏伝』）『国語《こくご》』『戦国策《せんごくさく》』は、春秋時代の文章である。春秋時代の人が「それ以前の夏《か》・殷《いん》・周《しゅう》」三代の文を学んだという形跡はない。『史記』『漢書』は、漢代の文章である。「その著者」司馬遷《しばせん》や班固《はんこ》が『国語』や『左伝』を学んだという形跡はない。現代の文章は後世の古文ではないことをどうして知らないのか。それなのに、『国語』『左伝』のまねをしなければ、『史記』『漢書』のまねをする。おろかなことだ。これは自分を棄てて他人を踏襲することなのだ。六《りっ》経《けい》・四書《ししょ》は、三代以前の古文である。それなのにまねをしないのはなぜか。それはいつも見慣れているからだ。はなはだしいことよ。人が尋常なものを嫌って新奇なものを好むのは。私が思うに、文は理がまさるのが大切だ。理を得ていれば、どうして昔だ今だと言う必要があろう。もしも理が、他人に及ばず、ただ他人の書いた字句を模倣し、博学という名誉を願うのは、有識者は恥とするのである。

左伝《さでん》・国語《こくご》・戦国策《せんごくさく》は、春秋《しゅんじゅう》の時文《じぶん》なり。未《いま》だ嘗《かつ》て春秋《しゅんじゅう》の時《とき》の人《ひと》の三代《さんだい》を学《まな》ぶを見《み》ず。史《し》記《き》・漢書《かんじょ》は、西漢《せいかん》の時文《じぶん》なり。未《いま》だ嘗《かつ》て班《はん》・馬《ば》の国《こく》・左《さ》を学《まな》ぶを見《み》ず。今《いま》の時文《じぶん》は、安《いずく》んぞ後世《こうせい》の古文《こぶん》に非《あら》ざるを知《し》らんや。而《しか》るに国《こく》・左《さ》に擬《ぎ》せざれば、則《すなわ》ち史《し》・漢《かん》に擬《ぎ》す。陋《ろう》なるかな、人《ひと》の己《おのれ》を棄《す》てて人《ひと》を襲《おそ》うや。六《りっ》経《けい》・四書《ししょ》は、三代以上《さんだいいじょう》の古文《こぶん》なり。而《しか》るに擬《ぎ》せざるは何《なん》ぞや。習見《しゅうけん》すればなり。甚《はなは》だしきかな、人《ひと》の常《つね》を厭《いと》いて異《い》を喜《よろこ》ぶや。余《よ》以為《おもえ》らく、文《ぶん》は理勝《りか》つを貴《たっと》ぶ。理《り》を得《う》れば、何《なん》ぞ古《いにしえ》とせん何《なん》ぞ今《いま》とせん。苟《いやし》くも理《り》、人《ひと》に如《し》かずして

左伝・国語・戦国策、春秋之時文也。未四嘗見三春秋時人学二三代一。史記・漢書、西漢之時文也。未四嘗見三班馬学二国左一。今之時文、安知レ非二後世之古文一。而不レ擬二国左一、則擬二史漢一。陋矣、人之棄レ己而襲レ人也。六経・四書、三代以上之古文也。而不レ擬者何。習見也。甚矣、人之厭レ常而喜レ異也。余以為、文貴二理勝一、得レ理何古何今。苟理不レ

句字《くじ》の間《かん》に摹倣《もほう》し、以《もっ》て博洽《はくこう》の誉《ほまれ》を希《こいねが》うは、有識者《ゆうしきしゃ》は之《これ》を恥《は》ず。

如レ人而摹二倣於句字之間一、以希二博洽之誉一、有識者恥レ之。

▽『左伝』は、先の条で紹介したとおり、最重要の儒教経典の一つです。もとは、春秋時代の魯《ろ》国の年代記でしたが、それに孔子が手を入れたという伝承が加わり、尊重されるようになりました。魯の歴史官の記述に孔子が密かに手を加え、そこに孔子の込めた大いなる真意（微言大義《びげんたいぎ》）が隠されているとして、『左伝』『穀梁伝《こくりょうでん》』『公羊伝《くようでん》』の三つの伝（注）が誕生したのです。その内でも、『左伝』は名文の誉れが高い古典です。

また、『国語』も同じく、春秋時代の諸国の歴史を記したもの。『左伝』を「春秋内《ない》伝《でん》」、国語を「春秋外伝《がいでん》」と呼ぶこともあります。

『戦国策』は、それに続く戦国時代の歴史を国ごとに記し、また、当時の外交家である縦横家《しょうおうか》の活躍を伝えるもので、前漢の劉向《りゅうきょう》（前七七～前六）が編纂したとされます。したがって、ここで『呻吟語』が、『戦国策』も「春秋時代の文章」だとしているのは、やや勇み足でしょうか。ただ、そうとも言えない真実が近年明らかになりました。一九七三年に中国湖南《こなん》省の長沙《ちょうさ》から前漢時代の貴族の墓が発見され、その副葬品として大量の帛書《はくしょ》（絹に記された文書）が出土しました（馬王堆漢墓帛書《まおうたいかんぼはくしょ》）。その中に、『戦国縦横家《せんごくしょうおうか》書《しょ》』と仮称された文献が含まれていたのです。それは、『戦国策』の原資料と思われる書でした。劉向が編纂する以前に、その元ネタと思われる資料はすでに存在していたことが判明したのです。であれば、呂新吾が『戦国策』を「春秋時代の文章」だとするのも、あながち的外れではないのです。

さて、『呻吟語』に話を戻しましょう。文章を書く場合にもっとも心がけたいこと。それは自分にしか書けないものを書くということではないでしょうか。模倣と技巧にまみれた文章では、人を感動させることなどできません。きちんとした論理と率直な心情にもとづく文章を書きたいものです。呂新吾はここまで多くの言葉を費やしてきました。『呻吟語』の最後の篇に、文章について専論する「詞章」篇を置いたのは、自戒の意味もあったのかもしれません。『呻吟語』の総決算として、誠にふさわしい一篇です。

『呻吟語』をめぐって

最後に、呂新吾と『呻吟語』をめぐる二つの話題を取り上げてみましょう。一つは、『呻吟語』とともに中国処世訓の傑作とされる『菜根譚』との比較です。両者の共通点・相違点をまとめてみます。第二は、呂新吾が受験し合格した科挙《かきょ》について。その仕組みを確認した後、合格者名簿に呂新吾の名が見えないという謎について考えます。

一、『呻吟語』と『菜根譚』―中国の二大処世訓―

『呻吟語』と『菜根譚』は、中国の二大処世訓と呼ばれています。ともに明代末期に登場しました。人間はどうあるべきか、逆境にどう立ち向かっていったらいいのか、対人関係において留意すべきことは何か、真の幸福はどこにあるのか、といった問題について、すぐれた答えを提供しています。儒教の思想を基盤としながらも、道教・仏教の良い点をほどよく折衷しているのも共通点です。

ただ、違いもあります。それを比較してみましょう。

まずは、内容と思想性。『呻吟語』『菜根譚』ともに、儒学を根本とする点は共通します。『呻吟語』の著者呂新吾も、『菜根譚』の著者洪自誠《こうじせい》も、ともに自身の立場を表す際に「吾《わ》が儒《じゅ》」と言っていました。ただ、『菜根譚』はそうした学問的問題や時事的課題には深く立ち入らず、きわめて平易に語りかけます。これに対して『呻吟語』は、より哲学的な主張を展開します。当時の儒学であった朱子学・陽明学のエッセンスを背景にしながらも、それらを厳しく批判する一面もありました。また、『呻吟語』は、宇宙の成立や構造、人間の本性や運命といった重要な課題についても論じています。やや難解な印象があるのはそのためです。

次に、分量はどうでしょうか。『菜根譚』は比較的短い文章からなり、前集二二二条、後集一三五条の、計三五七条で構成されています。これに対して『呻吟語』は、刊行直後から何度も再編本が重版されているので、もともとの分量はよく分かりません。ただ、現在伝わっているテキストでは、全一九七六条です。『論語』が全二十篇約五百章。これを基準にすれば、『菜根譚』は『論語』よりもやや小ぶりな本。『呻吟語』は『論語』の約四倍くらいの大冊ということになります。

関連して、構成も異なります。『菜根譚』は、前集・後集の区切りがあるだけで、各条には何の見出しもなく、配列にも特に意味はありません。これに対して『呻吟語』は、内篇八篇（性命、存心、倫理、談道、修身、問学、応務、養生）、外篇九篇（天地、世運、聖賢、品藻、治道、人情、物理、広喩、詞章）からなります。明確なテーマ別編成が意識されていたと言えましょう。『菜根譚』には篇の区分や条の見出しがなく、何が飛び出してくるか分からないという期待感がある一方、読書の手がかりが何もないという不安もあります。『呻吟語』も各条には見出しはないのですが、篇名を手がかりに、おおよそ何が書いてあるか予想できます。たとえば、「性命」篇は、人間の本性や運命について。「倫理」篇は、最も大切な倫理道徳について。「治道」篇は、政治の方法について。約二千条もある『呻吟語』では、ある程度の区分けをしないと収拾がつかなくなると考えられたのでしょう。

また、文体にも違いが見られます。『菜根譚』は、二句の対句構造を基本とし、この文体が最後まで粘り強く貫かれています。たとえば、次のような具合です。

君子《くんし》の心事《しんじ》は、天青《てんあお》く日《ひ》白《しろ》く、人をして知らざらしむべからず。君子の才華《さいか》は、玉韞《たまつつ》まれ珠蔵《たまかく》れ、人をして知り易《やす》からしむべからず。（『菜根譚』前集三）

【訳】君子の心の持ちようは、青天白日《せいてんはくじつ》のごとく、すべてを他人にさらけ出すようにする。

また君子の才能や智恵は、珠玉を包み隠しておくがごとく、他人には容易に知られないようにする。

前の文と後の文が見事な対構造になっているのが分かるでしょう。

ところが、同じ処世訓と言っても、『呻吟語』は多彩な文体を使っています。わずか十字前後の短文から数千字に及ぶ長文まで。また、通常の叙述体のもの以外に、告白調のもの、自問自答や対話形式の条もあり、『論語』や『孟子』の言葉を引用しながら組み立てている文章もあります。どちらかと言えば、『菜根譚』が詩的であるのに対して、『呻吟語』は論理的な散文という印象があります。

なお、日本への伝来についても、両者の運命は大きく分かれました。『呻吟語』も『菜根譚』も、江戸時代には日本に伝わっていたようです。『菜根譚』については、加賀藩の儒者・林蓀坡《はやしそんぱ》（名は瑜《ゆ》、一七八一〜一八三六）が、文政《ぶんせい》五年（一八二二）に、わが国初の和刻本《わこくぼん》『菜根譚』を刊行しました。蓀坡は江戸の昌平黌《しょうへいこう》に三年間留学した際、『菜根譚』を通読し、従来の儒家の書を超えるその内容に深く感動し、刊行を思いついたのです。

一方、『呻吟語』にはそうした人物との出会いがありませんでした。和刻本で広く流布するということはなく、まさに知る人ぞ知る名著となっていたのです。

二、呂新吾と科挙―合格者名簿に名が見えないのはなぜ―

『呻吟語』の著者呂新吾は、科挙に合格し、官僚の道を歩んでいきます。まず、嘉靖《かせい》四十年（一五六一）、二十六歳のとき、地元河南《かなん》の郷試《きょうし》に合格しました。『呻吟語』の執筆に着手したのは、その二年後の二十八歳頃と推測されます。続いて、隆慶《りゅうけい》五年（一五七一）、三十六歳のとき、会試《かいし》に合格。そしてついに、万暦二年（一五七四）、三十九歳のとき、科挙の最終試験の殿試《でんし》を受けて合格し、進士《しんし》となりました。

ここで科挙の仕組みを簡単に確認しておきましょう。科挙とは、中国の官吏登用試験で、隋《ずい》代から清《しん》代まで約千三百年間にわたって実施されました。青年の一生を決める大舞台で、また、貧困にあえぐ人々がそこから脱出する唯一の手段でもありました。そこで、さまざまな不正事件も起こったようです。カンニングペーパーの持ち込みは言うまでもなく、四書五経の文章をびっしり書き込んだ下着を着用する、優秀な学生を替え玉として送り込む、あらかじめ試験官に賄賂を渡し問題を洩らしてもらう、答案の採点に手心を加えてもらうなど、考えつく限りの不正が行われました。

現代中国で大学入試が過熱し、ハイテク技術を使った不正・カンニングも横行するなど、大きな社会問題となっています。不正を摘発された受験生の親が、なぜうちの子だけ、みんなやっているじゃないかと逆ギレする有様。しかし実は、この問題、何も今に始まったことではありません。親子にとって、それは夢をつかめるかどうかの一大事なのです。現代版科挙と言ってもよいでしょう。

その科挙の本試験は、大きく三段階からなっていました。郷試、会試、殿試です。呂新吾が二十六歳のとき合格したのが郷試。本試験の第一関門です。子《ね》、卯《う》、午《うま》、酉《とり》の年（つまり三年に一回）、各省の省都で三日間にわたって実施されました。この合格者が挙《きょ》人《じん》と呼ばれ、次の会試の受験資格を得るのです。

会試は、郷試の翌年に都で実施され、それに合格すると、最終試験に臨むことのできる貢士《こうし》と呼ばれました。郷試と会試の試験科目は、第一場《だいいちじょう》から第三場に分かれ、特に、合否を左右する第一場では、必修の「四書義」三問、選択必修の「五経義」四問が課されました。これら四書五経の解釈について基準となったのは朱子学系の注釈書でした。四書は朱熹の『四書集注《しっちゅう》』をもとに解答を作成しなければならなかったのです。郷試・会試とも難関で、その合格率は数パーセントだったと言われています。

そして殿試。これは皇帝臨席のもとに実施される最終試験です。その合格者が「進士」で、官界での出世が約束されました。また、合格者名簿である『登科録《とうかろく》』に、その姓名、字《あざな》、本籍、年齢などが記されることになります。

では、万暦二年の『進士登科録』で、呂新吾の名を探してみましょう。姓名は呂坤《りょこん》、字は叔簡《しゅくかん》、号は新吾。合格時には三十九歳でした。この年の合格者は第一甲《だいいちこう》(最優秀)三名、第二甲七十名、第三甲二百二十六名。ところが、なぜか呂新吾(呂坤)の名はどこにも見えないのです。

もう一度、先頭から順番にそれらしい人はいないかと目をこらしてみると、第三甲の五十番目の合格者として「李坤」の名があり、その説明に、本籍は「河南の寧陵県《ねいりょう》」、字は「叔簡」、年齢は「三十九」、河南の郷試で「第三名」(上から三番目)、会試で「第二十名」の優秀な成績だったと記されています。これこそ、呂新吾ではありませんか。どうして、呂坤ではなく、李坤となっているのでしょう。

それは、当時をさかのぼること約二百年、彼の祖先の時代に原因があったようです。呂新吾の祖先は元《げん》の時代の終わり頃、農民として暮らしていましたが、明を興した朱元《しゅげん》璋《しょう》（明の初代皇帝洪武帝《こうぶてい》）に従って軍功を立て、褒賞《ほうしょう》を受けることになりました。ところがその際、朱元璋が自ら記した詔書《しょうしょ》で、「呂」姓を誤って「李」姓と書いてしまったのです。「呂」と「李」の音が近いというのがその原因だったのでしょうか。そこでこの『登科録』でも、そのまま李姓で記されているのです。皇帝の誤りなので、どうしようもなかったのでしょう。後に、呂新吾は上書して李姓を呂姓に戻してもらいました。

ところで、三十九歳という合格年齢はどうなのでしょうか。この年の『登科録』で、合格者の年齢を調べてみましょう。最年少は二十一歳、最年長は四十三歳、合格者全体の平均は三十一歳です。とすれば、呂新吾は、やや年配の合格者だったことになります。

経歴のところで紹介したように、呂新吾は幼少の頃、それほど聡明な児童ではなかったようです。河南の郷試に合格したのが二十六歳、会試に合格したのが三十六歳のときです。やや遅咲きの人、大器晩成の人だったということでしょう。

ともあれ、呂新吾の前半生は科挙とともにあり、また後半生も、その合格によって栄《は》えある官僚の道を歩んだと言えるのです。

関係略年表

呂新吾の生涯については、『明史』巻二二六、『明儒学案』巻五四、『呻吟語』自序などに記載があります。ここではそれらを参考にして、簡潔な年表を掲げてみます。

一三六八（洪武元）年	朱元璋（明の初代皇帝）即位。南京を都とする。
一四二一（永楽一九）年	北京へ遷都。
一五二八（嘉靖七）年	王陽明（一四七二〜）没。
一五三六（嘉靖一五）年	十月十日、河南開封寧陵県に生まれる。名は坤。字は叔簡。号は新吾。
一五四一（嘉靖二〇）年	六歳。里塾に入る。
一五五〇（嘉靖二九）年	十五歳。四書五経・史書を読み、朱子学を学ぶ。
一五五五（嘉靖三四）年	二十歳。邑学に入る。
一五六一（嘉靖四〇）年	二十六歳。河南の郷試に合格。
一五六三（嘉靖四二）年	二十八歳。この頃、『呻吟語』の執筆に着手。
一五七一（隆慶五）年	三十六歳。科挙礼部の試験（会試）に合格。母の死により帰郷。

一五七二（隆慶六）年　万暦帝、十歳で即位。宰相の張居正が政権を握る。

一五七四（万暦二）年　三十九歳。殿試を受け合格、進士となる。山西襄垣《じょうえん》の県令となり、統治の成果を上げる。

一五七五（万暦三）年　四十歳。大同県令となる。

一五七八（万暦六）年　四十三歳。吏部主事に昇任する。

一五八三（万暦一一）年　四十八歳。休暇を請うて帰郷する。以後、地方官を歴任。

一五八四（万暦一二）年　王陽明が孔子廟に配享される。

一五九〇（万暦一八）年　五十五歳。『閨範』を刊行。

一五九二（万暦二〇）年　豊臣秀吉、朝鮮出兵。明、軍事費捻出のため財政難となる。

一五九三（万暦二一）年　五十八歳。三月、「呻吟語序」を著し、『呻吟語』六巻を刊行。四月、都察院左僉都御史となり、中央政界に復帰。

一五九四（万暦二二）年　刑部左侍郎に昇進。

一五九七（万暦二五）年　六十二歳。政界の混乱が続き、「憂危疏」を奉るが、誹謗中傷にあい、病と称して帰郷。

一六一六（万暦四四）年　八十一歳。呂坤の全集『去偽斎文集』十巻刊行。『呻吟語』二巻刊行。

一六一八（万暦四六）年　六月八日、八十三歳で没。

一六四四（崇禎一七）年　明、滅亡。

参考文献

・公田連太郎『呻吟語』(明徳出版社、一九五六年)……『呻吟語』の訳注書。「呂新吾先生伝」「呻吟語序」と本文全条とについて書き下し文と語注を掲げる。ただし現代日本語訳はない。脱稿は昭和二十一年(一九四六)、初版は昭和三十一年(一九五六)である。
・疋田啓佑『呻吟語』(明徳出版社、一九七七年)……「中国古典新書」の一冊として刊行された訳注書(抄訳)。巻頭に、著者呂新吾の略伝、『呻吟語』の成立と伝来、テキストの系統に関する詳しい考察を付す。
・守屋洋『呻吟語』(徳間書店、一九八七年)……『呻吟語』の一般向け入門書。全体を「人間について」「修養について」「処世について」など六つの章に再編している。
・荒木見悟『呻吟語』(講談社学術文庫、一九九一年)……『呻吟語』の訳注書(抄訳)。巻末の解説は、特に呂坤の思想と陽明学についての説明に特色がある。また、呂坤略年譜を付す。
・王国軒・王秀梅『呻吟語正宗』(華夏出版社、二〇〇七年)……現代中国の学者王国軒・王秀梅氏による『呻吟語』の注釈書(中国語全訳)。語注はほとんどないが、ともかく全条を現代中国語訳している点に特色がある。
・湯浅邦弘『菜根譚――中国の処世訓――』(中公新書、二〇一〇年)……『菜根譚』を処世訓

の最高傑作として解説する入門書。六つのテーマに分けて『菜根譚』の主な条を読み、主要な言葉を解説する。また、中国処世訓の歴史についても概説する。
・湯浅邦弘『菜根譚』（角川ソフィア文庫、二〇一四年）……文政五年刊本を底本とする『菜根譚』の抄訳。条ごとに、平易な現代語訳、書き下し文、返り点付きの原文、解説を掲げ、巻末に主要語句索引を付す。
・湯浅邦弘『菜根譚×呻吟語』（NHK出版、二〇一七年）……NHKテレビ「100分de名著」テキストの別冊として企画されたもの。『菜根譚』と『呻吟語』とを中国の二大処世訓として対比しながら平易に解説する。『菜根譚』の著者洪自誠と『呻吟語』の著者呂新吾との架空対談を載せる。
・宮崎公子『大塩中斎』（中央公論社・日本の名著、一九八四年）……「中公バックス・日本の名著」の一冊。冒頭に「大塩中斎の思想」に関する解説。続いて、『洗心洞箚記』『古本大学刮目』「佐藤一斎に寄せた手紙と返書」「檄文」などの現代語訳がある。
・鶴成久章「科挙」（湯浅邦弘編『テーマで読み解く中国の文化』、ミネルヴァ書房、二〇一六年）……中国文化の特色という観点から、「科挙」を解説する。「科挙制度の成立」「受験生の立場から見た科挙制度」「試験場と試験業務の実態」などの節からなる。

ビギナーズ・クラシックス 中国《ちゅうごく》の古典《こてん》

呻吟語《しんぎんご》

湯浅邦弘《ゆあさくにひろ》

平成29年 10月25日 初版発行
令和2年 3月10日 3版発行

発行者●郡司 聡

発行●株式会社KADOKAWA
〒102-8177 東京都千代田区富士見2-13-3
電話 0570-002-301(ナビダイヤル)

角川文庫 20609

印刷所●株式会社KADOKAWA
製本所●株式会社KADOKAWA

表紙画●和田三造

ISBN978-4-04-400291-6 C0198

◆◇◇